光源氏ものがたり　下

田辺聖子

角川文庫
23949

光源氏ものがたり　下

目次

栄える一族　「梅枝《うめがえ》」「藤裏葉《ふじのうらば》」

明石《あかし》のちい姫の入内《じゅだい》と準備

今回は、「梅枝《うめがえ》の巻」と「藤裏葉《ふじのうらば》の巻」です。

源氏の人生と、六条院の栄華がピークを迎えました。そののちは「満つれば欠くる」という世のならいで、少しずつ崩壊の気配が忍び寄ってくるのですが、今回は、源氏の一人息子の夕霧《ゆうぎり》も身をかため、明石のちい姫も入内されるという、おめでたい物語です。

「梅枝」という言葉は、催馬楽《さいばら》の「梅が枝」という歌からとられていますが、残念なことにこの催馬楽がどんなメロディで、どんなリズムでうたわれたのか、ほとんどわかっていません。後白河院《ごしらかわいん》も『梁塵秘抄《りょうじんひしょう》』の中で、〈こういう歌が後の世に伝わることがないのは、たいへん淋《さび》しいこと〉と述べていられます。そのかわりに後白河院は、当時はやった今様《いまよう》をたくさん集めておいて下さったので、八百年後の私たちは、素敵な歌詞の歌が日本にあったことがわかります。

催馬楽には、「ハレ」とか「オケ」と、合いの手がはいっていますから、宴会にふさわしい歌だったのでしょう。当時の上流貴紳は、野性趣味の歌を面白がったらしく、たくさんありますが、この「梅が枝」はとても上品な歌です。

「梅が枝に　来居《きゐ》る鶯《うぐひす》　や　春かけて　はれ　春かけて　鳴けどもいまだ　や　雪は降りつつ」

源氏は、いま三十九歳ですが、この正月から明石のちい姫の裳着《もぎ》の準備に没頭していました。たった一人の娘ですから、できるかぎり贅沢《ぜいたく》にしてやろうと思っています。裳着には腰結《こしゆい》といって、社会的地位の高い人に腰紐《こしひも》を結んでもらいますが、その役を秋好《あきこのむ》中宮にお願いしました。ちい姫は十一歳です。でも、現代よりずっとおとなびていて、少女の域を脱していたでしょう。

源氏は、調度のお品選びに凝っています。というのは、裳着のすぐ後にちい姫を入内させたいからです。権力者の源氏は着々とことを運んでいました。東宮《とうぐう》は十三歳におなりで、これも同じころに元服式をなさいます。元服すると女御《にようご》が入内なさるのが王朝のならわしでしたから、源氏はそれを見越して、嫁入り道具を作らせているのです。

源氏は、ちい姫が宮中へはいって誰にもひけをとらないように、見事に調合した香を持たせてやろうと思い、六条院の女性たちに、〈お香を二種ずつ作って下さい〉と

で小さく丸めます。当時のお香は、沈《じん》とか白檀《びゃくだん》、麝香《じゃこう》といったものを少しずつ削り、蜜《みつ》などで小さく丸めます。

何々天皇が代々教えられた秘法、何々の宮が伝えられた秘法、というように、それぞれの家に香合せの秘法がありました。家々によって違い、個人の好みもありますが、その見識、教養、センス、趣味などが全てあらわれるわけですから、香の文化とはたいへんなものでした。

王朝の研究者であられる作家の近藤富枝さんは、〈香とは、体の上にまとうもう一つの着物〉とおっしゃっています。私は香道に詳しくありませんが、王朝の香には春、夏、秋、冬と、四季に応じて種類があったようです。ですから源氏は六条の女性たちに、〈二種類ずつ〉と注文したのです。

源氏自身もこっそりと、仁明《にんみょう》天皇ご秘伝の香を調合しています。紫《むらさき》の上は、八条の宮がお伝えになった香を作りました。

二月の十日、雨が少し降って空気が湿った日、蛍兵部卿《ほたるひょうぶきょう》の宮が〈裳着も近くなって、何かとお忙しいでしょう〉と見舞いに来られました。仲のいい弟宮ですから源氏は、〈どうぞ、どうぞ〉と、二人で仲よくしゃべっていられるところへ、朝顔《あさがお》の宮から使者が来ました。蛍兵部卿の宮は好奇心をかきたてられます。かつて、源氏と朝顔の宮の有名な恋愛事件の噂が流れましたから、（ん？　お二人のあいだはまだ……）と、手紙を見たがられます。

源氏は手紙は見せず、〈実はちい姫に香を持たせてやろうと思って、朝顔の宮にもぶしつけなお願いをしました。宮は律儀なかただから、さっそく送って下さったのです〉。

贈り物を開けてみると、沈の箱に瑠璃《るり》（ガラス）の坏《つき》が二つはいっていました。紺瑠璃《るり》のほうには、五葉《ごよう》の松を飾りにして香がはいっています。松ですから、きっと冬の香「黒方《くろぼう》」でしょう。白瑠璃には、梅の花を飾りにして「梅花《ばいか》」という春の香がはいっていて、包みの紐も綺麗《きれい》で、いかにも雅《みや》びです。もうこの時代から、ラッピング文化があったんですね。それをご覧になって蛍兵部卿の宮は、〈素敵ですねえ〉と感心されます。歌も添えられていました。

「花の香は散りにし枝にとまらねど　うつらむ袖《そで》に浅くしまめや」――〈花の散った枝のような私には、香を薫《た》いても袖にしみませんが、若く美しい姫君には、この香はどんなに深くしむことでしょう〉。

源氏が、〈腰結のお役を中宮にお引き受け頂いたら、準備が大がかりになってしまって。親心を笑って下さい〉と言うと、〈中宮のご威勢にあやからせたいとお思いになるのも、無理はありません〉と弟宮も賛同されます。

思いついて源氏は、〈あなたがいらしたのを幸い、それぞれの香を薫きくらべて、香合せをしましょう。判者《はんじゃ》をお願いしたい〉〈いや、私などにつとまるかどうか〉〈香は夕方の湿った今がよく似合います。ちょうど雨模様ですから、よいかもしれない〉ということで、さっそく火取りの香炉が持ち出され、各御殿の女人たちの作った香がとり寄せられます。

香は乾燥してはいけないので、宮中では「右近《うこん》の陣の御溝水《みかはみづ》」のそばに埋めてあります。源氏もそれにならって、西の渡殿《わたどの》の下の遣水《やりみず》の、汀《みぎわ》のそばに埋めました。それを惟光《これみつ》の息子が掘り出し、夕霧が捧《ささ》げもってきます。惟光の子は大きくなって、いっぱしの官人でした。かの五節《ごせち》の舞姫の弟ですね。

蛍兵部卿の宮は当代有数の文化人で趣味深いかたでしたから、いろいろに薫き合せられます。宮の判定は、〈黒方という冬の香は朝顔の宮のがよかった。侍従《じじゅう》という秋の香は源氏の君のが奥深かった。梅花は紫の上のが、今風でピリッとしたところがあります〉。なぜか紫の上は、音楽を奏でても香を作っても、必ず「今めかしう」と形容されます。モダンで心弾みがある女性なんですね。

宮はそれぞれに花を持たせられます。結局その夜は酒宴になりました。翌日の裳着の式の手伝いに来ていた内大臣の子供たちを呼んで、たちまち音楽会になります。

内大臣の長男柏木《かしわぎ》は和琴《わごん》の名手。内大臣も上手でしたから、親子そろっての和琴の名手です。源氏は箏《そう》の琴《こと》、蛍兵部卿の宮は琵琶《びわ》、夕霧は横笛を受けもち、柏木の弟、弁《べん》の少将は催馬楽をうたいます。とてもいい声で、春の夜空にしみわたりました。王朝貴族の教養は、たいへんなものですね。官僚たちが集まると、たちまちのうちにオーケストラができあがるんですから。

裳着の儀は翌十一日戌《いぬ》の刻（夜の八時）に、秋好中宮のいらっしゃる西の対《たい》で始まりました。ちい姫が裳着をつけたのは、夜中の十二時ごろです。中宮が腰紐を結ばれ、ほのかな大殿油《おおとなぶら》の光のもとで姫君を見られて、まあ、お綺麗だこととお思いになりました。源氏は、丁重にお礼を申しあげます。〈お役をお引き受け頂き、ありがとう存じました。これが悪い例にならなければよいのですが、中宮のご威勢にあやかりたい親心を、どうぞおゆるし下さい〉。

すると中宮は、〈何心もなくお引き受けしましたのに、そんなに大仰に言われると、かえって恐縮です〉と、おっとりとお答えになりました。（素敵なひとだなあ）と源氏は思います。

二月の二十日すぎに、東宮が元服なさいました。東宮のもとに妃《きさき》をさし出そうという有力者たちは、源氏の出かたを待っています。

源氏が、〈姫君がそれぞれ入内《じゅだい》されて、そこで東宮の寵《ちょう》を競うのが宮廷の面白いところだから、私に遠慮せずに〉と言ったので、まず左大臣の姫君が入内され、麗景殿《れいけいでん》にお住みになりました。

明石のちい姫の入内は四月に、ときめられました。

入内の調度類は、贅《ぜい》を尽くして整えられますが、いま源氏が力を入れて集めているのは、「仮名《かな》の手本」です。つまり、ちい姫に見事な仮名の手本をもたせて入内させたい。人に見られても自慢になるし、それを手習いして、姫にも上達してほしいと思っています。入内すると帝《みかど》の目にもふれるので、あだやおろそかの手本ではいけません。そこで達者な人たちに、〈一つずつ書いてほしい〉といって、唐《から》の紙や高麗《こま》の紙、国産の紙屋紙《かんやがみ》などをわたします。紙といっても、王朝の時代には権力者の家でなければこんなに豊富に紙は集まりません。

みな、筆跡自慢ですから、〈いやあ、私などが……〉と言いながらも、それぞれ競って書き、源氏自身も書きました。

古来の歌や今の歌のなかから素敵な言葉を書く、といっても、その選択には教養がうかがわれるからたいへんです。教養とセンスがものをいう王朝世界ですね。源氏は紫の上とともに、自分が今までつき合った女人たちの筆跡を品定《しなさだ》めします。

〈これまで見たなかで最高の仮名の書き手は、六条御息所《ろくじょうのみやすんどころ》だ〉と源氏は言います。

〈あのかたの書は立派だった。おくゆかしく、心を惹《ひ》きつけられるところがあって。ほんの一行だけの走り書きにも、えもいわれぬ味わいがあった。私はそれに憧《あこが》れたんだよ。そこからあのかたへの恋が始まった。御息所はご不満もあったろうが、私は本気だったんだ〉。もう過去の話ですから、紫の上に何をしゃべっても、そのまま受け取ってくれます。

〈今の中宮は〉と声を低めて言います。六条御息所の姫君ですね。〈やはり綺麗な字をお書きになるが、母君の御息所ほどに才気はおありでない。亡くなられた藤壺《ふじつぼ》の宮も、よいお筆跡《て》だったが、少し弱々しかった〉。

これで、源氏がどういう書を立派だと見ているか、わかりますね。美しいけれど、才気のある強さ、そういうのがいいと思っています。〈才気という点では、朧月夜《おぼろづきよ》の尚侍《ないしのかみ》だね。あのひとの字は素敵だ。しかし、才に走りすぎて、くせがあった〉。なるほどという感じですね。〈ただし今、一番素敵な仮名を書く女性は、朧月夜の尚侍と朝顔の宮、そしてあなただろうね〉〈まあ、そんな中へ入れて頂くなんて、おもはゆいわ〉と紫の上は言います。

内大臣の思惑《おもわく》

内大臣は、この入内準備を聞いて、さびしく思っていました。(雲井雁《くもいのかり》を晴れやかに入内させたかった)。いまさら言っても、仕方がないことです。内大臣も少し角《かど》が取れてきて、〈夕霧が、もう一度求婚してくれないかなあ。こんなことになるのなら、あのとき一緒にさせるんだった〉と思っていますが、夕霧は何も言ってきません。

夕霧は腹にすえかねているのです。雲井雁との恋愛事件はもう六年も前のことですが、真面目な青年ですから、気持を変えずにいます。けれどもあのとき、〈六位の下っぱ役人が、うちのお姫さまと結婚ですって〉と雲井雁の乳母《めのと》たちが聞こえよがしに言った言葉が骨身にしみて、夕霧はくやしく思っています。夕霧は、中納言に出世したら、あらためてプロポーズしようと考え、悠々としていますが、それが内大臣にはたまらないのです。

父親の源氏も同じです。息子はもう十八になり、立派に官吏の仕事をこなしている。わが息子ながら評判もよく、みめかたちもうるわしくて、学問もある。人の受けも悪くない。それなのに結婚もしないで、独身のままです。〈どうするつもりだい。雲井雁と結婚する気がないのなら、中務《なかつかさ》の宮から縁談が来ているから、そちらと……〉と源氏は言いますが、夕霧は黙ってうつむいています。

〈意見するということではないよ〉と源氏はおだやかに言います。

〈私も若いころ、父帝にいくら意見されても聞かなかった。だが、この年になると、父君が言われたことがよくわかる。男はいつまでも独身だと、世の誤解を招きやすい。うんと高望みしているか、あるいは及びもかけぬ人妻に想いをかけているのか、などと勘ぐられたりする。結婚してからは相手に不満があっても、相手の親の気持を思って、なるべく折り合って仲よく一生を送るがいい。たとえ親が死んで暮らしに困るひとでも、その人柄に一点可愛いところがあったら、それを大切にして生涯を送るようにするんだよ。女人のためにも自分のためにもと、分別するのが思いやりというものだ。これが本当のおとなだよ〉。

　内大臣は、夕霧と中務の宮の姫君の縁談の噂を耳にはさみ、雲井雁のところへ行ってみます。雲井雁は夕霧より二つ上ですから、もう二十歳。とても美しい娘になって、親の目から見ても、何ひとつ不足はありません。でも、このまま埋もれてしまうのかと思うと、内大臣はかわいそうになります。〈噂をちらっと聞いたよ。困ったことになったねえ。いまさらこちらから頭を下げることもできないし〉。

　雲井雁は自分からは何もできないので、うなだれています。

　そこへ夕霧から手紙が来ました。この二人はいまだに、ラブレターを交わしあっているのです。父君がいなくなってから手紙を見ると、〈どうしたの、このごろちっとも手紙が来ないね。君も世間なみに「去るもの日々に疎し」になったのかい〉とあって、あて名も、差出人の名前もありません。当時は、手紙がどこに落ちて誰の手に渡るかわからないので、あて名を書かないのがふつうでした。でも、いつもの夕霧の筆跡です。

雲井雁は、夕霧が中務の宮の姫君と結婚するつもりだと思いこみ、〈世間なみになったのはあなたではなくって？　よそで楽しい結婚をなさればいいわ〉という返事を出します。受け取った夕霧は、何のことかわからずに首をかしげていました。

これが「梅枝の巻」、次は「藤裏葉の巻」です。

前の巻につづいて内大臣は、（どうしたら夕霧が昔のようにうちとけて、「やっぱり結婚させて下さい」と言ってくれるだろう）と懸命に考えています。

三月二十日に、内大臣の母君三条の大宮《おおみや》の三回忌の法要が、極楽寺で行われました。内大臣家の息子たちをはじめ、上達部《かんだちめ》もおおぜいやって来ました。その中でも夕霧の姿はきわだって立派です。内大臣は、（非の打ちどころのない青年じゃないか。婿にしたら、雲井雁は宮中へはいるよりずっと幸福だろう）。

折から桜が散りかかっています。〈雨模様で〉と、お供が帰りを急がせますが、夕霧は、暮れかかる空に散りまがう桜を見上げてうっとりしています。（雲井雁をしのんでいるのではなかろうか）。内大臣は今にして思います。（あの事件の前は、この甥《おい》を息子のように可愛がった。源氏の君がうちの長男の柏木を可愛がってくれたように、私もこの子を妹の忘れがたみと思い、自分の息子なみに考えていた……）。気の強い内大臣も折れてきます。

内大臣は、夕霧の袖《そで》をとらえて話しかけました。〈どうしてそんなによそよそしいのだ。もう水に流してくれてもいいじゃないか、老い先短い私のために〉。夕霧はびっくりして、〈どうしてよそよそしくなどいたしましょう。亡くなられた三条のおばあさまも、伯父上《おじうえ》を頼りにするようにとご遺言なさいました。私は変らぬ気持で接していますのに、そんなことをおっしゃられるのは心外です。私が至らぬことをして伯父上のお怒りをかったことは、まことに申しわけなく思っておりますが〉。〈いやいや。これからは、以前のように仲よくやっていこうじゃないか〉という言葉をかわして別れました。

夕霧と雲井雁の結婚

四月のはじめごろ、内大臣邸の庭には藤の花が咲き乱れています。内大臣は、〈藤の花が真っ盛りなので、音楽会を催したい〉というお招きの手紙を書きます。「わが宿の藤の色濃きたそかれに　尋ねやは来《こ》ぬ春の名残《なごり》を」――〈わが家の藤が色濃く咲きましたよ。春の名残りを惜しみに、どうぞいらして下さい〉。

内大臣の長男の柏木がこの招待状を持って、夕霧のもとを訪れました。柏木は〈このまま、すぐに。私がお供しよう〉と言いますが、〈いや、気のはる随身《ずいじん》はおことわりだよ〉とまずは帰して、夕霧は手紙を源氏に見せました。〈こういう招待状が来ましたが、どういうことでしょうか〉〈ううむ。ついに内大臣が折れてこられたか。ひょっとすると、今夜は結婚式を、ということだろう〉。

藤の花見にかこつけて、その夜なだらかに結婚式に持ちこむという、いかにも王朝らしい雅《みや》びな宴《うたげ》ですね。人生の祝宴とお花見とを合せるという趣向です。

夕霧は純情な青年ですから、さっと頰を赤く染め、〈そんなことはないでしょう。ただ藤の花が盛りだから、というおつもりではありませんか〉。

源氏はにっこりして、〈そうかもしれないが、とくに心づもりして、きちんとした服装で伺うように。せっかくお招き頂いたのだから、早く出かけなさい〉と言って、夕霧の服装を見ました。〈身分の低い者ならいいが、それでは少し恰好《かっこう》がつかないだろう〉と、自分の衣裳《いしょう》の中から直衣《のうし》を選び、中に着る袿《うちき》も美しいものをとり揃えてやります。

夕霧は、入念に身じまいしました。「化粧《けさう》じて」とありますから、お化粧もしたのでしょうか。『源氏物語』研究家の清水好子先生は、〈当時の男たちはハレの場には化粧をした〉とおっしゃっています。そのままでも美しい青年が、化粧したらどんなに綺麗《きれい》だったでしょうね。

夕霧は内大臣の邸《やしき》に着きました。月はありますが、火があかあかと灯《とも》され、まことに客人を待つ宴の風情でした。内大臣の子息たち、立派な青年たちがたくさん出迎えて、夕霧を丁重に案内します。

〈夕霧さまがいらっしゃいました〉という知らせに、内大臣はやおら立って冠をつけながら、女房たちに言います。〈ご覧。夕霧は立派になったね。いよいよお父さんに似てきた。源氏の君は少し愛想がよすぎて、おごそかさに欠けていられるところがあるが、夕霧は学問も深いし、官吏としても一流、みんなからも重く思われている。それに風流なところもあって、非のうちどころがない〉と、はや、自分の婿のつもりでいます。

〈お招きありがとう存じました〉。夕霧は内大臣に丁重に言います。

〈いやいや、あなたをこの邸に迎えることができて、私も嬉《うれ》しい〉。儀礼的な挨拶《あいさつ》は抜きにして、とすぐにお酒がめぐります。内大臣は酔いにまかせたように言いました。〈あなたは学問のできる人だ。儒学で一番重んじるのは孝行、そして年上の人を敬えというではないか。私は年上で老いぼれだから、堅苦しく考えないで、もう少し私に親しくしてくれ〉。これは、結婚を許すということでしょう。内大臣は、お酒を飲みながらゆるゆると吟じます。

「紫にかことはかけむ藤の花　まつより過ぎてうれたけれども」――〈長いこと待ちましたよ。だが、藤の花に恨みごとを言うよりも、やっとこの日が来たことを一緒に祝いたい〉。まさしく、雲井雁との結婚を許すということですね。

夕霧には、はっきりわかりました。伯父君がこう言ってくれたのを嬉しく思い、歌をお返しします。

「いくかへり露けき春を過ぐし来て　花のひもとくをりにあふらむ」――〈幾年私は待ったでしょう。泣きながら、嘆きながら、眠りかねた夜もありましたが、ついにこの日にめぐりあえました〉。

柏木も歌で祝福しました。「たをやめの袖にまがへる藤の花　見る人からや色もまさらむ」――〈妹も、君という好配偶者を得て、人生の花を咲かせるだろう〉。

歌のうまい弁の少将が、催馬楽《さいばら》の「葦垣《あしがき》」をうたいます。これもどんなふうにうたわれたのかわかりませんが、野趣満々の田舎びとの歌ですね。〈親の目をかすめて、男が女を連れて逃げたよ〉という歌です。〈めでたい日に、何という歌だ〉と、みんな大笑いになりました。

やがてお酒もすっかりまわり、夕霧は、〈こんなに酔って、帰れなくなってしまった。君の宿直所《とのいどころ》を貸してくれないか〉と柏木に言います。

〈花のかげの一夜の旅寝かい〉と、柏木は冗談を言い、〈旅寝なんて縁起の悪いことを言うなよ。「千歳《ちとせ》の松の契《ちぎ》り」と言ってくれ〉と夕霧も返します。

夕霧は、丁重に花嫁の初床《にいどこ》へ導かれました。玉鬘《たまかずら》の突然の場合と違って、〈お姫さま、おめでとうございます。今夜ですよ〉と、女房たちも準備していたのでしょうね。手紙はかわしていましたが、雲井雁に会うのは六年ぶりです。といっても、気持の上では十年も二十年も待った気がしたでしょう。原文には「男君は、夢かとおぼえたまふ」、夢のようだ、とあります。雲井雁は、夕霧が思っていたよりずっと美しくなっていました。

〈やっと会えたね〉と夕霧は言います。でも雲井雁は恥ずかしくて、何も言えません。〈どうして黙っているの。せっかくぼくたちの時間になったのに〉。それでも恥じらって、雲井雁は顔を隠しつづけていました。

式部の夫

少年少女の恋を、六年間かかってつらぬいたというのは、珍しいことです。『源氏物語』の恋愛は、ひとつとして同じものはありません。どうして紫式部はこんなにいろんなスタイルの恋愛を書けたのでしょう。

前にも申しましたが、紫式部が結婚した藤原宣孝《のぶたか》は、二十歳上でした。式部は母親が早く亡くなり、年の離れた仲のいい姉も亡くなって、兄と父と暮らしていました。もちろん女房や使用人はたくさんいます。いくら逼塞《ひっそく》したといっても中流貴族ですから、それなりの生活は整っています。式部は父の蔵書を読みながら、物語の種を自分の中にいっぱいたくわえていました。〈物語好きだった〉と自分でも書いています。

藤原宣孝はたいへんな伊達者《だて》で、当代の人気男でした。四十歳を過ぎていますが、祭で舞を舞うようなときには必ず任命されるほど、容姿も端麗、上流社会の貴婦人たちに人気がありました。もちろんそんな年ですから、妻は四、五人いましたし、子供もたくさんいました。一番上の子は紫式部より年上だったでしょう。けれど、何年も式部に熱心に言い寄っていました。

たとえば、こんなふうに言ったでしょう。〈あんたみたいに頭でっかちの女学者は、私みたいな男でないと、なかなか結婚できないよ。だから結婚しよう〉。この人は、『紫式部集』によるととても面白い人で、式部が怒って〈もう絶交です〉なんて書くと、〈よくそんなことが言えるね〉と言って、手紙に朱を点々と散らして、〈これは私の涙です〉なんて書いてきたりします。こういうのはやはり、たくさんの女性を相手にした手練《てだれ》の男の、ゆとりのあるユーモアですね。若くてきっちり屋で、知識ばかり詰めこんだ式部は、そういう男性にだんだんとほだされていったのかも知れません。

式部は、年取って越前《えちぜん》の守《かみ》に任命されたお父さんの藤原為時《ためとき》と一緒に越前へ下《くだ》りました。越前にも宣孝の手紙が届けられます。〈春になったよ。氷も溶けるんだ。君の心も溶けたんじゃないかい〉。

式部は、〈越前には白山というたいへんな山があって、春になっても夏になっても雪はとけないの。私と同じよ〉などと手紙を返しますが、それでも宣孝は懲りません。ついに式部は翻心します。（私、この人と結婚する）。それは、紫式部が天啓のように思いついたことかも知れません。

父はまだ赴任の期間が残っていますが、結婚に賛成しました。父と宣孝は同僚だったことがあり、その人柄もよく知っています。年の差は、王朝時代にはあまり問題にならなかったんですね。宣孝は道長にたいへん近いところにいましたから、権勢はあり、財産家でもあります。父はきっと祝福して、式部を送り出したでしょう。

清水好子先生は、〈結婚当時、宣孝は四十四、五歳で、紫式部もう二十五、六歳にはなっていたでしょう〉とお書きになっています。

式部は単身京都へ戻り、宣孝と結婚しました。結婚してからも、夫婦喧嘩《げんか》は絶えません。式部は自我の発達したひとですから、宣孝が式部の手紙を妻や恋人たちに見せたのが発覚したときは、金切り声を上げて怒りました。〈私たちの大事な秘めごとを、なぜ他人に見せるの！〉。

宣孝という人は、わりあい太っ腹で磊落《らいらく》な人だったので、式部がそんなに怒るとは思っていませんでした。〈だって、字がうまいし、文章もうまいから、読んで面白いんだよ。だからみんなに、自慢して回ったんだよ〉。

〈ひどいわ。もう来ないで！　縁が切れるなら切れてもいいわ〉。〈そうかい、そのつもりなら、俺はいいよ〉と宣孝は帰ります。ところが真夜中になって、使者が手紙を持って来ます。〈参った。参りました。俺、やっぱり惚《ほ》れてるんだ。機嫌をなおしてくれよ〉。

そういう四十過ぎの男の手練に、式部は迷わされ、甘やかされ、もうほんとにッと思いながらも、楽しい結婚生活でした。

女の子が一人できます。「賢子」と書きますが、名付け親はきっと式部でしょうね。どうよんだのか、わかりません。

娘がやっと這《は》うようになったころ、宣孝は流行病《はやりやまい》で倒れます。二年半にいたらない結婚生活でした。

『源氏物語』は、政治小説でもあります。源氏と内大臣との勢力の張り合い、そしてその前の弘徽殿《こきでん》の大后《おおきさき》、右大臣対左大臣の対立、そういうものを背景にして、男と女の物語が流れていきます。こういう、ものを見る目を作ってくれたのは、宣孝だったのではないでしょうか。

先にも申しましたが、紫式部の歌集には〈宣孝が何夜も訪れなくて寂しい〉という閨怨《けいえん》の歌が並んでいます。でもこれを字句どおりにとってはいけません。王朝の歌は、閨怨の歌が定石です。そういう歌に触発されていろいろ想像するのが、王朝の歌のよみかたですから、閨怨の歌だけを見て、（本当に宣孝が来なかったんだ）と思うのは間違いですね。『源氏物語』を読んでから、私は宣孝の位置がわかった気がしました。

紫の上と明石の上の友情

夜が明けました。暗いうちに帰るのが王朝の男のやり方ですが、夕霧はなかなか起きてこないのです。重い帳《とばり》はそよとも動きません。内大臣はそれを聞いて、〈朝寝するとは、わりあい図々《ずうずう》しいな〉と厭味《いやみ》を言います。でも夕霧は、まだ真っ暗なうちに帰ったのでした。起きぬけの夕霧の顔はとても美しかった、と女房たちの内緒話のように書かれています。

まもなく雲井雁のもとに、後朝《きぬぎぬ》の文が送られてきます。内大臣は覗《のぞ》きに来て、〈お筆跡《て》が上達なさったな。お返事を書きなさい〉と言いますが、雲井雁は恥ずかしくて筆を取れません。内大臣が去ってから急いで考えますが、時間がかかりました。

源氏は、夕霧が上首尾だったと従者から聞き、ほっとしています。そこへ夕霧が晴れやかな顔で挨拶《あいさつ》に来ました。〈おめでとう、よかったね。もう後朝の文はさしあげたかい〉。夕霧の顔は赤く染まっています。

源氏は昔の自分を思い出しながら、〈それにしても、よくやった〉と、息子を褒めてやります。〈時の潮が満ちるまで、ほかのひとに心を移さないでじっと待ちとおした。これはなかなかできることではない。賢い人でも恋につまずくものだが、きみは浮名も流さずによく守った。えらいね。ただ、注意しなさい〉。源氏は人間洞察家です。〈内大臣が先に折れたということが世の中に洩《も》れて、噂になるだろう。あの人は一見男らしく磊落に見えるけれど、頑固で付き合いにくいところがあるんだよ。結婚したからといい気になって、浮気などしてはいけないよ〉。

四月二十日すぎ、いよいよ明石のちい姫が入内《じゅだい》することになりました。荷物も滞りなく、賑々《にぎにぎ》しくはいられます。紫の上は母がわりでしたから、付き添って参内することになっていましたが、(これを機に、明石の上を後見役に)と思い、源氏に言います。〈長いことちい姫にお会いになれなくて、明石の上はどんなにかお淋《さび》しかったでしょう。ちい姫も成人なさって、これからはお母さまでないと言えないことも出てくるでしょう〉。

実は両方から自分が重い存在だと思われるのもせつないし、ということは、思慮のある紫の上は言いません。〈後見役は明石の上にお願いしましょうよ。姫はまだお小さいし、女房たちも若いひとばかり。乳母といっても、なかなか行き届きませんわ。

実のお母さまが采配《さいはい》を振るって下されば、ちい姫も宮中で暮らしやすいのではないかしら〉〈いいことを言ってくれた。実は私も、そう考えていた〉と源氏は喜びました。

それを聞いた明石の上も、願いがかなったと喜んでいます。

入内の夜は紫の上が一緒に参りましたが、三日間だけいて、明石の上と交代します。明石の上はちい姫をしばらくぶりに見たのですね。同じ邸内に住んでいても、なかなか会えなかったのです。

ちい姫はまるでお雛《ひな》さまのようでした。美しく品よく、〈よくこんなに、素敵に育てて下さって……〉。源氏似で美人の上に、紫の上が心をこめて育てましたから、明るくて優しく誰にも好かれる人柄でした。明石の上はちい姫を見るなり、涙が止まりませんでした。

このとき、紫の上と明石の上ははじめて会ったのです。紫の上は明石の上をライバル視してきましたが、ちい姫を中にして二人の心は結び合されました。

紫の上が口を切ります。〈ちい姫がこんなに大きくなられたのにつけても、長い年月が思われます。わたくしとあなたも縁が深いものがございますわね。これからは心を打ちわって、姫のために一生懸命尽くしてさしあげましょうね。仲よくして下さいませ〉。

明石の上も、〈見事にお育て頂き、ありがとうございました〉と言い、〈なんて美しいかた。お人柄も鷹揚《おうよう》で、匂うようなかただわ。こんなかただから、源氏の君が最愛のひととしていらっしゃるんだわ）と思います。

紫の上は紫の上で、（殿が心を尽くして、特別にお想いになっていらしたわけがわかったわ。出しゃばらず、卑下もなさらず、とても知的なひと。ご自分の誇りを高く持っていらして、なんて素敵なんでしょう）。

女同士がお互いを認め合う、王朝の世には珍しい、紫の上と明石の上の友情がここから始まります。それは、紫の上が死ぬまでつづきました。

源氏は来年四十歳になります。四十の賀を行おうと、宮中では大がかりな用意をしていられます。秋には、源氏は准太上《じゅんだいじょう》天皇の位を与えられました。太上天皇とは、天子の位を下りたかたへの尊称です。かわって内大臣（頭《とう》の中将）が、太政《だじょう》大臣になりました。

夕霧は中納言になり、おばあさまがいらした三条の邸《やしき》をもらって、新夫婦はそこへ住むことになりました。それまでは内大臣邸へかよっていましたが、いよいよ一戸を構える年輩になったのです。二人にはとても懐かしい邸でした。

〈おぼえているかい、ほら、ここで……〉などと、新婚夫婦は水も洩らさぬ睦《むつ》まじさ。そのころの両方の乳母《めのと》たちがまだお仕えしていて、みんな、とても喜んでいます。

太政大臣になった内大臣が、宮中からの帰り道、紅葉がきれいだと、三条の邸に立ち寄りました。大宮が生きていらしたころに変らず、邸は磨き立てられ、いかにも新婚夫婦の愛の館《やかた》という感じです。

〈母君が生きていらしたら、どんなにお喜びになったか〉と、大臣は涙ぐみました。〈でも、伯父上《おじうえ》〉と夕霧が言います。〈ぼくはここではひどい目にあったんですよ。雲井雁の乳母に「まあ、六位の下っぱが」と言われたのは、この邸ですからね〉。

あわてたのは雲井雁の乳母です。〈悪気があってではございません。ご出世なさるのはわかっておりましたが……〉。

今度は夕霧の乳母がしゃしゃり出ます。〈そうでございますよ。若さまはご出世なさると思っておりましたのに、内大臣さまが無情にもお裂きになって……〉。

〈待ってくれ〉と今度は大臣があわてます。みんなの楽しい笑い声が、紅葉の盛んな空にうらうらと昇っていきます。

六条院の紅葉が真っ盛りの十月の二十日すぎ、源氏は帝《みかど》の行幸を仰ぎました。帝は、兄君の朱雀院《すざくいん》をお誘いになりました。楽の音がおこり、美しい紅葉の中を帝がお喜びになって邸をめぐられます。小さな童《わらわ》たち、そして殿上人《てんじょうびと》たちの舞……六条院の栄華は、きわまりました。

こうして「藤裏葉の巻」は、めでたく終ります。

女三《おんなさん》の宮　「若菜《わかな》」一

朱雀《すざく》院の願い

今回はいよいよ「若菜《わかな》の巻」。

『源氏物語』の中でもとても重く、この巻だけで一冊の本になるぐらいです。古来、「若菜の巻」があればこその『源氏物語』などと言われ、これまでは子供時代から青年時代にかけての物語ですが、「若菜」にはいっておとなの文学になります。

朱雀院はご病気がちでしたが、病いが重くなられ、出家を思い立たれました。母君の弘徽殿《こきでん》の大后《おおきさき》在世のあいだは差し控えていられましたが、大后も亡くなられて、出家の準備を始められたのです。けれども朱雀院にとって心のこりなのは、可愛がっていらっしゃる女三《おんなさん》の宮のことでした。

朱雀院には五人の御子《みこ》がありました。男皇子《みこ》は、ただいまの東宮《とうぐう》お一人で、あとの四人はみな姫宮です。

三番目の姫宮、女三の宮の母君は早くに亡くなられましたが、このかたは藤壺《ふじつぼ》の女御《にょうご》といって、かの藤壺の中宮の妹姫でした。朱雀帝に入内《じゅだい》なさり、お生まれがよろしいので后の位にまで立たれるところでしたが、ご実家の後ろ楯《だて》もなく、またあとからはいってきた朧月夜《おぼろづきよ》の尚侍《ないしのかみ》に帝《みかど》のご寵愛《ちょうあい》が集まりましたので、だんだん日の当たらないところへ押しやられ、不本意のうちに亡くなられました。

幼くして母に死に別れた女二の宮を、朱雀院はとても可愛がっておられるので、自分が出家したら、母もなく後ろ楯もないこの姫はどうなるか、と心配していらっしゃいます。

朱雀院が女三の宮の身のふりかたを案じていられると聞き、〈結婚させて下さい〉〈私が頂きとうございます〉という男たちが後を絶ちません。ほかの姫宮には、全然求婚者が来ませんのに……。朱雀院が、たくさんの財産を女三の宮に残そうと思っていられる、というのが魅力だったのかもしれません。

（この子を誰に托《たく》したらいいだろう）。女三の宮は十三、四歳のお若さですが、まだ子供子供していられて、院は心もとなくお思いになります。一番熱心に求婚しているのは、太政大臣《だじょう》の長男、柏木《かしわぎ》の衛門《えもん》の督《かみ》です。柏木は、自分の乳母《めのと》が女三の宮の乳母と姉妹なので、幼いときからずっと噂を聞き、いつとなく憧《あこが》れをもっていたのです。でも、まだそれほど高い身分ではないので、朱雀院は、あれはあまりに若すぎる、と思っておられます。

藤大納言《とうのだいなごん》といって、長いこと院の別当《べっとう》（長官）だった人は、〈院にかわりまして、女三の宮を誠心誠意お守りいたします〉と申しこんできました。もう一人は、蛍兵部《ほたるひょうぶ》卿《きょう》の宮です。でも朱雀院は、わが弟ながら、あまりにも趣味人すぎて頼りないと思っておられます。

　朱雀院のご病気が重いと聞いて、東宮が、母女御とともにお見舞いに来られました。朱雀院は東宮に、〈あなたの妹宮たちをよろしく頼みますよ。あなたについては、もう何も心配することがないけれど……〉。東宮の母女御の兄君が髭黒《ひげくろ》ですから、東宮にとっては、伯父《おじ》に髭黒の大将がいて、舅《しゅうと》は源氏です。どちらも当代きっての勢力家ですから、東宮の地位は安泰なのですね。〈女三の宮はとくに頼りない姫だから、よろしくお願いするよ〉と言われます。

　東宮が、〈大丈夫です。私が世にある限り、妹宮たちの面倒を見ます〉とおっしゃってお帰りになった後、夕霧《ゆうぎり》がお見舞いに上がりました。

〈あなたを見ると、源氏の君の若かりしころがしのばれる〉と、朱雀院はことさら思いの深い目で夕霧をご覧になります。〈源氏の君には気の毒なことをした。私も若くて力もなかったから、都を離れて流浪するのをとどめるすべがなかった。でもあのかたは、戻られた後も仕返しするなどということもなく、ことにも東宮を大事にして、ご自分の姫君を入内させて後見して下さっている。これについては安心だが、女三の宮をどこへかたづければいいか、それに困っていて……〉。

　でも夕霧に、何が言えましょう。ただ、〈父は私が成人いたしましてから、公私にわたり何くれとなく話してくれますが、院にお恨みを持っているとは聞いたことがございません。それどころか、「ゆっくりとお目にかかって昔話などしたいが、身分がら、軽々しく伺えなくなったのが残念だ」と申しております〉と、優しくおなぐさめします。

朱雀院はじっと夕霧をご覧になり、〈あなたはおいくつになられる〉とお聞きになります。〈二十歳にはまだ少し間がございます〉〈太政大臣の姫と長い恋が実って、結婚なさったそうだね〉〈はい〉〈よかった、と言いたいけれど、私も娘を持つ身、少しねたましい思いがするよ〉。

どういう意味かわかりかねますが、夕霧は、〈はかばかしくない身でございますから、なかなか縁もまとまりませんで……〉と言って退出しました。

夕霧が帰ってから、女房たちのかしましいこと。〈素敵なかたね〉〈お人柄も申し分なく、長いこと恋い焦がれたかたとご一緒になられて、水も洩《も》らさない間柄と承りますわ〉。すると老い女房がしゃしゃり出て、〈あなたたちはそう言うけれど、昔の源氏の君ときたら、もっとお綺麗《きれい》だったわよ〉。

朱雀院も、〈たしかにそうだ。源氏ぐらい愛嬌《あいきょう》のある男はいなかった。公の論議の座にいるときなどは、近寄りがたい威厳もあったが、くつろいだ場で冗談を言ったり、笑ったりするときの愛嬌といったら、男ながらに魅力を感じたものだ〉。

そこで朱雀院は思いつかれます。〈そうだ。女三の宮を託するに足るのは、源氏の君しかいない。おとなで、しかも権勢があり、大らかな気持で父親のように育《はぐく》んでくれるかもしれない〉。

女房の一人が、〈夕霧さまはお堅いかたですが、源氏の君のほうは、今もその方面にご関心がおありらしゅうございます〉と言いますと、もう一人が、〈いまだに朝顔《あさがお》の宮にお手紙をさし上げていられるそうですが、やはりご身分の高い姫宮に憧れていらっしゃるからでしょう〉。

朱雀院は、〈源氏の君なら、紫の上を一人前の女人に育てて自分の妻にしたように、女三の宮もお押し立ててくれるかもしれないね〉。〈そうでございますね。こんなにいたいけな姫宮ですもの、世の常の妻のご苦労をされるのはお気の毒ですわ〉と言うのは乳母です。

この乳母には左中弁《さちゅうべん》（役職）の兄がいました。乳母は弁に言います。〈朱雀院はこうおっしゃっているのよ。院がご出家なさらないうちに、お話だけでもかためてもらえないかしら〉。弁は、六条院の中の人間地図や源氏の君の人柄に詳しいのです。〈女三の宮が、六条院にねえ。……それもご養女ではなく、ご降嫁ということになろうから、これは難しいね〉と弁も考えこみます。〈源氏の君はお優しいかたで、いったん関わりがあった女人は、いつまでもお世話なさる。だが何と言っても、一番愛していらっしゃるのは紫の上、それには誰も及びもつかないんだ。女三の宮がはいられたら、どういうことになるか。ご身分から言えば、源氏の君にはふさわしいが、紫の上を超えて愛されるかどうかは、これは請け合いかねるね。ただ、源氏の君はいつか言われたことがある。「若いころからいろんなことをしでかして、世の非難も浴びたりしたが、私としては何の心残りもない。ただ、葵《あおい》の上が死んだあと正式の結婚をしなかった。これにはいささか不満が残る」とおっしゃった。もっともご冗談でおっしゃったから、どこまで本音かわからないが〉。

するとと乳母は勢いこんで、〈そうですとも、六条院には正式な夫人はいらっしゃらないわけですよ。あの紫の上だって、幼くして引き取られなすっていつのまにか正夫人のようになられただけということですもの〉。さらに勢いづいて言います。〈六条院へ女三の宮がおかたづきになれば私もご奉公がしやすくなるというものだわ〉。

さまざまな思惑《おもわく》や政治的な駆け引きが絡みます。女三の宮に仕える者にとっては、ふつうのところへおかたづきになるよりは、六条院、源氏のところへ行かれたほうが、後々の生活は経済的に安泰ですね。仕える人の、保身上のエゴです。朱雀院も、愛娘《まなむすめ》が六条院に行ったら、周囲のどれだけのひとを傷つけるかわかっていられますが、娘のことで目が眩《くら》んでしまわれたのです。気弱さからのエゴでしょうか。

乳母はさっそく朱雀院のもとに行き、〈源氏の君は、お申しこみがあったら考えてもいいとおっしゃっていそうでございますよ〉と申しあげます。

源氏と女三の宮

話がどんどんねじ曲がっていくんですね。弁は弁で、源氏の君のところへ行って、〈こういう思《おぼ》し召しらしゅうございますよ〉と伝えます。

〈なるほど、お気持はわかるがね〉。源氏は嘆息します。〈朱雀院は、夕霧さまが独身のうちにお話を持ちかければよかったと悔いていらっしゃいます〉〈いや、夕霧はだめだろう。あれはなぜか一徹の男で、雲井雁《くもいのかり》を長年思いつづけ、それがかなって結婚したんだ。あれを苦しめることはできない〉。

弁は朱雀院のかわりに事情を話します。〈身分の高い姫宮のご結婚相手はむつかしゅうございます。いろいろなかたが熱心に言ってこられますが、いまひとつというところで、院もお困りです。やはり殿しかいられないのでは……〉〈それならいっそ、御所へ入内《じゅだい》させられたらどうだろう。後からおはいりになったかたが、ご寵愛をひとり占めするという例もないではない。現に、藤壺の中宮がそうだった〉。

そこまでしゃべったとき、源氏の気持は微妙に変化します。女三の宮は、藤壺の中宮の姪《めい》に当たります。紫の上の父君は藤壺の中宮の兄君ですから、それぞれ従姉妹《いとこ》同土ですね。中宮からいえば、どちらも姪です。〈そのかたは、やはり藤壺の中宮に似ていらっしゃるんだろうか〉。

源氏の心はあやしく染められてゆきます。この事件は、朱雀院のお気弱によるエゴと、乳母を中心とする人々の打算や保身によるエゴ、そして源氏の浮気な心、好色精神のエゴ、そんなものが絡み合って、事態は思わぬ方向に進展するのです。

朱雀院は、〈ともあれ、出家の前に、とりあえず女三の宮の裳着《もぎ》の儀を〉と思い立たれ、盛大な式をお挙げになります。でも女三の宮は何もわからず、ただ茫然《ぼうぜん》としていらっしゃる可愛いかたですのね。

腰紐《こしひも》を結ぶ役は太政大臣でした。大臣はもったいぶった人ですから軽々しく動かないのですが、ほかならぬ朱雀院のお頼みなので、参上します。祝いがあちこちから届き、秋好《あきこのむ》中宮からも櫛《くし》の箱一揃いが来ました。これは、以前に中宮が斎宮として伊勢《いせ》に下《くだ》ったとき、朱雀院がお贈りになったあの櫛です。それに少し手を加えて、贈り物にされたのです。〈姫君の一生がお健やかで、お幸せであるようにと念じてお贈りします〉。

朱雀院はその歌をご覧になって、感慨無量です。朱雀院は、秋好中宮への恋も失われ、失意の人生でしたが、女三の宮には立派な結婚をさせたいとお思いになります。

裳着の式の三日後、院はついに髪をおろされました。邸中《やしき》の人々が悲しみましたが、一番泣かれたのは朧月夜の尚侍です。お愛しになった尚侍にこんなふうに泣かれると、朱雀院のお気持も乱れます。〈子供と離れることは出来るけれど、夫婦の仲はなかなか思い切りにくいものだ。でも、前々から言っていたことだし、覚悟しておくれ〉。院はすでに寺をつくっておありになり、すぐおはいりになるつもりだったのですが、女三の宮のお身のふりかたがきちんときまるまではというので、まだお邸にいらっしゃいます。

僧たちが法衣をお着せしました。それで院のお気持も少しおさまられて、ご病状が落ちつかれました。

源氏はお見舞いに上がりましたが、兄君の出家されたお姿を拝見して、涙がとまりません。〈私も、いつかは世を捨てたいと思っておりますが、兄上に先んじられました。それにつけても、いろいろなことがありましたね〉と、涙を押さえながら言います。〈私が一番困っているのは、女三の宮の身のふりかた。申しにくいことだが……〉と朱雀院は、思いきって言われます。〈あなたのお手もとに引き取って頂けないだろうか。あなたに養って頂いて、どこかへかたづけて頂ければ……。私も余命幾ばくもないように思う。とりあえずあなたに托《たく》して、父とも夫ともつかぬ大きな気持で、あの子を見守って頂ければ〉。

そのとき源氏がいやと言えば、お気弱の朱雀院ですから、それ以上おっしゃらなかったでしょう。でも、源氏も少しばかりのご同情がありました。何をなさっても負け犬だった人生——恋は得られず、政治の面でも思うようにお力を発揮できなかった、お気の毒な院です。

（一生に一度ぐらいは、院の思いどおりにしてさしあげたい）。そんな気持になったのです。それに、源氏の心の中に、女三の宮に対する関心が高まりつつありました。何と言っても十三、四という若さと、高いご身分には、心惹《ひ》かれるのです。〈私もいつまで生きていられるかわかりませんが、及ぶかぎりのことはさせて頂きます〉。〈お引き受け下さるか。ありがたい。これで心おきなく寺にはいれます〉。原典に「西山なる御寺」とありますから、現在の龍安寺《りょうあんじ》や仁和寺《にんなじ》のあたりでしょうか。歴史書には、史実上の朱雀院は仁和寺におはいりになり、そこで亡くなられたとあります。『源氏物語』はかなり事実を踏まえて書かれていますから、それを暗示したのでしょう。

院はお喜びになりますが、源氏は黙然としています。戻ってから、紫の上にこの話をどう伝えればいいかと、思い悩んでいるのですね。

紫の上は、もちろん源氏と女三の宮の縁談の噂は聞いていますが、〈そんなことがあるはずはないわ。あんなにご熱心だった朝顔の宮とも、ついに結ばれずじまいだった。朝顔の宮がかたくなにお断りになったからとも聞くけれど、いずれにしても思いとどまられたんだもの。今度も、噂だけでしょう〉と思っていました。

翌日は、雪が降りました。人びとの気持に添って、四季の自然はそれにふさわしい姿を見せます。紫式部の筆の心憎いところですね。雪がたえまなく降っています。庭を眺めながら源氏は、それとなく紫の上に語りかけます。

〈兄君朱雀院があわれなご様子で、ことを分けて言われるのがお気の毒で、私はどうしても否《いな》むことができなかったんだ。女三の宮を邸にお迎えしても、あなたに対する気持は絶対に変らない。信じてほしい。私とあなたは、夫婦というより、もはや一心同体の存在、何があってもあなたにはわかってもらえると思う。私の愛を信じてくれるね。男の真実の思いをわかってくれるね〉。源氏は言葉を尽くして、紫の上を説得します。

これまで紫の上は、源氏の女性関係には嫉妬《しっと》してすねたりしました。決して型通りの良妻賢母ではないのです。それは年がいっても変らず、源氏はそんないきいきした反応を示す紫の上が好きだったのですが、このときに限って、紫の上は静かに言います。

〈わかりますわ、朱雀院のお気持。そして、引き受けざるを得なかったあなたのお気持も〉〈わかってくれるかい〉〈もちろんですわ。わたくしと女三の宮は従姉妹同士。わたくしがこの邸にいるのが宮のお目ざわりでなければ、仲よくここに住んでいとうございますわ〉〈ずいぶん物わかりがいいんだね〉〈あら、今までそんなに物わかりが悪かったかしら〉〈本当にそう思ってくれるのなら嬉《うれ》しいよ。口さがない世間がどんな噂をまき散らすか知れないが、噂に惑わされて、軽率なふるまいはしないでほしい。私を信じておくれ。これから来るひとと、何十年も連れ添ったあなたとは、比べものにならないのだから〉。

紫の上は考えます。

（「男の真実」とおっしゃるけれど、それは「女の真実」とは違う。女としてはやっぱりいやだわ。この年になって、そんな心配はもうなくなったと思っていたのに、降ってわいたようなお話。でもこれは、わたくしがお諫《いさ》めしたり、殿が思い直されたりして済むことじゃない。政治的な思惑《おもわく》、世間のしきたり、内親王さまのご身分……そんなものがいろいろ絡まっているのだもの。わたくしが嫉妬したからといって、覆るものではないわ）。

紫の上は冷静で理智的な女性ですから、こういう分析能力がありますが、そう考えながらも、女くさい気持に引きずられます。

（ああ、あの継母《ままはは》の君〈式部卿の宮の北の方〉に、それ見たことかと嗤《わら》われるんだわ）。

前に、髭黒の大将が玉鬘《たまかずら》にうつつを抜かして北の方をないがしろにしたというので、里の父宮が連れて帰ってしまわれました。里では式部卿《しきぶきょう》の宮の北の方が怒って、これは紫の上が指図したこと、と恨んでいられたのです。（あのかたに「ほら、ご覧。幸福に出世した紫の上だって、こんな目にあったわ」と嗤われるかもしれない)。

性質のいい紫の上ですが、ついそんなことまで考えてしまいます。(ああ、世間はどう言うかしら。六条院でわたくしの上をいくものはいないと言われていたのに、今になって……)。

けれど紫の上は、自制能力のあるひとですから、それを心におさめて、うわべはおだやかに過ごしていました。

女三の宮のご降嫁

年が明けて、源氏は四十歳になりました。朝廷は、四十の賀を国家行事として準備していたのですが、源氏は大仰なことは嫌いなので、辞退していました。ところが、思いがけないひとがお祝いの先駆けをしてくれました。玉鬘です。源氏には黙って準備をしていたのでした。

一月二十三日の子《ね》の日に、玉鬘は調度やご馳走《ちそう》を持ってきて、〈お父さま、おめでとうございます〉。玉鬘は今や立派な顕官夫人です。このひとは何と賢いのでしょうね。髭黒の大将とあんなふうに結ばれたときは、自分の意思からではないと周囲にわからせ、そして親が認める結婚という形にして髭黒の邸に引き取られたのです。子供を次々に産み、今日は、三つと二つの年子の息子を連れています。〈もうこんなに大きくなったのか〉と、源氏は若君たちの頭を撫《な》でました。ここで玉鬘は歌を詠《よ》み、源氏が返歌しますが、その歌からこの巻は「若菜」とつけられます。「若葉さす野辺の小松をひきつれて　もとの岩根を祈る今日かな」――〈ちっちゃな子供たちを引き連れて、お父さまのお祝いに参りました〉という意味でしょうか。

源氏の返歌は、「小松原末のよはひにひかれてや　野辺の若菜も年をつむべき」――〈子供たちの末長い人生にあやかって、私もこれから後、長く幸せに生きられるだろうね〉。

今や玉鬘は、押しも押されもせぬ名流夫人ですが、源氏は玉鬘を邸に引き取ったころのことが思い出されてなりません。優しく情が深くて賢くて、源氏が言い寄っても、柳に風と吹き流す素敵な娘でした。

玉鬘もまた、人妻になり親になっても、源氏の君の優しさや情の深さ、そしてさまざまのことを教えられたのが忘れられません。帰りしなに〈お父さまのご長命とご健康をお祈りしていますわ〉と言ったのは、本心からの言葉でした。

二月十日すぎに、いよいよ女三の宮が六条院にご降嫁になります。朱雀院が心を尽くされたおびただしい調度とともに、女三の宮が邸におはいりになられるのです。

六条院でもお迎えするのに、たいへんな騒ぎ。紫の上も知らぬ顔ではいられず、〈これは、わたくしがいたしますわ。それは、わたくしが見立てましょうね〉と準備におおわらわです。

お車が着きました。源氏は女三の宮をお抱きして、車からお降ろしします。内親王は、入内《じゅだい》と同じ様式をとって六条院においりになったのです。

新婚ですから、三日間は夜離《よが》れなく、源氏は女三の宮のもとへかよわなければなりません。一夜二夜はともかく、三日目の夜になると、源氏は紫の上に気兼ねして、なかなか出かけられません。

〈どうぞ、いらして〉と紫の上は、夫の着物に香を薫《た》きしめながら言います。〈まるでわたくしが邪魔をしてお引きとめしているように思われますわ〉。

源氏が、〈行くのは心苦しいが、行かなければ、朱雀院がどうお思いになるだろう〉とため息まじりに言うと、〈ほら、ご覧なさいませ。あなたご自身が迷っていらっしゃるものを……〉と紫の上は笑います。紫の上の机には、歌を書き散らした紙片がのっています。思いを歌にしたのでしょう。

「目に近くうつればかはる世の中を　行く末遠く頼みけるかな」――〈見ている前でお気持が変っていく、こんなことが世の中にあったのね。この愛はいつまでもつづくと信じていたのに〉という意味でしょうか。

源氏は耐えきれなくなってつぶやきました。「命こそ絶ゆとも絶えめ定めなき世の常ならぬなかの契《ちぎ》りを」――〈命が絶えても絶えないと約束した私たちの仲ではないか。途切れるはずはない……〉。

紫の上の心境

源氏は女三の宮の御殿へ向かいます。後に残った女房たちのかしましいこと。〈今ごろあんなかたがおいでになったって、お方さまのご威勢には関係がありませんわ〉〈そうよ、負けていらっしゃることはないと思いますわ〉などと言い合っています。

紫の上は、女たちの陰口が嫌いです。〈それは違うわ。殿はこれまで何でも思いどおりになさってはいらしたけれど、ご身分にふさわしい重々しい北の方はいらっしゃらなかった。帝《みかど》に準ずる高い御位《みくらい》になられたのだから、それに釣り合うような内親王がいらっしゃるのは当然よ。わたくしは気持が幼いのかしら、若い姫宮と一緒に遊びたいくらいよ〉。

女房たちは目くばせし、ひじをつつき合って、〈あんまりへりくだりすぎていらっしゃるわ〉〈そうよ、そこまでおっしゃることないわ〉などと言っています。

いつまで起きているのも、人びとが何と思うであろうかと、紫の上は独り、床へはいりました。源氏はもうずいぶんながく、家をあけることがありませんでしたから、三日間の独り寝は久しぶりなのですね。

（わたくしたちはこのまま一生過ごせるものと信じていたのに、こんなことになろうとは）。

紫の上は静かに涙を流しますが、鼻をかんだりすると、横にいる女房たちに、やっぱり泣いていられる、と思われるので、涙を拭《ふ》くこともできません。思いは、源氏が須磨《すま》、明石《あかし》にいたころに移ります。あのころは、長い長い独り寝でした。いつ戻るかわからない源氏を待ちつづける日々でした。

（あのときに比べれば、今のほうがずっと幸せだわ。あれから後、わたくしたちはどんなに楽しく暮らしたことか。いろいろなことがあって、二人の思い出をたくさん持てたわ。やはり生きていてよかった。今だって、あのかたはお元気だし、わたくしも……。やはり幸せなんだわ）。そんなことを考える紫の上です。

紫の上の思いが、源氏に通じたのでしょうか。女三の宮の御殿で眠っていた源氏は、明け方、紫の上の夢を見て目が覚めます。起きて身づくろいし、部屋を出ました。子供っぽい女三の宮は、ぐっすり眠っています。乳母《めのと》たちが起きてきて妻戸《つまど》をあけると、雪が積もっています。

源氏は急いで紫の上の御殿へ戻り、ほとほとと戸を叩《たた》きます。女房たちはすぐわかりましたが、聞こえないふりをしています。〈おいおい〉と声を出して戸を叩き、やっと開けてもらった源氏は、紫の上の臥所《ふしど》へやってきて、〈なかなか開けてくれないから、体が冷えてしまったよ。あたためておくれ〉と、紫の上の床へ滑りこみます。

〈へんねえ、独り寝の床があたたかいとお思いになるの〉と冗談を言い、にっこり笑う紫の上の単《ひとえ》の袖《そで》が涙で湿っています。源氏は紫の上を優しく抱き寄せますが、「うちとけてはたあらぬ御用意など」と原典にあるように、紫の上は打ちとけているようですが、キッとしたところがあって、やさしくあらがい、源氏に許しません。源氏も長い二人の人生航路を思い、さまざまに紫の上のご機嫌をとろうとします。

床を出てからも、まだ雪です。源氏はさすがに、女三の宮のところへ行く気になれません。〈この雪のために具合が悪くなったので伺えません。悪《あ》しからず〉という手紙をことづけます。女三の宮の乳母は趣きのないひとで、〈そのようにお伝えいたしました〉というだけでした。〈早くあちらへいらっしゃらなければ〉と言う紫の上に、源氏はいろいろ言いこしらえています。

女三の宮から手紙が来ました。〈雪のためにいらっしゃらないと聞いて、心も空に漂ってゆく思いです〉。その筆跡はいかにもたどたどしく、子供子供しています。源氏は、〈ほら、こういうかたなんだよ〉と、それを紫の上に見せました。あまりに子供っぽいので、見せるのがちょっと恥ずかしかったこともあるのですね。

実をいえば源氏は、はじめて女三の宮を見たとき、失望したのです。〈こちらへいらっしゃい〉と源氏が言っても、〈はい〉と聞きわけのよい子供のよう。思春期の少女という感じではなく、体も心もまだ子供のままでした。

〈兄君の朱雀院は、漢学の才能こそおありにならなかったが、とても趣きの深いかただった。それなのに、どうして愛娘《まなむすめ》の姫がこんなに物足らないのだろう。このひとに比べて紫の上は……〉と思わずにいられません。〈自分が育てたから言うわけではないが、紫の上は子供のころから面白かった。手応《てごた》えのある感触だった。子供ながらに、相手をせずにはいられないところがあって、話したり遊んだりするのは、いつも楽しかった。それにくらべて、女三の宮は……〉。

源氏は軽率な男ではないので、そういうことを誰にも言わず、胸のうちにおさめています。

女三の宮には何を言っても反応がなく、源氏が黙ると、いつまでも黙っています。〈今日、私が伺えなくてお淋《さび》しかったですか〉〈別に……〉〈今日はみんなとどんなお話をなさいましたか〉〈さあ……〉〈宮のまわりでお話の面白い人は誰ですか〉〈さあ……〉。

こういうひとに対して、どう相手をしたらいいのか、源氏にはわかりません。けれど、それはそれで、可愛くないこともないのです。昔の自分だったらがっかりするだろうけれど、このひとはこのひとで、身分は申し分ないのだし——と思い直します。それにつけても、紫の上への愛はいよいよ深くなる源氏でした。

その夏、東宮の女御《にょうご》になられた明石《あかし》のちい姫のお具合が悪くなられます。ご懐妊でした。〈あんなにお若くて、お小さくて、大丈夫かしら〉と周囲は心配します。女御は、〈早く六条へ帰りたい〉とおっしゃいますが、なかなか東宮のお許しが出ません。東宮はとても愛していらっしゃるのです。やっとお暇《いとま》が出て、実家へお下がりになることになりました。

紫の上は思い立って、〈女御にお目にかかるついでに、女三の宮にもお目にかかりたいわ〉と源氏に言います。〈会ってくれるかね〉と源氏は喜んで、〈あなたが思っている以上に子供っぽいかただが、悪気のない子供と思って……〉。

源氏は女三の宮に、〈あちらの対《たい》に住むひとが、あなたにお会いしたいそうですよ〉と伝えます。宮はおっとりとして、〈何をお話しすればいいの〉〈話というものは、片方が話して片方が返事をするから成り立つもの、あなたが面白いと思われることをお話しになればいいのですよ〉。

女三の宮はおとなしくうなずいておられます。〈あちらは悪気のまったくないひとですから、あなたも姉君に対するようにおしゃべりになればいい。ご自分が楽しいと思うことを、素直にお話しになればいいのです。お気づかいなさることはありませんよ〉。そんなふうに、噛《か》んで含めるように言わないと理解できない女三の宮でした。

この女三の宮は、いかにも内親王という感じに描かれています。個性も判断もなく、そこに坐《すわ》っているだけというタイプのかたですね。そういうご身分でも、朝顔の宮のようにはっきりと自己主張できるかたもいますが。

やがて女御が六条院へお下がりになられました。女御には、母君の明石の上がご一緒ですが、実母の明石の上よりも紫の上を親しく思って頼りにしていられますから、〈こんなことがありましたの、あんなこともありましたのよ〉と積もる話をなさいます。紫の上はおとなびて美しくなられた女御を、とても可愛く思うのでした。

そのあとで紫の上は女三の宮の御殿へ伺いました。

宮は、衣裳《いしょう》の中に埋もれてしまうような小柄な可愛らしいかたです。目はぱっちりしていますが、その澄んだ黒目には何の意思も浮かんでいませんし、磨き上げたようなお顔には、まだ表情というものができていません。

〈わたくしは宮さまとは従姉妹《いとこ》同士ですのよ〉と紫の上はやさしくお話しします。〈わたくしも宮さまと同じ年ごろには、人形遊びや絵巻物が大好きでしたの。宮さまは、絵巻などご覧になりますか〉〈ときどき……〉〈絵巻物をご覧になると、まるで、その世界に遊ぶような気がいたしますでしょう〉〈ええ……〉〈わたくしね、宮さまのお年よりもっと上まで、お人形をたくさん持っていましたのよ。雛遊《ひなあそ》びのお人形はまだお持ちですか〉〈持っています……〉。

紫の上は、（とってもお可愛いけれど、本当にご身分の高いお姫さまっていう感じだわ）と思います。

そして女三の宮は、（殿がおっしゃったように、ほんとにお姉さまのような優しいかただわ）とお思いになりました。

恋の唐猫《からねこ》「若菜《わかな》」二

二条邸での宴

朱雀《すざく》院が西山の寺へはいられたのち、朧月夜《おぼろづきよ》の君は里の二条邸に淋《さび》しく暮らしていました。それを聞いた源氏は、放ってはおけません。朧月夜の君と源氏はその昔、派手な恋愛事件をおこし、それで世間のつまはじきを受け、源氏は須磨《すま》、明石《あかし》とさすらうことになったのです。つまり世紀の大スキャンダルを起こしたんですね。

源氏は人を介して、〈もう一度会いたい〉と朧月夜に申しこみます。〈とんでもないわ〉と朧月夜は断りました。そして思います。〈あの人の愛はそのときだけのもの。真実、わたくしを愛して下さったのは朱雀院だけだった。もう絶対にお目にかからないわ〉。それで拒むのですが、それくらいで引っこむ源氏ではありません。

和泉《いずみ》の前《さき》の守《かみ》という知り合いに、朧月夜の君への手引きを頼みます。和泉の守は朧月夜に訴えます。〈困りましたよ。源氏の君がご熱心で〉〈もう二度とお目にかかりません。あのかたとのことは、もう終りましたのよ。そう申し上げて〉。朧月夜はきっぱりと拒絶します。

あるとき、源氏はおめかしして、一日中、自分の着物に香を薫《た》きしめていました。

そして、紫の上に言います。〈東の院にいられる末摘花《すえつむはな》のお具合が悪いというから、見舞いに行ってくるよ〉。

紫の上は賢いひとですからすぐ見抜きます。（末摘花さまのお見舞いに行かれるのに、あんなに身なりにこだわられるのはおかしいわ。朧月夜の君がただ今はお里にいらっしゃるというから、きっと）と思っていますが、このごろは気持が昔のようではなく、いささか離ればなれになっているので、〈あらそう、どうぞ〉と送り出しました。

夜、源氏の君は朧月夜の邸《やしき》を訪れます。ここは、昔は右大臣の邸でした。弘徽殿《こきでん》の大后《おおきさき》がご存命のころは、人びとの出入りも多くにぎやかな邸でしたが、今は荒れ果てています。朧月夜はここでひっそりと暮らしているのです。

源氏の突然の訪れに、朧月夜は、襖《ふすま》の掛け金をはずそうとしません。〈いつまでこんなことをなさるのですか〉と源氏は言います。〈お近くへ寄ってお話ししたいだけだ。あなたと私は青春の過ちを共有した仲ではないか〉。

〈昔のことは忘れてしまいました〉。朧月夜は答えます。〈私は忘れていない。でも、今さらどうこうするつもりもない。昔の思い出をおしゃべりしたいだけですよ。ここを開けて〉。源氏のささやきに、かたく拒んでいた朧月夜も、つい掛け金をはずしました。

〈何年ぶりだろう〉と、源氏は朧月夜にささやきつづけます。〈あなたを忘れたことはない。あなたと一緒に過ごしたあの日々が、私の青春だった。ほら、雷の鳴った夜、父君が突然はいってこられたときは怖かったね……〉。

思い出話をするうちに、いつとなく朧月夜の心も解けてきます。

明け方に、紫の上がふと目を覚ますと、寝乱れた姿の源氏が帰っていました。〈やっぱり……〉と紫の上は思いますが、何も言いません。〈怒っているの〉と源氏が聞くと、〈いえ、別に〉。

源氏は紫の上が、どこへ行ってきたか悟ったと感じました。

〈朧月夜の邸へ行ったんだが、あのひとは堅くて、戸は開かなかったよ。戸の向こうとこちらで話をしただけだ〉〈そうかしら。戸はいつとはなく開いたのではないこと？〉。

参った、と源氏は思います。このひとに隠し立てはできません。〈実はそうなんだ。どうしようもなかったんだよ。昔のあれこれを思い出し、しみじみと心が濡《ぬ》れてくるものがあった〉。

いつもの紫の上なら、すねたり、つねったりするのですが、〈けっこうでしたわね〉と言うだけです。源氏が、〈どうしたんだい。いつものように、怒ったりすねたりしておくれ。つねってもいいよ〉と言いますが、紫の上は、つねるほどの情熱も失《う》せた、というところでしょうか。

でも源氏から見れば、何でもしゃべれる仲で、女ざかりの匂やかな美しさ、しかも昨日より今日が美しく、去年より今年のほうがさらに魅力があるという女人なのです。源氏は、（やはり、このひとへの愛は失せない）としみじみ思いました。

源氏の四十の賀は、玉鬘《たまかずら》がさきがけて祝ってくれましたが、十月には紫の上が、源氏の無病息災を祈って嵯峨野《さがの》で薬師仏の供養をしました。精進落としは二条邸で行われました。ここは、少女だった紫の上がはじめて連れてこられた邸。そして新婚の夜を過ごした邸。また、源氏が須磨、明石とさすらっているあいだ、ひとり淋しく留守番をした邸です。

紫の上は二条邸がとても好きだと見えます。原典にはっきりは書かれていませんが、「御私《おんわたくし》の殿《との》とおぼす」という言葉が出てきますから、どうやら二条邸は、源氏が紫の上に与えたようですね。ここで精進落としの大きな祝宴が張られました。

舞台がしつらえられ、楽人の幕舎も建てられました。めでたい祝宴につきものの舞のあとで、笛や太鼓の「高麗《こま》の乱声《らんじょう》」というにぎやかにはやし立てる音楽が鳴り、「落蹲《らくそん》」という珍しい舞が舞われます。権中納言夕霧《ごんのちゅうなごんゆうぎり》と柏木《かしわぎ》の衛門《えもん》の督《かみ》、いずれ劣らぬ美青年が紅葉のもとで見事に舞いました。

人びとは、へお若かった源氏の君と、頭《とう》の中将が舞われた紅葉の賀を思い出しますね〉〈でもあのときのお二人より、ご子息たちのほうがずっと位も高い。しかるべき前世の縁で栄えるご一家なんですね、ご両家とも〉などと言い合っています。

源氏も、〈いまは四十になったが、二十《はたち》のころはあんなふうだったなあ〉と感慨ひとしおです。

こうして賑《にぎ》やかな宴《うたげ》が終りました。

明石のちい姫、皇子《みこ》を出産

十二月の二十日すぎ、秋好《あきこのむ》中宮は源氏の長寿のために、京と奈良のお寺に祈願をおさせになります。京および周辺の四十のお寺に絹四百疋《ぴき》、そして奈良の七大寺には白布四千反を布施として納められました。

年末には冷泉《れいぜい》帝が、〈どうしても祝いたい〉とおっしゃって、源氏の四十の賀を催されます。勅命を拒むわけにもいかず、盛大な祝いの会になりました。帝《みかど》はその采配《さいはい》を夕霧にお命じになりました。宴には太政《だじょう》大臣もやってきます。帝が催される宴ですから、格別みごとなご馳走《ちそう》や調度類はみな宮中から来ました。

太政大臣と源氏は、ときには反発しあったり敵対することもありましたが、そこは長いつき合いの親友同士、会えば心を打ちわって楽しく談笑し、盃《さかずき》を傾けます。〈いやあ、今日は楽しい会だった〉と言って、太政大臣は帰りました。
こうして源氏の四十の年は、祝宴に明け、祝宴に暮れました。

明けて源氏四十一歳の新春。源氏の一人娘、明石の女御《にょうご》（ちい姫）が懐妊なさって、六条に里帰りしていられます。源氏は不安です。葵《あおい》の上は夕霧を産んだ数日後に、はかなくなったので、お産がとても怖いのです。まだ年端《としは》もいかず、お体も整っていないのに、大役を無事に果たせるだろうか、と源氏は心配しています。

源氏は紫の上に子供がないのを悲しんではいましたが、（紫の上をこんな恐ろしい目にあわせられない。子供がなくてよかった）とも思っているくらいでした。

邸じゅうに安産の祈禱《きとう》の声が満ちています。読経《どきょう》の聞こえる部屋で女御がウトウトとしていられるところへ、老いた尼君がやってきました。明石の上の母尼君が、六条院に引き取られていたんですね。

尼君は、〈まあ、久しぶりにお目にかかれて……〉と言いながら寄って来ました。女御は尼君を物心ついてはじめてご覧になったので、びっくりして〈どなたでしょう〉とおたずねになられます。

〈あなたの祖母でございますよ。ご存じないでしょうが、あなたは三つのころに明石から京へお移りになったのですよ〉。源氏の君が明石をさすらっていたとき、明石の入道が娘と源氏を結婚させようとして奔走したこと、はかない契《ちぎ》りのあとに姫が生まれ、源氏は許されて都へ戻ったことなどを、尼君は話します。

〈もうこのまま、源氏の君にお目にかかれないのではないかと、みんなで泣きました。でもその後、京へ引き取って頂けましたが、悲しかったのは、あなたの祖父にあたる明石の入道が「自分は明石に留《とど》まって、みんなの幸福と開運を祈っている」と言って別れたことです。幼いあなたが何もわからず、「おじいちゃまも一緒に船に」とおっしゃったとき、入道は、「行くさきをはるかに祈る別れ路に堪へぬは老《おい》の涙なりけり」と、泣いたんですよ。京へ迎えられて、やっと源氏の君にお目にかかれたと思ったら、あなたを紫の上に托《たく》するようにという仰せです。あなたを手放した日に、母君（明石の上）もわたくしもどんなに泣いたことでしょう。あなたのためだと思いながらも、つい……〉。そういう話を長々としました。

明石の女御にははじめて聞く話でしたが、こんなおばあちゃまがいると耳にしたこともおありです。入内《じゅだい》してから、そばに付いてくれているひとが実の母だとは知っていられたのですが、でも、ご自分がそんな波荒い明石の海辺で生まれたとは思いもよらないことでした。明石の上は今まで語らなかったのです。

女御はお気立てもよく、頭のいいかたですから、（知らなかった。わたくしはこんなにたくさんの人の愛と善意に包まれて、ここまで来たんだわ。紫の上さまが可愛がって育てて下さったから、世間にも重く思われ、入内してもほかの女御たちを見下ろしていた。なんと傲《おご》り高ぶった心だったろう。事情を知る人たちは、わたくしをどう思ったでしょう〉。

そこへ明石の上がやって来ました。尼君に、〈お母さま、こんなところにいらしたの。女房たちが見たらびっくりするではありませんか。几帳《きちょう》でお体をお隠しになって〉とはらはらして言いますが、耳の遠い尼君は、〈いつかお耳に入れようと思っていましたから〉などと見当ちがいの返事をしています。

明石の上は、娘がこういう話を聞いてどう思ったろうと心配します。〈もう少しおとなになって後宮《こうきゅう》の生活にも慣れ、お子もお産みになって、落ちつかれたころに話してさしあげようと思っていたのに、早々とお耳に入れてしまったのね〉。

そこで、なぐさめるように女御に言います。〈思いがけない話をお聞きになって、さぞびっくりなさったでしょうね。年よりの僻言《ひがごと》ですから、まちがったことも混じっているかもしれませんよ。あまりお気になさらないでね〉。

女御は瞼《まぶた》を薄赤くはらしてうつむいていられます。思い沈んだお姿がとても美しいのですね。女御は、〈お話を聞いてよかったと思います。自分がどんなふうにみんなに大事にされて、ここまで来たかよくわかりました。おじいさまがいまだにお一人で、明石の地からわたくしやみんなの開運を祈って下さっているのは、とてもありがたく思います〉とおとなびた返事をなさいます。

明石の女御は三月の十日すぎに、玉のような男皇子《みこ》をお産みになりました。宮中からはひっきりなしに祝いが届き、あちこちからの祝いの品も山のようになり、邸《やしき》じゅう大騒ぎです。

紫の上は、お産を見たこともありませんが、お産のときのきまりの白装束をつけ、夢中で若宮のお世話をしています。明石の上は女御のお世話をしていて、邸内には赤ちゃんの泣き声やみんなの笑い声があふれています。

若宮が生まれたことで、紫の上と明石の上はいっそう仲よくなりました。(ここが作者紫式部の素敵なところだと思いますが)。かつて、紫の上は明石の上に嫉妬《しっと》していたのですが、明石の上の賢さ、判断力、そして気立てのよさなどを認めるようになりました。明石の上も紫の上の情の深さ、優しさ、賢さを発見しました。友情とは、互いの個性を認め合うところに成立するのですね。

今や二人は仲よく若宮と女御のお世話をしています。〈私はのけ者だね〉と、源氏は満足そうです。

明石の入道の決意

若宮誕生の噂は、明石の地にまで伝わりました。明石の入道は、〈私のかけた願《がん》は、すべて果たされた。私がこの世でなすべきことは終った〉と思います。かつて入道は、娘が出世しますように、行く先の運が開けますようにと、住吉《すみよし》の神に願をかけていたのです。願が果たされた今、恋々《れんれん》とこの世に留まる気はありません。

明石の入道の手紙と、今までたてた住吉神社の願文《がんもん》を納めた箱をたずさえて、明石から一人の僧が明石の上のもとを訪れました。

〈入道は、深い山にはいってしまわれました。京のご家族の分を除いて財産はみな、お寺と私ども六十余人の弟子僧に分け与えられました。何とぞ、お供をとお願いしましたがかなわず、僧一人と童《わらわ》一人だけ連れて、山の奥深く分け入ってゆかれました。ふもとまでお見送りしましたが、そのうち雲霞《くもかすみ》にまぎれてお姿が見えなくなって……〉と僧は辛《つら》そうに伝えます。

それを聞いて、明石の上と尼君はどんなに悲しかったでしょう。入道の手紙には、〈娘よ、いよいよお別れです。今こそ申しましょう、私は昔、こんな夢を見た。私が右手に須弥山《しゅみせん》を支えると、山の左右から日の光と月の光が現れて、さやかに照らした。だが、その光は私の体には及ばず、須弥山は海に静かに漂っていた。私は小さい舟を操って西のほうへ漕《こ》いでゆく……そこで夢は終った。そのころ、あなたが生まれた。私はあなたのためにこれからの人生を賭《か》けようと思い、正夢《まさゆめ》かどうかわからないが、神のお啓示《さとし》にちがいないと思ってお育てした。私は世に生きる道に拙《つたな》くて明石へ下り、そして、あなたにどうかいい結婚を、どうか開運をと願いつづけたのだ。

たまたま源氏の君がこの地にいらして、無理矢理ながら結婚させてちい姫を得た。あなたたちが京へ行ってからも、変ることなく神仏に祈りを捧《ささ》げていたが、ちい姫が東宮妃になられ、さらに若宮をあげられたと聞き、夢は正夢、私のかけた願が果たされたのを知りました。

今、この世を捨て、山奥にはいって、身を熊狼《くまおおかみ》の餌食《えじき》にしたいと思っている。私が死んでも、葬式などしないでいい。あなたたちがつつがなく幸せに暮らしてくれれば、それでいいのです〉。

尼君の悲しみは、ひとしおで、明石の上にかきくどきます。

〈あなたが出世したから、わたくしは幸せな運命と思ってきたけれど、辛いことも多かった。お父さまはかたくなだけれど、わたくしとは仲がよくて契りも深かった。夫婦は老いてからのものというのに、こんな別れをするなんて〉。

明石の上も涙が止まりません。〈明石でのお別れがそのまま、永《なが》のお別れになったのね。栄華に恵まれたといってもわたくしは日陰の身、おおっぴらに誇ることもできないわ。お父さまと明石に留まりたかった〉。

明石の上は、入道の手紙と願文を揃えて女御のところへ持ってゆきました。

〈あなたのおじいさまは、山奥へはいってしまわれたんですよ。山奥では、どこでいつ亡くなられたかもわからないわ。おじいさまはいつも、あなたの幸せを祈って下さっていた。わたくしも、いつまでもあなたとともにと願っていますが。あなたが幸せになったら、わたくしも世を捨てるかもしれないから、今のうちに言っておきましょう。あなたはこんなふうに、たくさんの人の愛と好意によってここまで来たのです。とりわけ、紫の上のご恩を忘れてはいけませんよ〉。

明石の上の言葉は、だんだんに遺言のようになります。

そこへ、源氏がやって来ました。手紙のはいった箱を見つけて、〈長々しい手紙だね。若い恋人からの手紙かい〉と冗談を言います。

〈とんでもございません〉と明石の上は入道の手紙を見せ、源氏も感慨に打たれました。〈明石でお目にかかった入道の君は、教養のある素晴らしいかただった。社会に出て活躍はなさらなかったが、人間として立派なかただといつも敬意を払っていたが〉。

東宮の皇子を産んだとなれば、いつかは孫も国母と仰がれるようになるかもしれません。身の栄華も思いのままでしょうに、いさぎよく跡をくらました入道を、源氏はあらためて尊敬するのでした。そして女御に、〈これで、お生まれになったときの事情がおわかりになったでしょう。みんながあなたを愛してここまで来られたのですよ〉と言うと、女御もうなずかれます。

源氏は、〈人の子の親となってはじめて人情を、人が人に示す気持のなんたるかをおわかりになっただろう。東宮妃という地位に上られたが、深い情愛を失わず、人の情けに感応する女人であってほしい〉と思い、語って聞かせます。

〈それにつけても、紫の上のご恩を忘れてはいけませんよ。あなたの実の母君がおそばに付くようになっても、あのひとはあなたを心から愛しているのですよ。実の身内の情けより、たったひとことでも赤の他人の情けある言葉のほうが値打ちがあるのです。愛情というものは、そういうものなんですよ。したり顔に、「継母《ままはは》がいくら優しくしたって、本当の優しさであるものか」などと言う人がいますが、それは違う。邪心を捨ててなつけば、継母も優しくせずにはおられない。また、その反対も言えるのです。人間というものは、優しくし合わなければいけない。だが、優しいのがいいといっても、あまり無邪気でおっとりしすぎるのも困るし、人の相性とはなかなか難しいものですが〉。

源氏は思わず、女三の宮のことを考えて言ってしまいます。

柏木と夕霧と女三の宮

さて、そんなふうに思われている女三の宮に心を焦がしている青年がいました。太政大臣の息子柏木の衛門の督です。柏木はもともと、朱雀院のおそばに親しくお仕えしていたので、院が手の中の玉のように可愛がり愛《いと》しんでおられる女三の宮に関心を持っていました。また小さいときから乳母《めのと》たちに噂を聞かされてもいたので、柏木はまだ見ぬ恋を育てていたのです。

朱雀院が婿を探していらしたときも柏木は熱心に運動しましたが、朱雀院は源氏を婿にお決めになったのでがっかりしました。真面目で弟たちの面倒見もよく、みんなに慕われている好青年ですが、なぜかこの恋だけは思いきれません。〈源氏の大臣《おとど》ももうお年だ。世を捨てて出家なさるかもしれない。そのときこそ……〉などと不逞《ふてい》なことを考えています。真面目なだけに、いったん思いこむとなかなか変えません。

女三の宮に関心を寄せる男がもう一人いました。夕霧です。朱雀院に〈あなたはおいくつになられたか〉とか、〈太政大臣の姫をもらって仲よく暮らしていられるとか。私も娘を持つ身だから、そう聞くとねたましいね〉などと言われたこともあり、朱雀院が夕霧を婿にとのお気持もあったのを知っていたので、何とはなく宮へ関心を寄せていました。

もちろん恋い焦がれて一緒になった雲井雁《くもいのかり》を疎むというのではありません。子供もたくさんできましたが、雲井雁は世話女房のようになってしまい、打てば響く才気が消えていました。

源氏は自分の若い日のあやまちにかんがみて、夕霧から紫の上を遠ざけたように、女三の宮も遠ざけています。〈夕霧にお姿を見せてはいけませんよ。あなたは子供っぽくてお気がまわらないところがあるから、よくよくお気をつけて〉とお諭ししています。

三月のある日、六条院に客が集い、蛍兵部卿《ほたるひょうぶきょう》の宮や柏木がやって来ました。源氏は、〈誰か若い者はいないかね〉。ちょうどそこへ、〈夕霧さまが東北の御殿で、お若いかたがたを集めて蹴鞠《けまり》をさせていらっしゃいます〉という知らせがきました。〈それはいい。こちらへ来て蹴鞠を見せてくれ〉と、源氏は呼び寄せます。夕霧が青年たちを引き連れてやって来ました。鞠壺《まりつぼ》（蹴鞠場）は平らな地面で、そんなに広くありませんが、四隅に柳、桜、松、楓《かえで》を植えるのがきまりです。

桜の花が真っ盛りのところへ、鞠を持った青年たちがやって来ました。夕霧や柏木は身分が高いので、見ているだけです。けれども、若い青年たちが掛け声をあげて元気に鞠を蹴《け》っているのを見ると、むずむずしてたまりません。柏木の弟の頭《とう》の弁《べん》が立ち上がって、ゲームに加わりました。青年たちの勇ましい掛け声が、うららとした春の空に響きわたっています。

源氏や蛍兵部卿の宮はもう中年ですから、簀子《すのこ》でご覧になっていますが、夕霧も柏木も実は蹴鞠にはいりたくてたまりません。源氏は二人に声をかけました。〈弁官（事務系の役人）ですらはいったじゃないか。君たちは武官だ。早く行って加わりなさい〉。二人は勇んで蹴鞠の輪の中へはいります。

桜の花の散りまがう中で、美しい青年たちが衣服を乱し頬を紅潮させて鞠を蹴るさまは、さぞ美しい見ものだったことでしょう。

その東南の御殿の寝殿、西面《にしおもて》に、女三の宮のお住まいがありました。若い女房たちが多いので、少ししどけなく、いろんな彩りの着物の端が御簾《みす》の下から出ていました。

花びらが雪のように降りしきる桜の下で、ひとしきり鞠を打ち上げた夕霧と柏木は、〈少し休もう〉と、寝殿の階段の中ほどに坐《すわ》ります。階段は花びらで真っ白になっていました。

柏木は、ここが女三の宮の御殿だと知っていますから、落ちつかない様子です。夕霧は賢い男ですから、柏木の様子に気づいていました。

鞠壺ではまだ貴公子たちが鞠を蹴っていたので、女房たちはみな、そちらに気をとられています。そこへ、可愛い唐猫《からねこ》が走り出てきました。追いかけて、大きな猫が走ってきます。小さい唐猫はまだ人に馴《な》れないのか長い綱を付けられていて、綱を引っぱった拍子に御簾の端がひっかかり、まくれ上がってしまいました。

何気なくふりかえった青年二人は、こちらを向いて立つ気品のある女人を見ました。

紅梅襲《こうばいがさね》の小袿《こうちぎ》を着、その上に桜の細長《ほそなが》を着ています。小柄なひとで、髪は絹糸を縒《よ》ったように長く、着物の裾《すそ》から七、八寸出ていました。

猫が鳴くので、お顔をこちらに向けられましたが、青年たちには気づかれぬご様子。とても愛くるしい、気品が高くて美しいかたです。奥にいられるので、はっきりとは見えないのですが、気配だけでわかりました。

柏木は、ずっと恋い慕っていたかたを偶然目にして、呆然《ぼうぜん》としています。

夕霧も気づきました。（しまった。女三の宮に違いないが、柏木にも見えただろう）。夕霧はたいへんだと思って、咳払《せきばら》いをします。それでやっと気がつかれたのか、女三の宮は静かに奥へはいりこまれました。女房たちは猫の騒ぎに気をとられ、御簾を直すひともありません。

やがて蹴鞠の会も果て、柏木と夕霧は同じ牛車《ぎっしゃ》に乗って帰ります。柏木は女三の宮の噂をしたくてたまりません。〈ねえ、きみ。女三の宮は六条院であまり大切にされていらっしゃらないようだね〉。

夕霧はその話題を敬遠して、〈「春の花が散らないうちに、また遊びにおいで」と父が言ったから、今度は弓をたずさえてこようか〉などと話をそらせるのですが、柏木は、〈あのかたは朱雀院がとても可愛がられた姫宮だ。そんなに粗末になさっていいはずはないよ〉とむきになっています。

〈いや、そうでもない。父は宮を大事にしているよ〉〈そうだろうか。でも、紫の上ほどのご寵愛《ちょうあい》には及ばないというじゃないか〉〈父もたくさんの女人をお世話しているから、くまなくとはいかないだろうが、女三の宮は別格として大切にお扱いしているよ〉。

柏木は、女三の宮の面影が目にちらついて離れません。前々から宮の乳母子《めのとご》である小侍従《こじじゅう》に手紙を書いて、橋渡しを頼んでいました。〈ほんのちょっとでいいから、お目にかからせてほしい。決して失礼なことはしない。ものを隔ててお話しするだけでいいから、取りはからっておくれ〉。

小侍従は、〈とんでもない〉と、一言のもとに拒絶します。〈あのかたは六条院の正夫人よ。そんなこと、できるわけないでしょう〉。

たしかに女三の宮は源氏の妻ですし、身分が高いかたですから軽々しく外歩きもできません。お庭に出ることすらできないのです。そんな深窓の女人ですから、お目にかかってお話をするなど、もってのほかでした。

でも、柏木は忘れられません。女三の宮をかいま見たとき、足もとにやって来た唐猫を抱き上げたのですが、宮の移り香《が》か、いい匂いがしました。猫までも柏木には懐かしいのですね。〈せめて宮のかわりに、あの猫を手に入れたい……〉。

柏木は一計を案じて、東宮の御殿へ参ります。東宮は女三の宮の兄君ですね。宮のことばかり考えている柏木は、東宮をお見上げしても〈お顔だちは似ていらっしゃるのだろうか〉などと考えてしまいます。東宮も猫がお好きなので、御殿にはたくさんの猫がいました。

柏木が、〈私が拝見した女三の宮の御殿の唐猫は、とても可愛かったですよ。日本の猫と趣きがちがっておりました〉と申し上げると、東宮は〈本当か。ではその猫をちょっと頂いてこよう〉とおっしゃいます。女三の宮は、兄君のお望みというので、すぐにさし出されました。

もう猫が来ただろうという頃合いを見はからって、柏木は東宮の御殿へ出かけました。〈どこですか、私の探している美人は〉と申し上げると、東宮は、〈この猫だよ。だが、うちにいる猫とそう変らないように思うが〉とおっしゃいました。

〈まだ人になつかないからでしょう。もう少し人馴れするまで、私がお預かりいたしましょう〉。柏木はまんまと猫を手に入れ、嬉《うれ》しくてたまりません。この猫を、女三の宮がお撫《な》でになったかもしれない。お召し物の下に入れて、可愛がられたかもしれない。移り香が、この猫の体に染みついているんだ。そう思うと、朝起きてから寝るまで猫を離すことができません。

驚いたのは、邸《やしき》の女房たちです。〈まあ、どうなさったんでしょう。今まで猫なんか見向きもなさらなかったのに……〉。その猫を抱きながら柏木の思うのは、〈どうかして女三の宮にお目にかかりたい〉ということだけでした。小侍従に、〈ほんのちょっと、一目でいいから〉と口説きつづけていました。

ついにある日、〈これをどうか、宮のお目にかけておくれ。お返事は頂かなくてもいい〉と手紙を托《たく》します。小侍従は手紙を持って、女三の宮のもとへやって来ました。〈また例の柏木ですよ。あんまりうるさく言われると、本当に口説き落とされそうですわ〉と冗談を言います。

〈あら、何を言うの。そんなこと〉と女三の宮は、何気なくその手紙を受け取ってご覧になりました。

〈あの日、あなたをひとめ拝見してから、私の心は物狂おしく漂い流れてゆきそうです。御簾の中にあなたは立っていらした。夢のようなひとときでした〉――誰にもその意味はわかりませんが、女三の宮ははっとなさいます。（猫が走り出して、御簾がまくれ上がったとき、人に見られていたとは……。殿に知られたらどうしよう。どんなにお怒りになるか）とそればかりが心配です。

男に姿を見られるということは、身分の高い女人にとって、とてもはしたないこととされていました。柏木に見られたということより、源氏に叱られるのを恐れていらっしゃるのです。こんなふうに他愛ない姫君でした。

このときの小侍従は、〈やがて本当に口説き落とされそうですわ〉と冗談を言いましたが、それが冗談でなくなる日が来たのです。

女楽《おんながく》の夕《ゆうべ》「若菜《わかな》」三

御代《みよ》がわり

小侍従《こじじゅう》は、柏木《かしわぎ》に返事を書きました。〈そんなことをおっしゃってはいけません。女三の宮さまはあなたには、高嶺《たかね》の花ですよ。甲斐《かい》のないことはお考えにならないほうがよろしいですわ〉——つめたく、はねつける手紙です。

それを読んで柏木は、（当然のことだろうけど、いまいましいことを言う奴だ。それにしても、なぜいつも同じ返事ばかり聞かされなければならないんだ。ひとことでいいから、あのかたと直《じ》かに話をするチャンスがあったら）。これまでは源氏に傾倒し、敬愛していた柏木ですが、このごろは源氏に嫉妬《しっと》して、よこしまな気持を持つようになってしまいました。

さて、髭黒《ひげくろ》の大将と前夫人のあいだに生まれた真木柱《まきばしら》の姫君が、婿えらびをする年ごろになりました。玉鬘《たまかずら》は息子を二人産みましたけれど女の子がいないので、髭黒は真木柱を引き取りたくてしかたありませんが、里方の式部卿《しきぶきょう》の宮家は、〈自分のところでちゃんと育てて、いい結婚をさせる〉と言ってお許しになりません。式部卿の宮は冷泉《れいぜい》帝の伯父《おじ》にあたられ、今では社会的にも重んじられていられます。

結局、真木柱の姫君と結婚なさったのは、兵部卿《ひょうぶきょう》の宮でした。源氏の弟君の蛍《ほたる》兵部卿の宮ですね。かつて玉鬘に求婚されましたが、髭黒が奪うようにして結婚したので宮は面白くありませんでした。早くに結婚なさったお気に入りの夫人が亡くなられてからは独身を通していられたのですが、このままというわけにはいくまいと、真木柱に求婚されました。すると式部卿の宮は、案外簡単にお許しになりました。結婚相手にはやはり宮家がよかろうと思われたのでした。

真木柱は美しくはありましたが、兵部卿の宮にしてみると、今でも恋しく思う亡き北の方の面影はなく、宮は憮然《ぶぜん》とした感じでおかよいになっていましたが、だんだんに足が遠のいてしまわれました。

祖父の式部卿の宮と母君は、心外なことと、怒っていられます。ことにも大北の方は辛辣《しんらつ》です。〈宮家の人間は、お金も権力もないかわりに、夫婦仲はいいものだというわ。それを何だろう、あのかたは……〉。

それが蛍兵部卿の宮のお耳にはいりました。（あれほど愛していた前の妻のときでもちょっとした浮気はあったが、それでもこんなにひどいことを言われたことはなかった）と思われますが、真木柱を捨てるほどの積極的なお気持もありません。それに、真木柱にとっては継母にあたる玉鬘はよくできたひとで、真木柱の弟君たちに、〈宮さまをお慕いして、ご用やお世話をしてさしあげてね〉と教え聞かせているので、弟君たちは宮にまつわりついています。

そんなこともあって蛍兵部卿の宮はふんぎりもつかず、淡々とした夫婦仲で過ごしていられました。


それから四年が経ち、冷泉帝が譲位されることになりました。冷泉帝は在位十八年ですが、世継ぎもおいでにならず、ご病気をなさったこともあって、そろそろのんびりしたいと思われたのか、譲位をお決めになったのです。

新しい帝《みかど》には今の東宮《とうぐう》が就かれます。朱雀院《すざくいん》の第一皇子で、東宮妃は明石《あかし》の女御《にょうご》(ちい姫)ですね。御代がわりになったので、太政大臣《だじょうだいじん》(かつての頭《とう》の中将)は役を辞され、髭黒の大将が右大臣になりました。内閣のトップですから、髭黒夫人の玉鬘は総理夫人になったわけですね。髭黒の妹君が入内《じゅだい》して産んだのが東宮でしたから、髭黒は新帝の伯父《おじ》、天皇家の外戚《がいせき》になったわけです。

夕霧《ゆうぎり》は大納言になりました。髭黒と夕霧とは仲がよかったので政治はそのまま変りなく、調子よく運んでいます。

明石の女御がお産みになった皇子《みこ》の一の宮が、新しい東宮になられて、明石の上は、どんなに喜んだでしょう。でも賢いひとですから、そっと陰に隠れるようにして女御をお助けしていました。女御はたくさんの姫宮や男皇子をお産みになったので、その地位は安泰です。父君の源氏は帝に準ずる位になっています。こうして、源氏の一族は栄えに栄えていきます。

女三の宮の格も上がりました。新帝は父君の朱雀院から頼まれていたので、妹宮のお世話をよくなさり、女三の宮は「二品《にほん》」という位をお受けになりました。「二品」というのはたいへん高い位で、国家からのお手当ても増えます。ご本人はおっとりして、そんなことには関心ないご様子ですが、まわりの扱いが変ります。

これまで六条院では、紫の上が一のひとでした。けれども女三の宮の社会的な重さがまさってきました。たくさんの財産をもった女三の宮の、六条院でのウエイトが大きくなります。紫の上はとても複雑な気持です。

あるとき紫の上は、にこやかに源氏に切り出しました。〈お願いがありますが、聞いて頂けますか〉〈あなたの言うことを拒んだことはないよ〉〈でも、かならず「うん」と言って頂きたいの〉〈いったい何だね〉。

原典には、「この世はかばかりと、見果てつるここちする齢《よはひ》にもなりにけり」――〈世の中はこんなものだと、わかったような気がする年になりました。実はわたくし……世を捨てたいのです〉。

源氏の顔色が変りました。〈何を言うんだ。私こそ、もう功成り名遂げたから世を捨ててもいいと思っている。けれど、あとに残るあなたが心配で、捨てられないのだ。

それなのに、私を置いてゆくなんて、何を言うんだ。絶対に許さない〉。

　紫の上は、たちまち話を引っこめます。人生の安定と調和を大切にするひとですから、決して無理を通しません。人の心を傷つけてまで自分の思いを遂げることには、優しさも美しさもない、と思うタイプのひとなのですね（その点、『蜻蛉《かげろう》日記』の作者が夫に禁止されても強行突破する強さとはちがいますね）。

　どうして紫の上はこんなことを考えたのでしょう。私はこう思いますのよ。

（源氏の君の愛はわかっているわ。女三の宮がお偉くなられても、わたくしを一番愛して下さっているのは感覚として理解できるわ。だからこそ、愛されている今のうちに、この世から抜けたほうが……）。紫の上はひょっとして愛の永遠を信じていないのではないでしょうか。今、愛が完結した、このときにと思ったのかもしれません。永遠って何だろう、と考えたのでしょう。（いろいろなことが次から次へと押し寄せ、波のように身を洗う。永遠につづくものなんてないんだわ。源氏の君は今は「たくさんの女人がいても、あなたは特別だ」と言って下さる。こういうときに、世を捨てたほうが……）。

　紫の上にくらべて明石の上は、様がわりしています。孫が東宮になり、もう少ししたてば、自分の産んだ娘は国母になります。これこそ、女の最高の位と、明石の上は思っています。かつて明石にいたとき、〈都へ帰る男と結ばれるのはいや、結局は捨てられるんですもの〉と、源氏の求婚にすぐ応じず、自分なりの愛をつらぬいたひとですが、子供を持ったとき、そしてその子供が東宮と結婚したとき、明石の上は変貌《へんぼう》して後宮《こうきゅう》政治家になったのです。

このあとに出てくるのですが、〈住吉《すみよし》神社にお礼参りをしよう。尼君も一緒に、老いの皺《しわ》も伸びるばかりに楽しい思いをさせてあげよう〉と源氏が誘ったとき、明石の上は何と答えたでしょう。

〈いいえ、まだよろしいわ。もっといいことがあったときに……〉。もっといいこととは、孫が帝位に就くことを指しているのです。なんと強烈な上昇志向。賢いのであからさまにはしませんが、すごい女性になっています。この世の権力、財力、そして幸運といったものを信じたとき、明石の上は永遠があると信じました。そう信じるからこそ現実的になったのです。

愛の永遠を、そしてこの世の永遠を信じられなくなった紫の上は、〈世を捨てたい。そうすればわたくしの人生は完結する〉と考えています。

同じように賢く、優しく、豊かな情感を持つ二人でしたが、運命によって、そんなふうにそれぞれ変ってゆきます。紫の上は、明石の上の娘を自分の手で育て、実の子同様に可愛がりましたが、理性的なひとですから、それが実の親子と同質の愛だとは決して考えません。いくら愛してもそういう怜悧《れいり》さを失わないひとなのです。その静かな理性の目で自分の人生を見通していたのでした。

大がかりな「女楽《おんながく》」

住吉詣《もう》では十月二十日に行われました。明石の入道がかけた大願がかなえられたお礼参りです。

源氏の参詣《さんけい》というのでたいへんな騒ぎになりました。

美々しい行列が仕立てられ、源氏と紫の上と明石の女御は先頭の車、次の車には明石の上と尼君が乗りました。たくさんのお供を引き連れて、きらびやかな牛車《ぎっしゃ》が十何輛《りょう》もつづきます。白砂青松の住吉の浜では、美しい青年たちが笛を吹き、琴を弾き、音楽を奏でます。舞人たちが、揃って黒い袍《ほう》の右肩をはずすと、その下の葡萄染《えびぞめ》やさまざまな色の衣がこぼれ出ます。

さぞ美しかったでしょう。紅葉や蔓草《つるくさ》、松の下葉も色づいた中に、楽の音がいつまでも響きわたっていました。

夜にはいっても、興は尽きません。篝火《かがりび》が焚《た》かれ、神に捧《ささ》げる歌や舞がつづきます。源氏は明石の上と尼君に、そっと手紙をことづけました。〈昔のことが思い出されますね〉。

尼君は〈おかげをこうむって、こんないい思いをして〉とお返事をします。これは紫の上には関係がなかったのですね。源氏が須磨《すま》、明石をさまよっていたあいだ、紫の上は京でひたすら帰りを待っていましたが、このときの思い出を共有するのは明石の上と尼君でした。

源氏は男ですから、男友達の頭の中将を思い出します。〈その昔、弘徽殿《こきでん》一派の思《おも》惑《わく》ものともせず、須磨まで訪ねてくれた。「きっと京へ帰れるよ。きみのいない京の都は味気ない。早く帰ってきてくれたまえ」となぐさめてくれた……〉。心あたたまる、懐かしい思い出です。

年が明けると、源氏は四十七歳になります。〈そうするとあなたは三十九〉と源氏は紫の上に言いました。王朝時代は女の厄年《やくどし》だったんですね。〈そろそろ祈禱《きとう》してもらって、厄逃れをしなければ〉と、源氏はひどく心配しています。

朱雀院も来年は五十におなりになるというので、〈五十の祝いに若菜を奉って、女三の宮主催のお祝いをしよう〉ということになりました。〈ちょうどいい折だから、年明け早々に「女楽」をしようじゃないか〉。

六条の女人たちが集まって演奏会をすることになりました。

山寺に籠《こも》っていらっしゃる朱雀院が、〈女三の宮に会いたい〉と言われたので、源氏は〈久しぶりに父君にお会いになるのだから、「おとなびたね」と言って頂けるように〉と、女三の宮に琴を教えはじめます。琴《きん》の琴《こと》といわれる、中国から伝わった七《しち》絃琴《げんきん》ですが、格式の高い難しい琴なので、手ずから熱心に教えました。

　源氏は、〈いちど試楽をしたいね〉と言いますが、住吉へのお礼参りなどがあったので、なかなか機会がありません。年末になると、紫の上は忙しくなります。六条院の主婦ですから、正月のための衣裳《いしょう》や食べ物の用意など全てを整えなければなりません。〈年末は忙しゅうございますから、一月にして頂ければ〉〈ではそのころに。その前に、みんなで弾き合せをしてみよう〉ということになりました。

　女楽は年明けの一月十九日に行われました。現代では、一月二十日ごろというと厳寒ですが、旧暦ですから梅の花が去年《こぞ》の古雪のように咲き、うぐいすの声もします。女三の宮は、源氏の指導のかいあって、琴の琴がかなり弾けるようになられました。〈わたくしもぜひ加わらせて〉と明石の女御がおっしゃいます。女御はお子があまたいらっしゃるのに、またもご懐妊で、もう五ヵ月におなりです。宮中では、十一月、十二月は神事に関する行事が多いので、妊婦は遠慮したほうがよいとなっているのを幸い、六条院に里下がりをしていられたのです。女御は箏《そう》の琴《こと》、紫の上は和琴《わごん》という簡素な六絃琴を弾くことになりました。明石の上は、亡き父君の入道から教えられた琵琶《びわ》です。

この四人が合奏することになりました。それぞれが四人ずつ美少女を引き連れています。大がかりな音楽会だったんですね。「女楽」ですから、弾き手も聞き手も女性、男性は源氏ひとりですが、拍子合せは少年たちに笛を吹かせることにしました。夕霧の息子と、髭黒の右大臣と玉鬘の息子が、廂《ひさし》の間《ま》にかしこまっています。

琴の絃《いと》を締めるには男手がいいというので、夕霧が呼ばれてやって来ました。源氏が御簾《みす》の下からさし出す箏の琴を、夕霧が受け取って調整します。〈絃を整えるだけでなく、ちょっとひとさし弾いてごらん〉と源氏に言われて、夕霧は緊張して弾きます。緊張していたのは、野分《のわき》の日にちらとお姿を見て以来、ひそかに紫の上を慕っていたからなんですね。

夕霧はひとさし弾いて琴をお返ししましたが、御簾のむこうの音ははっきり聞こえます。一番耳を引き立てて聞いたのは、紫の上の和琴の音色でした。ほかの音色もそれぞれにいいのですが、夕霧の耳には紫の上の和琴の音しかはいりません。

そのときの形容詞が「今めきて」とありますが、紫の上の和琴の音ははなやかでモダンだったのですね。ふしぎなことに、紫の上はいつも〈現代風〉と原典で形容されています。自分の美意識をもちながら新しいものにも興味をもつという、いきいきした性格なんでしょうね。

紫の上の和琴の音を聞きながら、夕霧はひそかに胸を躍らせています。

源氏から見ると、とりどりに美しい身内の女たち。女三の宮は二十一、二歳におなりですが、小柄で愛らしい感じ。源氏は、娘の明石の女御については、その夫の帝《みかど》にもうすっかりお任せしています。女御もお美しいのですが、ややお腹がふっくらしていて、ちょっと大儀そうにしていらしてご自分の琴を紫の上に譲られました。

女三の宮は、糸を縒《よ》りかけたように髪が美しく、〈柳の糸がなよなよしているようなお姿〉と形容されています。明石の女御は、藤の花といった美しさでしょうか。そして、紫の上が盛りの桜とすれば、明石の上は橘《たちばな》の花でしょうか。

明石の上だけは、少し身分が低いのでかしこまってという感じをあらわして、簡単な裳《も》をつけています。裳をつけるのはお仕えする人のしるしで、源氏の夫人の一人ではあるものの、一歩下がった感じで女楽の中に立ちまじっていますが、琵琶を抱える姿は、凛《りん》としていました。源氏が（花橘だなあ）と思ったのは、そういうところからでした。

紫の上の病い

やがて楽しく演奏会が終りました。そのあとで源氏は紫の上と話します。

〈どうだった、女三の宮の琴は〉〈お上手なはずよ。あなたが手を取ってお教えになったんですもの〉と、すこし皮肉が感じられますね。

源氏は弁解します。〈朱雀院に「おとなっぽくなったなあ」と思われるようにと、私も気をつかったからね〉〈わたくしはあんなふうに教えて頂いたことはなかったわ〉〈あなたが子供だったころは、私も忙しかったから。……しかしいろんなひとはいるけれど、やはりあなたが一番だよ。あなたほど素敵な女人はいない。ただ嫉妬《しっと》深いのが玉に瑕《きず》だが〉〈あら、わたくし、そんなに嫉妬しませんわ〉〈自分のことはわからないものだよ〉〈それはあなたのことじゃなくて〉。

二人は声を合せて笑います。本当に水も洩《も》らさぬ仲のいい夫と妻です。

源氏は、日ごろ思っていることを洩らします。〈あなたも今年は厄年、ことに気をつけて厄よけのご祈禱《きとう》などして下さいよ。私は今まで人なみ以上の幸運といわれたが、そのかわり、さまざまな苦労もした。母や祖母、そして父君にも早くに死に別れたが、その苦労のおかげで今の私があるのかもしれない。そこへゆくとあなたは、あの須磨、明石で別れて暮らしたときのほかは苦労がなかったでしょう。親の家にいるような気楽な気持でここで暮らしていたあなたは苦労知らずだったろう。女三の宮がいらして気をつかうこともあったろうが、私の愛情はいよいよあなたに深くなったのだし〉。

女の気持がわからないのでしょうか。またはわかっていて、源氏はわざとこんなことを言うのでしょうか。

紫の上は静かにほほ笑んで、〈人さまからご覧になれば、さぞ苦労のない人生に見えるでしょうね。でも、心ひとつに包みかねる思いがないわけでは……。その物思いが、わたくしを生かしてくれたのかもしれませんが〉。たいへん重い言葉をはいたのです。そして紫の上はまた言い出します。〈前々からお願いしていた、あのことですが、お許し頂けませんか?〉。

〈とんでもないことだよ〉と、源氏はやはり反対します。〈あなたが出家したら私になんの生き甲斐《がい》があろう。あなたと暮らす嬉《うれ》しさが私には何にもかえがたい人生の喜びなのに〉。

そして源氏は今までかかわった女性について紫の上を相手に話をしたあと、〈宮がよくお弾きになったご褒美に、ねぎらいの言葉をおかけしてこよう〉と言って、女三の宮の御殿のほうへ出かけます。紫の上をなだめておいて、女三の宮と夜を過ごすのですね。

あとに残った紫の上は、女房たちに物語を読ませて聞き入るふりをしながら、物思いにふけっています。夜も更けて、一人で寝《やす》んでいると、どうしてもさまざまなことが思い出されるのです。(女房たちが読んでくれる物語にはいろいろあるけれど、男と女が最後は結ばれて幸せになるという物語が多いわ。それなのにわたくしは、この年になってまだこんな物思いを重ねるなんて……)などと思いつづけているうちに胸の痛みで苦しくなりました。熱も出てきたようです。女房たちが介抱して、〈大丈夫でいらっしゃいますか、殿にお知らせしましょうか〉〈いいえ、お知らせしてはいけない。たいしたことはないわ〉。紫の上はそう言って止めましたが、ますます気分が悪くなり、胸の痛みが増してきました。

しらじらと夜が明け、女房たちが困りきっているところへ、明石の女御からお手紙が届きました。〈おはようございます。お母さま、音楽会のお疲れは出ませんでしたか〉。

女房たちが〈たいへんなことになって〉とお知らせしたので、女御もびっくりして女三の宮の御殿へお知らせになりました。

源氏は急いで戻ってきました。紫の上の額に手を当てると、おどろくほどの熱さです。（厄よけの祈禱をしてもらわねば、と言っていたのに……）。

医者を呼ぶやらお坊さんを呼ぶやら、大騒ぎになりました。もう女三の宮どころではありません。源氏にとって一番の心がかりは紫の上ですから、看病に必死に手を尽くします。あちこちの寺にあわただしく祈願の使いがたてられます。源氏自身も一生懸命祈ります。〈神よ、仏よ、どうぞこのひとをお救い下さい。気持の正しく、濁った心のないひとです。どうぞお助け下さい〉。

紫の上はくだものさえ口にできず、床に起きあがることもできないほど弱っていきます。〈場所を変えてみたらどうだろう〉と源氏は、紫の上がとても愛していた二条邸へ移すことにしました。女房たちもあわただしく移ります。

朱雀院《すざくいん》の御賀も流れ、琴などもすっかりかたづけられてしまいました。あちこちから見舞いがひっきりなしにきます。ご祈禱の修法《ずほう》などものものしいこと。おもだった人たちが二条へ移ってしまったので、六条院は火が消えたようになりました。

六条院の華やぎも栄えも紫の上がいればこそ、と人びとは今さらのように思ったことでした。

柏木と夕霧の傷心

そのころ、柏木は小侍従に、〈ちょっとの間だけでいいから、女三の宮に手引きしておくれよ〉と頼んでいます。〈とんでもありません。何てことを。あなたはもうご結婚なさったのではありませんか〉。

この四年の間に、人びとの運命も移り変り、柏木は、女三の宮の姉君にあたる女二の宮を頂いていました。せめてものことに、と姉宮を頂いたのですが、柏木の心を満足させることはできません。女二の宮は不美人というわけではありませんでした。でも、女三の宮の母君が藤壺《ふじつぼ》の女御なのに対して、女二の宮の母君は更衣《こうい》でした。更衣は身分が低いので、柏木は妻を軽く見る傾向がありました。この当時の人々の一番の関心は皇室のお血筋に近いことなのです。〈女三の宮より少し身分が劣ったかただ〉と柏木は思っていますが、ともかく朱雀院の皇女を頂いたのですから、表面的には大事にしています。みんなから怪しまれないように、女二の宮を立てているふうに装っていました。

でも女二の宮は、(結婚ってこんなものかしら)と淋《さび》しく思っておられます。(とてもわたくしをお望みになっているとお父さまがおっしゃって、言われるままに結婚したけれど、あのかたのお心はよそを向いている気がする。これが結婚というものかしら。それともわたくしがお気に入らないのかしら)。

女二の宮は、何もご存じないのですが、若い女性の直観で何かを感じとっていられます。結婚ってこんなに淋しいものかしらと思いながら、つれづれに琴を弾いていらっしゃるような可憐《かれん》なかたです。

柏木は熱心に小侍従を口説きつづけています。六年前のように、宮のかわりに猫を可愛がるだけではもうすまなくなっています。〈どうかして機会を見つけておくれ〉。〈冗談じゃありませんよ、そんなことできませんわ〉と小侍従は、そのたびにはねつけているのですが、でも人間って不思議ですね。しつこく飽きず、あまりにも熱心に頼まれているうち、小侍従の心は少しずつ軟化してゆきます。柏木の真剣な頼みに圧倒され、その熱意に押されてつい、〈お話しなさるだけなら〉〈もちろんだよ。失礼なことをするはずがないじゃないか〉――追いつめられた小侍従はしぶしぶ、機会をみつけます。

賀茂祭《かものまつり》の禊《みそぎ》の前の晩、みんなで明日は見物に出かけるというので、六条院の人びとは準備に夢中です。柏木自身も友人たちに見物に誘われたのですが、断っています。女房たちは禊の手伝いに出払ってしまって、邸内は人少なです。

源氏は、紫の上の介抱のために二条邸へ詰めていました。女三の宮のそばにはいつも按察使《あぜち》の君という女房がいるのですが、按察使の君は自分の恋人がやって来たので、頂いている自分の部屋へ下がってしまいました。宮のそばにいるのは小侍従だけです。

小侍従に誘われたものの、柏木は、（何をしようというんだ、自分は）と、はじめておのれをふりかえります。でも、もう反省しても遅いのです。六条の御殿にひそかにはいってしまいました。引き返すなら今だと思ったかもしれませんが、長いあいだ恋い焦がれた気持が、足を後戻りさせません。

まわりは、しーんとして真っ暗です。小侍従は柏木を、宮の寝んでいられる御帳台《みちょうだい》に近い所に坐《すわ》らせました。小侍従が出ていってしまうと、まわりには誰もいなくなりました。

女三の宮は、人の気配にふっと目が覚められます。男だというのは、暗い中でもわかりました。最初は源氏の君かと思われたのですが、柏木は宮を軽々と抱きあげて、御帳台の下へお降ろしします。〈お静かに……〉とささやく声は、源氏の君ではありません。女三の宮はびっくりして、夢かしらと思われます。〈いつもお手紙をさし上げている柏木です。あなたのかわりに猫を可愛がっていたのですが、それだけでは満たされず、とうとうここまで忍んで参りました〉。

柏木は、自制の気持は持ちつづけていたのですが、ほのかな灯の下で宮を見ると、想像したよりもはるかに美しく、何年このかたに思い焦がれていたかと思うと、情熱のほうが先に立ってしまいました。

〈私をいやな者とおとしめないで下さい。あなたをお慕いする気持だけは、六条の大臣《おとど》に負けません〉。いろいろ話しかけますが、どうして女三の宮に当意即妙の答えができましょう。驚いて、うろたえていらっしゃるばかりですが、そういう惑乱すら、柏木には美しく可愛らしく思えます。〈私の愛を信じて下さい〉。

そのとき柏木は、猫の声を聞いたような気がします。そして、夢のようなまどろみの中で、猫の夢を見ました。王朝では、猫の夢は子を孕《はら》む夢という暗示なんですね。

夜がようやく明けました。早く帰らないと、人がやって来ます。〈私のことをお忘れにならないで下さい。それにしても何かひとことお言葉を、お声を聞かせて下さい〉と柏木が言うと、〈夢ならよかったのに……〉と、はじめて女三の宮は言われました。

柏木は夢うつつで、父大臣の邸《やしき》へ戻りました。横になり、それからそれへと物思いにふけっています。（これからどうしたらいいのか。ぼくたちはどうなるんだろう）。

一方、紫の上は病いがどんどん重くなり、ついに息が絶えたという噂が都中に走ります。〈紫の上が亡くなられたそうだ！〉〈ええっ？　紫の上が！〉。みんな驚愕《きょうがく》して、お見舞いに行きます。

柏木もじっとしていられず、二条へ向かいました。夕霧は、目を真っ赤に泣きはらしています。

〈どうだった？　もういけないのか〉と柏木が聞くと、〈いったんは絶え入られたけれど、また持ち直された〉と言いながらも、夕霧はしきりに涙をこぼします。

柏木は、自分が恋をしていますから、ピンときました。〈夕霧は紫の上に恋している！〉。

恋する身は、恋する身の心を知るのですね。柏木はびっくりして、夕霧の顔をうち眺めます。

柏木《かしわぎ》の恋　「若菜《わかな》」四

紫の上の大病

高貴な女人でも、うわべは優雅にしながら内実は意外な色好みで、色の諸わけを心得て、おとなの才覚を持つひとがいる。そういうひとは秘密の恋愛をしても、人に気取られたりせず上手に世渡りするおとなの貫禄《かんろく》がある——と紫式部は書いています。

しかし女三の宮は、年こそ加えていられましたが、心はまだ少女のままでした。柏木《かしわぎ》とのこともご自分で解決がおできになるような貫禄はありません。不可抗力の運命に流される感じで、ただただ（殿に知れたら、どんなにお叱りを受けるか）と恐れていられます。自分の胸ひとつにたたんで何くわぬ顔をしていることができるかたではないのでした。明るいところへもお出にならず、ときどき涙をぬぐいながら、おどおどしていられるばかりでした。周囲にはご病気のように見えます。

〈宮のお具合が悪いようでございます〉と、二条邸にいる源氏に知らせが来ます。源氏は紫の上の看病だけで手一杯なのに、女三の宮まで具合が悪いと聞き、（困ったなあ……）と急いで六条院へ戻ってきました。

でも、宮はどこがお悪いというのでもないようで、ただうつむいていられます。源氏と視線を合せるのを避けていられます。源氏は宮の大きな秘密を知りませんから、自分が二条邸にばかりいるのを、すねていらっしゃるのだと思いました。〈あなたをおろそかにしているのではありませんよ。あちらのひとがとても具合が悪くて、もう長くないかもしれないのです。ご存じのように、小さなころから私が育てたひとなので、見放すこともできず、看病しているのですよ〉と言葉を尽くします。

宮にどうお答えのしようがありましょう。源氏に優しくされればされるほど、身の置きどころがない思いでいられます。

そこへ、二条邸から急使が来ました。〈紫の上が、ただいまお亡くなりになりました〉。

源氏は目の前が真っ暗になり、（ああ、臨終に間に合わなかったか……）と、急いで引き返します。

二条邸は、泣き声に満ちていました。女房たちは口々に、〈私もお供にお連れ下さいませ〉と紫の上の亡骸《なきがら》にすがって泣き叫んでいます。病気平癒のために壇をしつらえて加持祈禱《かじきとう》していましたが、今はその壇も壊されようとしています。昔からいる夜居《よい》の僧や親しい僧たちはまだ拝んでくれていましたが、臨時に雇った僧たちはもう帰りかけています。

源氏は、〈もう一度私を見ておくれ〉と、紫の上に取りすがって泣きますが、さすがに男、すぐ立ち直って〈待ちなさい〉と人々を制しました。〈物の怪《もののけ》がこのひとを連れ去っただけかもしれない。もう一度加持祈禱してみよう〉。

王朝の人々は物の怪を信じていました。物の怪が人間を天界へ拉《らっ》し去っても、功徳《くどく》のあるお坊さんに祈ってもらえば取り返せるかもしれないと、法力のある修験者《しゅげんじゃ》を急いで呼び寄せ、頭から黒い煙が立つばかりに必死に祈らせました。〈定業《じょうごう》で、連れ去られるのは仕方がありませんが、定業でなければみ仏のお情けで、もう少し長らえさせて下さい〉。

源氏は、命を削っても紫の上をこの世に引きとどめたいと思いました。そのとき源氏は悟ります。（自分が本当に愛していたのは、このひとだけだった）。

すると、源氏のあまりの悲しみにみ仏が同情されたのか、どれだけ拝んでも出てこなかった物の怪が突然現れて、憑坐《よりまし》の少女に乗り移りました。霊を移す少女をそばに置くと、物の怪がそれに乗り移ることがあるんですね。少女は躍りあがって叫びました。

〈人は去れ。源氏の君だけに申し上げたいことがある。調伏《ちょうぶく》がきつく苦しいので、紫の上を取り殺そうとしたが、源氏の君があまりに嘆くので、今回は堪忍してやる。今でこそ浅ましい魔界に落ちているが、もとは人の身。あんなに愛した源氏の君の苦しみを見るにしのびない。愛執《あいしゅう》はいまだに消えないのだ〉。

その声は、いまは亡き葵《あおい》の上に取り憑《つ》いた、六条御息所《ろくじょうのみやすんどころ》の物の怪にそっくりでした。

源氏はぞっとします。憑坐の少女の手をとらえて身動きできないようにして、〈名を名乗れ。たちの悪い狐が、亡き人の名をかたって辱《はずかし》めることがあるという。物の怪ならば、私しか知らないことを言ってみよ〉と言うと、物の怪は、〈紫の上と寝所で二人になったときに、わたくしのことを話しただろう。「あの女は気位が高くて、取りつきにくく、一緒にいても落ちつかなかった。だが、自分のために苦労させた」と。紫の上にそんなことを言う必要はないではないか〉。

源氏は総身に水を浴びたような気がしました。本当にそうだったのです。女楽《おんながく》の夜、紫の上にそんな話をしたことがあります。あたりには誰もいず、話を聞いた人があろうとも思えません。それを憑坐が言うのです。〈わたくしが誰だかおわかりになっていらっしゃるくせに。いつまでもつれない、薄情なかたね。加持の手をおゆるめ下さい。そして、わたくしの妄執の炎が消えるようにご供養下さいまし〉。だんだんとたおやかになって言うさまはいかにも艶《えん》で、その昔の美しかった御息所を思い出させます。源氏は、憑坐を一室にとじこめ、紫の上をそっと別の部屋に移しました。女の愛執とはたいへんなものだ、と源氏はつくづく思い知らされました。

物の怪が乗り移っていったおかげで、紫の上は蘇生《そせい》しました。みんな、嬉《うれ》し泣きをしています。源氏は、不眠不休でほかの人の手を借りず、懸命に介抱しました。（このひとが亡くなったら、私も本当に生きてはいられない）と思ったのです。

やっと命を取りとめた紫の上は、言います。〈やはり、出家をお許しください〉。でも源氏は許しませんでした。自分と同じ世界に生きていてほしいのです。出家とは、身は人間でありながら仏の国、この世の外へ行くことですから、源氏には耐えられません。

しかし、〈そんなに言うのなら、五戒だけでも……〉と源氏は許します。「五戒」とは、殺生《せっしょう》、偸盗《ちゅうとう》、邪淫《じゃいん》、妄語《もうご》、飲酒《おんじゅ》をしない（人を殺さない、盗みをしない、よこしまな恋をしない、嘘をつかない、酒を飲まない）という五つの戒めを守り、在家のまま仏門にはいることです。

源氏は尊いお坊さんを呼び、髪をほんの形だけ切って、五戒を誓わせました。それだけで、紫の上は少し元気になりました。

そのとき、紫の上の心に新しい大きな展開がおこりました。紫の上は、源氏が病みほうけたようにやつれて、懸命に看病してくれていたのを夢うつつで知っていました。（わたくしが死んだら、このかたはどんなに悲しまれるでしょう。そんな無情な仕打ちをしてはいけないわ。このかたより後に生き残ってさしあげなければ、元気にならなくては……）。このとき紫の上は、人間界から離れて弥陀《みだ》の浄土へ行き、生きながらの菩薩《ぼさつ》、観音さまになったのではないでしょうか。

『源氏物語』はいろんな読みかたが許されますが、〈紫の上は源氏の多情に愛想をつかして絶望し、引き取った明石の上の娘を可愛がって、母性愛に生きた〉と解釈する人もいます。けれども原典には、紫の上が、〈このかたのために生きなければ。元気になってさしあげなければと思った〉とあります。それは、紫の上が新たな人生観を得たことですね。女三の宮がご降嫁になってからは、少しずつ二人の心が離れ、割れ目ができていましたが、このとき、新たにしっかりした仲になりました。紫の上は源氏に対して、新しい大きな愛を感じたのです。

〈元気になったねえ〉とよろこぶ源氏に、〈おかげさまで〉と紫の上が答えたときに、二人は新しい世界へ飛翔《ひしょう》したのでしょう。

柏木の恋文

女三の宮は柏木との一夜から、鬱々《うつうつ》として過ごしていられます。源氏の留守のあいだ、柏木は小侍従に手引きさせて忍んで来ていたのです。柏木は怜悧《れいり》で聡明《そうめい》な青年ですから、自分の社会的地位も親の気持も、世間が自分に寄せる期待もよくわかっているのですが、恋に目が眩《くら》んでいます。六条院へ忍びこむたびに、〈ああ、自分は何をしているのか〉と自問しながらも、恋を思い切ることはできなかったのです。

女三の宮は主体性のないかたですから、つい引きずられてお会いになり、きっぱりと拒むことができません。かといって、柏木を愛していられるわけでもないのです。女三の宮は若いころから源氏に馴《な》れていられて、源氏が全人生だったんですね。源氏にくらべると柏木は性急で、思いこんだら激しく、お気にそまぬところもあったのでしょう。

柏木はすでに、女三の宮の姉君、女二の宮を妻に頂いていましたが、邸《やしき》に帰っても妻の部屋には足を向けず、鬱々と女三の宮のことばかり考えています。

「もろかづら落葉を何にひろひけむ　名はむつましきかざしなれども」――〈賀茂《かも》祭《まつり》の挿頭《かざし》は、桂《かつら》と葵《あおい》の葉。同じような姉妹の宮だけど、私が引きあてたのは落葉《おちば》の宮のほうだった〉。

なんという失礼な言いかたでしょう。女二の宮だって美しくて、上品な、優れた女人なのに、恋に目が眩んだ柏木はこんなことを思っていました。〈源氏読み〉のあいだで、女二の宮を〈落葉の宮〉というのは、ここから来ています。

なんという宿世《すくせ》（運命）でしょうか、あるとき、女三の宮の女房や乳母《めのと》たちが、〈あら、おめでたでは？〉と気づきました。柏木の子を宿していられたのです。乳母たちは何も知らず、〈おめでたなのに、ちっともお渡りもなくて〉と源氏を恨んでいます。

源氏のもとへ乳母たちから、〈宮のお具合が……〉という知らせが来ました。

源氏は、〈ああ、またか〉と思いますが、行かないわけにいきません。女三の宮の後ろには、兄君の帝《みかど》がいられますし、父君は朱雀《すざく》院ですから、両方に気兼ねがあります。〈源氏は紫の上の世話にかまけて、女三の宮をほったらかしだそうだ〉という噂が流れては申しわけないので、紫の上の部屋にやって来て言います。〈女三の宮のお具合が悪いというから、ちょっと行ってくるよ〉。

あれ以来、紫の上はずっと寝ていました。梅雨のあいだは、命も絶えるかと思いましたが、夏になって少し元気になっています。暑苦しいので髪を洗ってもらい、寝たまま乾かしていますが、長い髪がサラサラと流れて、とても綺麗《きれい》です。

二条邸は、長いことあるじが住んでいなかったので、荒れていました。せまく見えるのは、働いている人が多かったからでしょう。庭の手入れもできていませんが、遣《やり》水《みず》が涼しげです。紫の上はその遣水や青々と繁る夏草を見て、ああ、やっと生き返ったと思いました。池の面にはたくさんの蓮《はちす》が咲き、青々とした葉の上に、露の玉がきらめいています。

〈ご覧。あの露は自分たちだけで涼しがっているみたいだね。起き上がれるかい〉と源氏が言うと、紫の上はやっとのことで起き上がります。しばらくぶりに起きた紫の上を見て、源氏はどんなに嬉しかったでしょう。

でも紫の上は言います。〈あの蓮の露のように、人生って短いんですわね〉〈とんでもない。私たちの人生はあの世でもつづくんだから、短いなんてことはない〉。源氏は心を残しながら、六条院へ行きました。

女三の宮は相変らず、源氏と視線を合せまいとしていられます。「御心の鬼に」と原典にあります。現代語訳ではたいてい「良心の呵責《かしやく》」と訳されますが、そういう硬い言葉より、〈心の鬼に責められる〉というほうが日本語として綺麗ですね。

見たところ、それほどお悪そうではありませんが、源氏が〈お具合はどうか〉と乳母たちに聞くと、〈おめでたでございますよ〉と、ささやかれます。〈おかしいな……。もう少し様子を見たほうがいい〉と源氏は思いました。

源氏は年を加えて慎重になっていますから、そのことは女三の宮との話題にせず、〈あちらもたいへんなんですよ〉と話しかけます。源氏は女三の宮がまだふくれていると思っているのです。源氏は一刻も早く二条邸に戻りたいのですが、そうもいかないので二、三日泊まることにしました。

源氏が滞在していると小侍従から聞き、柏木はいらいらしています。嫉妬《しっと》にのたうちまわって、女三の宮にあててそめそめと手紙を書きました。

〈私がどんなにあなたを愛しているか、よくご存じだと思います〉。柏木は賢い青年ですが、恋に目が眩んでいるので、文中に個人名を書いてしまいます。

〈こうしているあいだも、あなたが源氏の君の腕の中にいられるかと思うと気が気ではありません。あの蹴鞠《けまり》の日に、あなたのお姿をちらと拝見してから、私の魂は宙を飛んでしまい、この世に生きている心地がしません。日夜考えるのは、あなたのことばかりです。どうぞこのことをお忘れなく〉。

熱烈な恋文を書いて、小侍従に渡しました。〈源氏の君のいらっしゃらないあいだに、宮にお渡ししておくれ〉。

どうかしら……と小侍従は思いましたが引き受けて、宮のもとへ行きます。ちょうど源氏が対《たい》の御殿へ出かけた後で、女房たちの姿も途切れたときです。〈柏木さまのお手紙です。どうぞ端書《はしがき》だけでもご覧になって〉〈いやよ、そんなわずらわしいもの〉〈そんなことをおっしゃらずに、はじめの一行だけでも……〉とひろげたとき、女房たちがはいってきました。小侍従はあわてて几帳《きちょう》をひきよせ、宮のおそばに手紙を置いて去ります。几帳の陰で女三の宮が読もうとされたところへ源氏が戻ってきたので、宮は胸をどきっとされ、とりあえず茵《しとね》（座蒲団《ざぶとん》）の下に手紙を隠されました。

源氏の懊悩《おうのう》

源氏は、〈今晩あたり、あちらへ行こうと思うが。あなたのお具合もたいしたことはないようだし、あちらはやっと大病から抜け出したばかりで、目が離せないのでね。

決してあなたをいいかげんにしているわけではありませんよ。あなたはおっとりしておられるけれど、口さがない人たちがいろいろ言うかもしれない。そんなことを気にしてはいけませんよ。ときが来れば、あなたにもおわかりになるでしょう〉。そんな話をしながら横になり、つい、うたた寝をしてしまいました。夕方になって蜩《ひぐらし》が高い声で鳴いています。

源氏はあわてて起きて、〈道がたどたどしくならないうちに帰らなければ〉と着がえをはじめました。〈道がたどたどしく〉とは、「夕闇は道たどたどし月待ちて　帰れわが背子《せこ》その間《ま》にも見む」――〈夕闇の道は、暗くて危ないから、月の出るのを待ってお帰りになれば？　その間だけでも、あなたを見ていられるもの〉というもと歌は『万葉集』に原型のある古歌からだったんですね。

さすがに女三の宮もその歌をご存じで、〈月の出るまでお待ちになれば〉とたどたどしく言われます。そしてさらに、〈蜩が鳴くからお帰りになるの。いつもは蜩の鳴くころにおいでになるのに、今日は反対……心細いですわ〉。

これはどういうことでしょう。女三の宮の本心は、〈早くお出かけになってほしい。目の前にいらっしゃるのは苦痛だわ〉と思っていられるのですが、思いとは反対に、源氏を引き止めてしまったのです。女の気持には不思議なところがあって、こうしてほしいと思っているのに、かえってあべこべを言ったりするのですね。あるいは心のひけめがいわせた女の本能的な媚《こ》びかもしれません。

源氏にはそんなことはわかりませんから、そうおっしゃる宮のご様子がいじらしく、すげなく帰るのもと、〈それではもう一晩泊まろうか〉ということになりました。それがたいへんな運命をもたらすことになるとは、思いもよらずに。

泊まると言ったものの、源氏はなかなか眠れません。紫の上の容態が心配で、あれこれ考えているうちに、夏の空が白んできました。

朝の涼しいうちに出ようと、源氏は早く起き、身仕舞いを始め、〈昨日の蝙蝠《かわほり》はどこへやったろう〉と御座所《おましどころ》のまわりを探しています。蝙蝠とは、先にも出てきましたが、骨に紙を張った扇子のこと。源氏が使っている「檜扇《ひおうぎ》」は、檜《ひのき》の薄い板を綴《つづ》り合せたものですが実用的ではなく、あおいでも生ぬるい風がくるだけです。ですから源氏は、〈この扇は風が生ぬるい。昨日の蝙蝠はどこへやったろう〉と言いながら探しています。

すると茵の端から、浅緑の薄様《うすよう》（薄い紙）がちらりとのぞいています。〈なんだろう〉と引き出してみると、男手の手紙でした。筆跡には見覚えがあります。貴族社会では公文書や手紙のやりとりによって、たいていの人の筆跡は知られていたでしょう。それは柏木の筆跡で、中の文句をちらっと見ただけで、源氏はショックを受けましたが、どういうことかよくわかりません。

何も知らない女房は、源氏の身仕舞いのために、鏡の箱のふたを取り、鏡を源氏のほうに向けます。その女房は、何かご用のお手紙だろうと思いましたが、小侍従だけはその姿を目にして、あのお手紙の紙色は、昨日の柏木さまのと同じだわと胸がとどろきました。

源氏は手紙を懐に入れて二条邸へ出かけます。そのとき、女三の宮はぐっすり眠っていられました。

小侍従は宮をお起こしし、〈昨日のお手紙はどうなさいました。ちゃんとお隠しになったでしょうね〉。宮はまだぼうっとしていられます。〈手紙?〉〈昨日の、柏木さまのお手紙ですよ〉〈あら……〉〈お手紙らしいものを源氏の君が手にしていられましたわ〉。急いで茵のあたりを探ってみましたが、あろうはずはありません。〈そういえば、読もうとしたら源氏の君がいらしたので隠したのだけれど、忘れてしまっていたの。どうしましょう〉と宮は涙をこぼされます。

〈お泣きになっている場合じゃありませんわ〉。小侍従はいらいらしています。〈どうしてこんな無分別なことを……。こんなに大事なものをその辺に散らかされては、柏木さまのお身にも関わりますよと、いつも申し上げていましたのに……。そもそもあの蹴鞠のとき、不用意にお姿を見られておしまいになったから、こんなことになったのですわ〉。

今さら責められても、宮にはどうしようもありません。泣いていられるばかりです。

源氏はその手紙を帰りの車の中で読み、そして二条邸へ戻ってからも読みます。柏木の手紙であることは疑いようもありません。

（なるほど、おめでたというのはこれだったのか。しかしなぜ、あの柏木が？　息子のように可愛がっていたのに。人柄といい才幹といい、国家の柱石《ちゅうせき》にふさわしい男に成長してくれるだろうと思っていた。それが、こともあろうに）。柏木への信頼が裏切られた憎悪と、そして女三の宮に対しても腹が立っています。（紫の上よりも手重い扱いをして、六条の正夫人として大切にしてやっているではないか。それなのに……）。

帝の妃《きさき》たちにも、こういう恋愛沙汰《ざた》がなかったわけではありません。けれどもそれは、浅はかな女性だったり、帝からお目をかけられないかわいそうな身の上のひとたちでした。（そういうひとが男の甘言に惑わされて過ちをおかし、世の噂になることは仕方がないが、女三の宮は違う。こんなに大事にしてきたのに）。少女のころに引き取って、自分の手で育て上げ、固いつぼみがほころんで、（ああ、ここまでになった……）というふうに楽しんできた源氏の、女三の宮に対するある種の愛情でしょうね。そしてもう一つ、柏木の「若さ」に対する嫉妬もあったでしょう。

源氏は煮えくり返る憎悪を感じました。でも、こればかりは紫の上に打ち明けることはできません。源氏はけじめのある男ですから、愛している紫の上に言うべきではないことをわきまえています。

源氏は、（心の幼い宮は、いつかこういう危険にはまるのではないかと思うこともあったが……）。それにつけても、玉鬘《たまかずら》のことを考えずにはいられません。（あの子こそ、よるべない身をさすらってわが家にきた。可愛くて賢かったから、私も憎からず気を引くようなことを言ったが、柳に風と受け流した。あれは本当に賢い娘だった。せめてあの才覚と分別の万分の一でも宮にあったら……）。

いつまでも、女三の宮と柏木に対する憤怒《ふんぬ》はおさまりません。

ところがある夜、源氏は、はっと飛び起きました。（自分に、あの若い二人を裁く資格があろうか。若いころの藤壺《ふじつぼ》の宮への恋……あのことを省みれば、恋の山に踏み迷う若い二人を弾劾《だんがい》する資格はない）。さらに、（ひょっとして、父帝は私と藤壺の宮のことをご存じでいて、知らない顔をしていられたのではないか……）。

このあたりから『源氏物語』本編の低音部に、不気味な重苦しい調べがついてまわるようになります。ここにいたって『源氏物語』は、はなやかな恋の物語から、重厚で、まことに辛《つら》いおとなの物語になるのです。

こういうときに源氏は、朧月夜《おぼろづきよ》の君が出家したと聞き、衝撃を受けました。朧月夜は源氏の青春を彩った女人のひとりです。

源氏は、しみじみとした手紙を書きました。〈私もいつか世を捨てようと思っていたのに、あなたに先を越されてしまった。須磨《すま》、明石をさすらったきっかけを思い出します。あなたのご回向《えこう》に、私も加えて頂けるだろうか〉。

朧月夜の君はもっと早く出家したかったのですが、やはり源氏に止められていたのです。返事は短いものでした。〈須磨、明石へのきっかけも夢の夢でございますわ。回向は一切衆生《いっさいしゅじょう》のためのもの、どうしてあなたのことを祈らないことがありましょう〉。

源氏が長いこと気にかけていた朝顔の宮も、一足先に出家なさっていて、今では、熱心に仏道修行に励んでいられるということです。源氏の青春を彩った女人たちが、次々に世を捨ててゆきます。

青年源氏が老年に

朱雀院の五十の御賀が行われることになりました。源氏は早くから心掛けていましたが、紫の上の病気やら女三の宮のご懐妊があったりして、延び延びになっていたのです。

十月になって、柏木の父君の前太政《だじょう》大臣の後援を受けて女二の宮（落葉の宮）がはなやかに御賀をとり行われました。次は、女三の宮がなさらなければならず、源氏は十二月のはじめにしようと計画を立てます。

朱雀院は、可愛がっていらした女三の宮がご懐妊というので、とても喜んでおられました。でもその一方でご心配なこともあって、宮に手紙をお書きになります。〈おめでたとのこと、喜んでおります。ご夫婦仲がよろしくないと噂に聞くが、どんなに不満があっても、怒ったりすねたりしてはいけませんよ。それは心浅い女人のすることです〉。朱雀院は、この人こそと思って預けた源氏とうまくいっていないのを悲しんでいられたのです。源氏も申しわけなく思いました。

〈お返事はどうなさいますか。父君がご心配にならないように、お書きなさい〉と源氏は言いますが、女三の宮は何とも答えられず、涙を流して震えていらっしゃるだけです。もちろん源氏は柏木の手紙を見たことを宮に言っていません。

ふつうだったら、〈そんなこと知らないわ。どなたの手紙?〉という顔で、そしらぬふうを装うのでしょうが、宮は世間知らずの、風にもたえないようなかたですから、源氏に手紙を読まれたと思いこんでおどおどとしていられます。

源氏は、それがいとおしいような、また、舌打ちしたいような腹立たしさがあって、〈あなたは、私のように年のいった夫を持ってご不満かもしれないが、父君朱雀院がご在世のうちは身をつつしんで、ご心配をかけないようになさって下さいよ。そして、父院が結ばれた私たちの縁を大事になさって下さい。あなたには、ほかに大切な人がいるかもしれないが〉と皮肉を言ってしまいます。

女三の宮はひっきりなしに涙をこぼし、筆を持つ手も震えていられます。〈柏木にはすらすらと返事を書いたであろうに〉と源氏は思いますが、女三の宮にはどうなさりようもありません。

源氏はさらに、〈朱雀院には、うわべだけでも仲よくしていると思わせるようにお書きなさい〉と言いますが、さすがに自己嫌悪にかられました。〈昔、年寄りにくどくどと説教されたとき、いやな気がしたものだった。あなたも、年寄りのうるさいおせっかいだといやな思いをしているでしょうね〉。

あんなに美しくて驕慢《きょうまん》で、誇り高く生きていた青年源氏が、こんな繰りごとを言う老人になってしまったのですね。

そうするうちにも御賀の日は近づいてきます。こういう大セレモニーを演出することができるのは、風流人の柏木をおいてありません。源氏は、柏木の力を借りたいと思って呼び出しました。

柏木は、小侍従から〈源氏の君に、あのお手紙がわたりました〉と聞いてから、恐ろしさにすくんでしまい、病気と称して宮仕えに出ていません。本当に具合が悪くなってしまったのです。柏木もいいかげんな青年ではありませんから、自分の罪を知っていました。原典には「空に目つきたるやうにおぼえしを」とありますが、この世ならぬ超越者が柏木をじっと見つめている気がして、自責にふるえあがっています。〈申しわけないことをしたが、あのときはやむにやまれぬ思いだった。でも言いわけにはならない。どうして源氏の君の前に出ていけよう〉と柏木は、再三のお召しにも応じず、お断りしています。

何も知らぬ父君の大臣《おとど》に、〈どうして参上しないのだ。隔意があると思われるよ。少々具合が悪くても、元気を出して伺いなさい〉とすすめられて、柏木はやっと六条院へ出かけました。

源氏は、親しげに、まったく他意のない様子で言います。〈具合が悪いと聞いたが、よく来てくれた。朱雀院の御賀だが、どうしたらいいだろう。女二の宮のときと違って簡素にとも思うが、簡素にすると世間では志が浅いと思うだろうか〉。

柏木はつつしんで答えました。〈院は盛大な儀式よりも、久しぶりに皆さまとつもるお話をゆっくりなさりたいようです。ですから、催しは簡素になさるほうがよろしいかと存じます〉。

（やはり、しっかりした子だ）と源氏は思いながらも、複雑な気持があります。（賢い男だが、誰の手に落ちるかわからない恋文に、はっきり人の名を書くという馬鹿なことをするとは……）。

さて、「試楽」には、病気も少しよくなった紫の上がやって来ました。玉鬘も来て、音楽と舞を楽しみました。ちょうど明石の女御も里下がりをなさっています。女御はこのたび、また男皇子《みこ》をあげられたのです。紫の上ははじめの姫宮と三番目の男皇子を預かって育てます。この三番目の皇子が、のちの「宇治十帖《じょう》」に出てくる匂宮《におうのみや》ですね。

玉鬘と髭黒《ひげくろ》とのあいだの二人の息子、蛍兵部卿《ほたるひょうぶきょう》の宮の息子、夕霧の息子といった、一族の少年たちが舞いました。式部卿の宮の孫宮もいます。愛らしい少年たちの舞を、みんなほほ笑んで見ています——が、老いた人たちは感涙をとどめかねるようでした。

源氏は、簀子《すのこ》の縁で人びとにまじって坐《すわ》っている柏木を見つけて言いました。〈柏木よ、年を取ると涙もろくなるものだ。きみは年寄りが泣いている、と笑っているね。しかし年はすぐ取るものだよ。逆さに流れないのが年月というものだ〉。

柏木は愕然《がくぜん》としました。心乱れて具合が悪い上に、まして源氏の前です。顔色も青ざめ、ずっとうつむいているのに、どうして源氏を笑えるでしょう。

そこへ、源氏から大きな盃《さかずき》がまわってきます。柏木は、〈お許し下さい、頂けません〉と言いますが、〈まあまあ〉と、むりやり飲まされました。いつもの悪酔いとは違って、ひどく苦しくなりました。たまりかねて柏木は中座して邸《やしき》にたどり着くなり、寝込んでしまいます。そのまま起き上がれなくなってしまいました。

落葉の宮（女二の宮）は懸命に看護なさいますが、心配なさったのは父君の大臣と母君の北の方でした。二人にとっては世間に自慢の跡取り息子です。〈こちらで養生させたい〉と迎えの車をよこされました。

落葉の宮は、〈あちらへお移りになったら、わたくしがご看病することもかないませんのね〉と悲しまれます。落葉の宮の母君も、〈ご両親さまのご心配はもっともですが、夫婦はやはり夫婦で看病するもの。今しばらくここでご養生なさってから、あちらへお移りになれば〉。

〈ごもっともです〉と柏木は言いました。〈しかし長男の私に、母はとりわけ頼っているのです。あんまり会いたがっていますので、ちょっとあちらへ参ります〉。でも、柏木には予感がありました。(邸を出たら、もう二度とここへ戻ることはないのではないか)。そう思ったとき青年は、落葉の宮に申しわけない気持でいっぱいになります。思わず落葉の宮の手を握り、〈つれない夫と、さぞ恨まれたことだろう。先があると思えばこそ、私は安心していたが、こんなに短い間柄と知ったら、あなたのことをもっと考えたのに。申しわけない、許して下さい。あちらで私が悪くなったという噂を聞かれたら、すぐいらして。そしたら……〉と言いかけたところに、迎えの車が来ました。

みんなにかかえられて、柏木は車に乗ります。落葉の宮は、泣く泣く見送られました。

でも落葉の宮は、最後に柏木が言った声や眼の色で、（あのかたは本当のことをおっしゃったのだわ。わたくしを愛していて下さったのかもしれない……）とお思いになったのです。

ここで、「若菜の巻」は終ります。

美しい尼宮

「柏木《かしわぎ》」「横笛《よこぶえ》」「鈴虫《すずむし》」

柏木《かしわぎ》と女三の宮の苦悩

柏木の容態はますます悪くなり、病いの床で、後悔に苛《さいな》まれています。
（なんということをしたんだろう。源氏の君に憎まれてしまった。小さいときから実の息子同様に可愛がって頂き、引き立てて頂いたのに、そのご好意を裏切ってしまった。でも、もしかしてこのまま死ねば、源氏の君もお許し下さるかもしれない。恋に死んだあわれな若者よ、と思って頂けるかもしれない。死はすべてを浄化してくれるだろう）などと思いますが、やはりまだ未練があって女三の宮への想いを断ち切ることができません。

もう筆を取るのもおぼつかなくなっていますが、手紙を書き、小侍従《こじじゅう》にことづけました。

「今はとて燃えむ煙《けぶり》もむすぼほれ　絶えぬ思ひのなほや残らむ」――〈身は焼かれて煙となっても、あなたへの思いは残り、永遠にくすぶりつづけるでしょう〉。終りに一行、「あはれとだにのたまはせよ」――〈かわいそうね、とひとことだけおっしゃって下さい〉。

小侍従は、泣く泣くその手紙を女三の宮にお届けします。

女三の宮は、お産が今日か明日かというほどお腹が大きくなっていられてそれどころではなく、〈手紙はもういや、この前のことで懲りたの〉と言われます。〈でもこれが最後の手紙かもしれませんから、どうぞお返事を。もう先もお長くないように見えます〉と、小侍従が硯《すずり》まで出してせかすので、女三の宮はしぶしぶお返事を書かれました。

小侍従は何とかそれを届けようと柏木のところへ行きました。邸内には父君の大臣《おとど》が呼び集めたおおぜいのお坊さんや、修験者《しゅげんじゃ》が詰めています。葛城《かずらき》の山中で修行する、むくつけき修験者たちが、陀羅尼《だらに》というお経をおどろおどろしく読んでいます。

小侍従は柏木の枕もとにそっと近よりました。〈お返事を頂いて参りました。しっかりなさって〉。

柏木が震える手で開けると、〈おいたわしく存じますが、どうしてわたくしがお見舞いにあがれましょう〉。女三の宮のお筆跡《て》はいまだに幼いのですが、美しい字です。そして、「立ち添ひて消えやしなまし憂きことを　思ひ乱るる煙くらべに」――〈わたくしとあなたの物思い、どちらが大きいか、燃え上がる煙の大きさで比べましょう〉。さらに、「後るべうやは」とあり、〈あなたが亡くなられたら、わたくしも生きていられるとは思いません〉。

女三の宮は、〈柏木なんて、本当は好きじゃないわ。無理にあんな関係になったんだもの）と考えていられるように見えましたが、手紙のやり取りを見ると、意外に心の底でかよい合うものがあったようですね。

とくに女三の宮の〈あなたが亡くなられたら、わたくしも〉という口吻《こうふん》を見ると、若い二人には響き合う気持があったようです。互いに離れられないほどの愛情ではないけれど、この契《ちぎ》りを手離したくないという気持が、あったのかもしれません。

手紙を読んで、柏木は泣きました。

そのとき、ひときわ大きな声で陀羅尼が読み上げられます。柏木は恐ろしくなって、〈もう寝《やす》みました、と父上に申し上げてくれ〉。

遠くのほうで父大臣が、〈病人はもう寝んでいるが〉と、修験者たちに言い、手を擦《こす》らんばかりに頼んでいます。〈何としても、柏木《あれ》に憑《つ》いた物《もの》の怪《け》を退散させてやってくれ。たのむ、たのむ〉。悲しい親心です。

柏木はささやきます。〈小侍従、聞いたかい。お気の毒な父上。ぼくが無鉄砲な恋のせいで身を滅ぼしたのもご存じなく、ひたすら案じて下さる。なんとおいたわしい……。修験者たちによれば、女の霊がついているそうだが、それが女三の宮の霊だったら、どんなに嬉《うれ》しいか。でも、もうすべておしまいだ。……ぼくが死んでも、魂は宮のおそばを離れない〉。

小侍従は、柏木の愛執を恐ろしく思いつつも、涙をこぼさずにいられません。柏木はやっとの思いで手紙を書きました。字も乱れ、文章もとぎれがちです。〈私の心はいつもあなたのおそばにいます。夕方になったら空を眺めて私をお偲《しの》び下さい。もう、あなたをお咎《とが》めする人もなくなるでしょう。いつまでも私のことをお忘れなく……〉。

途中まで書きましたが、後がつづけられません。手真似で持っていくように頼むので、小侍従は泣く泣くそれを持って帰りました。

その日の夕方から女三の宮が産気づかれ、たいへんお苦しみになりましたが、明け方に可愛い男の子をご出産になりました。

源氏は、まるで自分の罪が形になって目の前に現れたような気がしました。藤壺《ふじつぼ》の宮とのこと、桐壺《きりつぼ》帝のこと……あれこれ思い悩んでいます。

(男の子は世間へ出るから、人目にふれる。柏木に似ていると噂されたらどうしよう。女の子だったら、家の奥深くに育てるから人目にはつかないが……)。でも女の子は扱いかたが難しいと、女三の宮のことで痛感しましたから、(男の子でよかったかもしれない)。

源氏は、(これがもし自分の子であったら、どんなに嬉《うれ》しかったろう)と思い、なかなか赤ちゃんの顔を見に行こうとしません。女房たちは、〈まあ、殿の冷たいこと。久しぶりの若君というのに〉と言い合っています。

源氏の正室に男の子が生まれたと伝え聞いた人々が、次々に祝いにやってきます。このころのしきたりでは、生まれて三夜、五夜、七夜、九夜などにお祝いをするんですね。源氏は一応の祝いはしましたが、管絃《かんげん》の遊びなど派手なことはしませんでした。女三の宮は、華奢《きゃしゃ》なお体で出産を経験なさったので、絶え入るようにしておられます。源氏は、女三の宮の御殿で夜を過ごすことはもうなくなっていますので、昼間に覗《のぞ》いて、〈このごろ、世の中のことがはかなく思われて、仏道修行にいそしんでいます。この年では赤子の泣き声もわずらわしく、なかなかこちらに足が向かないが、お体の具合はいかがですか〉などと言うだけです。冷たい、源氏らしくもない、何という言葉でしょう。

女三の宮はおっとりしてお人形のようなかたでしたが、さすがに、（殿は、わたくしをお許しになっていないのだわ。この子と共に、これからもずっと、疎まれるんだわ。いっそお産のときに死ねばよかった）と思われます。（そうだ、お産で死ぬのと同じように世を捨て出家しよう……）。

源氏がかたどおりのお見舞いを言って帰ろうとすると、女三の宮は、〈お願いがございます。お産で死ぬのは罪が重いといわれますが、この体ではどうなるかわかりません。出家させて下さいませ。尼になれば、その功徳で命をとりとめることができるかもしれませんから〉。

源氏はびっくりします。〈とんでもない〉と答えながらも、（なるほど、そういう道もあったか）と考えます。源氏は女三の宮のあやまちを許すことができそうにありませんし、柏木のことも気になって、煩悩《ぼんのう》から逃れることができません。（このひとが尼になるのもいいかもしれない）とは思ったものの、現実に、青ざめて透きとおるような顔をした女三の宮が、たよたよと臥《ふ》していられるのを見るといたいけなく、可憐《かれん》で、（尼にするのは耐えられない）とも思います。

けれども、女三の宮のお気持は変りませんでした。

女三の宮の出家と柏木の死

父君の朱雀院《すざく》は、お子が産まれたと聞き、喜んでいらしたのですが、宮のお具合がかんばしくなく、〈父院にお目にもかからないで死ぬのかしら〉と嘆いていられると聞くとても心配され、お見舞いを思い立たれます。女三の宮にしてみれば、いまや頼れるのは源氏ではなく、無私の愛情で包んで下さる父院だったのですね。

ある晩突然、朱雀院が六条院にお渡りになりました。院はもともと美男でいらしたのですが、お年を召してもやはりお美しく、修行に精を出していられるので、清らかに痩《や》せていらっしゃいます。僧衣を着て、すがすがしいお姿でやってこられました。

源氏は驚きます。〈こんなふうにおいでになるとは存じませんでした。ようこそ、お久しぶりでございます〉。朱雀院は、〈出家の身が、子への愛に引かれてやってきました。恥ずかしいことです〉とつつましく言われます。

女三の宮は朱雀院のお袖《そで》をとらえて、〈お父さま、この機会にわたくしを尼にして下さいませ〉。朱雀院は驚かれますが、ああ、やっぱり……という気持もおありです。よかれと思って娘を源氏に托《たく》しましたが、〈夫婦仲がおよろしくないらしい〉とか〈紫の上に気押《けお》されていらっしゃる〉などという噂を聞いていられます。子供が産まれたというのに、〈尼にして〉と、思いつめて言われる宮をご覧になって、朱雀院は〈結局、それがいいか〉とお考えになります。〈源氏は夫としては頼りないが、尼の庇《ひ》護《ご》者としては、これ以上の人はないかもしれない……〉。

驚いたのは源氏です。〈とんでもない。物の怪が言わせているのかもしれませんのに〉と、うろたえます。

朱雀院は静かに言われます。〈物の怪にしろ、悪いことを勧めているわけではありません。出家すると、その功徳で一門が浮かび上がるといいますよ。せっかく宮が言うのだから、出家させてやって下さい。聞いてやらないと、あとで後悔なさるかもしれません〉。

〈いや、それは困ります。どうか思い直して下さい〉。源氏は必死になって朱雀院と女三の宮に思いとどまられるよう哀願します。〈今は、お産の後で気持が乱れていらっしゃる。食事をなさって、薬も召し上がって、まず健康を取り戻されることです。仏道修行をなさるといっても、健康でないと難しいですよ〉と引き止めますが、女三の宮のご決意は変らないのでした。

そのうちに、夜が明けかかりました。〈夜が明けては、人目に立って具合悪かろう。暗いうちに帰りたいから〉と、朱雀院はお急ぎになります。

お産のために詰めていたお坊さんを呼んで、女三の宮の盛りの美しい黒髪が断ち切られました。源氏は呆然《ぼうぜん》として涙がこぼれ落ちます。いざとなると、うろたえるのは源氏なんですね。朱雀院も、とりわけ愛してらした姫宮の、はかない尼姿に涙にくれられます。女三の宮は弱々しく消え入るばかりのありさまで、父院のお顔も見上げられません。

朱雀院は、〈宮が伝領した邸《やしき》が三条にあります。世を捨てた尼が、人の出入りの多いこちらに住むのはふさわしくないでしょうから、そこを修理して住まわせてやって下さい。今後もどうぞよろしくお見捨てないよう、お願いしますよ〉と源氏に頼んでお帰りになりました。

柏木が重態というので、帝《みかど》はとても心配なさり、〈権《ごん》大納言に昇進させよう。その喜びで健康を取り戻すかもしれない〉というありがたい仰《おお》せで、柏木は権大納言に任じられました。

夕霧《ゆうぎり》は、それを祝いに親友の邸へ向かいます。たくさんの人が昇進の祝いに来ていますが、柏木は枕から頭を上げられず、面会することもできません。風の便りで女三の宮が出産したと聞き、自分の子かと推察していますが、恐ろしい秘密を誰に語ることもできません。そして宮が出家なさったと聞いてショックを受け、ますます容態が悪くなりました。

そこへ、親友の夕霧が見舞いに来たので、柏木は必死で体を起こし、ようようのことに烏帽子《えぼし》をかぶりました。清らかに萎《な》えた白い衣を何枚も重ね着しています。あたりは綺麗《きれい》にかたづき、お香も薫《た》かれています。

夕霧が思ったよりもずっと、柏木は弱っていました。〈どうしてこんなに……。今日はめでたい知らせだから、晴れやかな顔が見られるかと思ったのに〉。二人は幼いときからの親友でした。夕霧の嘆きは柏木の親兄弟にも劣りません。

〈いつのまにか、こんなに弱ってしまった……〉。柏木はやっと答えます。〈こうなると知っていたら、もっと早く言えばよかったが、きみにぜひ頼みがある。六条の院のことだが……〉。

夕霧は、ハッと緊張します。

〈実は、院のお怒りをかってしまったらしい。試楽の日に、院がぼくを鋭く見つめられ、それから具合が悪くなってしまったのだ。ぼくは昔から院を敬愛していた。誰かの讒言《ざんげん》があったのかもしれないが、きみからよろしく取りなしてくれたまえ……〉

〈どういうことかわからないが、父は別に含むところはないと思うよ。「病気が重いそうだね」と心配しているよ〉。

夕霧は、女三の宮の意外なご出家、そして柏木のこの煩悶《はんもん》、あれこれ思い合せます。（そうだ。いつか蹴鞠《けまり》の日に、ちらと女三の宮をお見かけしたときの柏木の様子……）。それからそれへと思い浮かびますが、もとより口にはできません。

柏木はやっとのことで頭をもたげて、〈父君によろしくお取りなしを頼む。それから、もう一つ、女二の宮を見舞ってさしあげてくれたまえ。こうなることがわかっていたら、もっと大事にしてさしあげたのに、今となっては――。あのかたは母君とお二人暮らしだから、零落されたりなさらないように、よろしく頼む〉と親友の手を握って言います。

〈父のことをもっと早く聞いていれば、何とかしたのに〉と夕霧も涙で後がつづけられません。

柏木は言いたいことはまだたくさんあったのですが、もう物を言う力もありません。手まねで帰って、と促します。泣く泣く夕霧は去りましたが、これが柏木を見た最後でした。柏木はついに亡くなってしまいました。

両親の悲しみは一通りではありません。長男の柏木を、頼みとも誇りともしてきたのです。また、弟妹の落胆もたいへんなものでした。柏木は弟たちの面倒もよくみましたし、妹たち——弘徽殿《こきでん》の女御《にょうご》、玉鬘《たまかずら》、雲井雁《くもいのかり》——にとっても、頼りになる長兄なのでした。

妻の女二の宮（落葉《おちば》の宮）は、ご臨終を看《み》とることもできなかったと悲しんでいられました。

夕霧と女二の宮

弔問の客もとだえ、しばらく日にちが過ぎました。柏木の家来たちはまだ残って、あるじが愛した鷹《たか》や馬の世話などをしています。でも一条のお邸は、火が消えたような寂しさでした。

そこへ立派な直衣《のうし》を着た夕霧が、美々しい行列を整えて女二の宮のお見舞いに訪れました。女房たちは〈ああ、亡き殿がいらしたかと思ったわ〉と驚き泣きますが、身分の高いかたですから廂《ひさし》の間《ま》へお迎えし、宮はお出になりませんが、母君の御息所《みやすんどころ》が応対されます。〈よくいらして下さいました〉。

〈柏木どのを悔む心はお身内に劣りませんが、世のしきたりとて、お悔みも通り一遍になりまして。しかし柏木どのが最後に言いおかれたこともございますので、おろそかならず思っております〉と、夕霧は言葉をきわめておなぐさめします。

故人の思い出話をするうちに、御息所は、〈お聞きおよびかもしれませんが、わたくしはこの結婚には反対でした。内親王は独身を通されるものという昔からのならわしですし……。でも朱雀院が強くお勧めになるので結婚させました。柏木さまは情が浅いように見えましたけれど、亡くなられる直前にあちらこちらに「女二の宮をよろしく頼む」と言い置いて下さったそうで、悲しい中にも嬉《うれ》しい気持がまじる心地でございます〉。

夕霧がふと見ると、桜の花が咲いています。

「時しあれば変らぬ色ににほひけり　片枝《かたえ》枯れにし宿の桜も」――〈春が来ると、片方の枝が枯れたような桜でも、変らぬ色で匂います。いつまでもお悲しみにならず、どうぞお心を取り直して下さい〉と、夕霧が優しく言いますと、御息所は、間髪を容《い》れずお返しになりました。

「この春は柳の芽にぞ玉はぬく　咲き散る花のゆくへ知らねば」――〈この春は悲しい春です。目に浮かぶのは涙の玉ばかり、花のゆくえもわかりません〉。

御息所はかつて宮中で、才あるひとと評判のかたでした。なるほどと夕霧は感じ入りました。

夕霧が帰った後、女二の宮の女房たちは、〈まあ、素敵な殿方〉とささやき合います。〈亡くなられた柏木さまは、五つ六つお年上とか。すると夕霧さまは、二十七、八でいらっしゃるのかしら〉〈でも、重々しくてご立派なこと。お体も大きくて、頼もしいわ〉〈もしかして、夕霧さまとお方さまがご再婚なさったら、言うことないわね〉。……

ある秋の夕方、また夕霧が女二の宮をお訪ねすると、宮は御簾《みす》を隔てて琴を弾いておられました。母君の御息所が、〈こういう夜は、柏木さまも琴をお弾きになりましたのよ〉と言って、和琴《わごん》を夕霧にさし出されます。夕霧がすこしかき鳴らしてみると、よく弾きこまれたらしく、移り香もしみて、女二の宮が亡き夫の遺愛の琴をいつくしんでいられたのか、と、なつかしい気がしました。宮の琴の音を聞きたくて、御簾のうちへ押しやりますが、宮は手を触れられません。雁の声、肌寒い風、〈いい宵ですね〉と夕霧は琵琶《びわ》で「想夫恋《そうふれん》」という曲を弾きはじめます。〈合奏して頂けませんか〉と、女二の宮に声をおかけしましたが、宮は応じられません。「想夫恋」という曲名にこだわってはにかんでいられるのでしょうか。でも、終りのほうだけ、ほんの少しお弾きになりました。つつましいかただなあ……と夕霧はほのかに心を寄せます。

夕霧は、長年つれ添った妻の雲井雁を愛しています。雲井雁はたくさん子供ができて、今ではすっかり世帯なれた世話女房のたたずまいです。子供が六つ七つになると、男の子にも女の子にも手習いや楽器などの先生を呼んで勉強させなければなりませんし、邸内はいつもごったがえしていました。

そういうところから、おとなばかりの静かなこの邸《やしき》へくると、夕霧は心が澄むような感じがして、関心は、いつとは知らず御簾の奥の、女二の宮に向かいます。〈柏木はあまり愛していなかったが、ご器量のよくないかたなのだろうか。気配からすると、つつましやかで美しいひとのように思えるが〉。

庭の色づいた楓《かえで》を見て、夕霧が〈「連理《れんり》の枝」と言いますが、枝と枝を交わす眺めは素敵ですね〉と思わせぶりに言いますと、女房を介して宮のかわりに御息所のお返事がありました。〈もうわたくしの交わすべき枝はありませんのよ〉。

はじめは、〈どんなかただろう〉という好奇心からでしたが、夕霧はだんだんに、〈慕わしい、懐かしい、お言葉を頂きたい〉という気持になってゆきます。〈声もお聞かせ下さらないが、なんとおくゆかしい懐かしいかただろう〉。

そのとき母君の御息所が、〈これは柏木さまが大事にしていられた笛です。こんな草深い屋敷で朽ち果てるのももったいなく思いますので、どうぞあなたさまがお持ちになって、可愛がって下さいませ〉と、一管の笛を預けられました。

夕霧は帰りがけ、琴に手を添えて、〈またお伺いするまで、この琴をほかの人の手に触れさせたりなさいませんように〉と言います。これは、遠まわしな求愛の言葉なんですね。それに対してのお言葉はありませんでしたが、夕霧は笛をたずさえて、物思いにふけりながら家に戻ります。

邸に着くと、戸が閉められていて真っ暗です。〈とてもいい月だよ。格子を開けてみたら〉と夕霧が言うと、雲井雁は、〈まあ、今ごろお帰りになって〉とご機嫌ななめです。雲井雁は、〈夕霧の大将は、一条邸の未亡人に関心がおありらしく、このごろしきりにかよっていられる〉という噂を聞いていましたから、月が何だっていうのという感じなんですね（笑）。赤ちゃんが泣き出しました。〈あなたがつまらないことを言うから、起きちゃったわ〉。

雲井雁は少女時代、とても愛くるしいひとでしたが、長いこと寛大な夫の愛情に馴《な》れて過ごし、子供もたくさんできた今では、夕霧と口げんかをしたり、かなりわがままな奥さんになっていました。でもそんな妻も、夕霧にとってはいとしい存在でした。

女三の宮の若君、薫《かおる》の成長

女三の宮が産んだ若君、薫の君は五十日になり、〈五十日《いか》のお祝い〉がはなやかに行われました。

若君が笑うようになると、源氏もさすがに可愛く思い、抱き上げてあやしたりします。（柏木は、この子を自分の子と知って死んだのだろうか。思えば、あわれな若者だった）。はじめて柏木をあわれむ心がおきます。柏木の両親は涙に暮れていて、子供でもいたら、よすがにできたのにと嘆いていると噂に聞きますが、ここにいると教えるわけにはいきません。

薫の君は何も知らずににこにこ笑っています。


春になり、山の帝《みかど》（朱雀院）から筍《たけのこ》が送られてきました。薫がはいはいをして寄って来ました。なんとも愛くるしい様子で、かごの中の筍に手を出し、かじったりしています。薫がよだれをたらして筍をしゃぶるのを見て、源氏は、〈これこれ、そんなものを食べてはいけないよ。色男もかたなしだね〉と笑いながら抱き上げます。息子の夕霧は妻（葵《あおい》の上）の親の家で育てられたし、明石《あかし》の女御は三つまで明石で育てられて、源氏は自分の子をこんなに小さいうちに抱いたのははじめてなので、おのずといつしか薫の君に愛情を持ちはじめているのでした。

六条院に里下がりされた明石の女御とお子さまの宮たちがいらっしゃるときに、夕霧がやってきました。二の宮、三の宮が部屋の中を走り回っていられます。三の宮は三つくらいで、活発な坊やです。三の宮が、夕霧のほうへ走ってこられます。〈あ、大将だ。ぼく、抱いてもらおうっと！〉。夕霧が抱き上げると、二の宮が〈ぼくも〉とおっしゃいますが三の宮は、〈いやだい、大将はぼくのだよ〉。

そこに源氏もいて、〈これこれ。近衛《このえ》の大将というのは、帝をお守りするお役目ですよ。きみたちのものにしてはいけない〉。夕霧は、〈二の宮はお偉いねえ。いつも弟宮にお譲りになるね〉と、ほめてさしあげました。

〈可愛いですねえ、どの宮も……〉と夕霧は言いますが、もう一人、ヨチヨチ歩いている子に気がつきました。二つになった薫の君です。夕霧はハッとしました。思いなしか、柏木に似ている気がします。

薫の君が寄ってきて、まわらない舌で、〈ぼくも、だっこ〉。──夕霧は抱き上げずにはいられません。二の宮、三の宮は、お血筋もよくご立派ですが、薫の君はそれ以上に可愛い子でした。もしや……と思いますが、誰にたずねるわけにもいきません。

ちょうどいい折なので、夕霧は源氏に、亡き柏木に頼まれた話を持ちかけました。〈一条邸に伺った折に、柏木が大切にしていた笛を預かりましたが、その夜、不思議な夢を見ました。白い衣《きぬ》を着た柏木が現れて、「その笛は自分の子孫に伝えたかったのだ」と言うではありませんか。この笛は、何かいわれのあるものなのでしょうか〉。

源氏は黙って笛を手に取り、〈これは、陽成院《ようぜいいん》が愛していらした笛でね。亡き式部卿《しきぶきょう》の宮が大切にしていらしたが、柏木が笛をよくするというのでお下げ渡しになったのだ〉。

〈もう一つ……〉と夕霧は膝《ひざ》を進めます。〈柏木は亡くなる前に、父君のお心を損じてしまったと申しました。何のことかわかりませんが〉。

源氏は顔色も変えず、静かに言います。〈思い当たらないね。私は誰であれ、人の気持を傷つけるようなことをした覚えはないがね。……ともあれ、その笛は預かっておこう〉。源氏は、柏木が〈子孫に伝えたい〉と言ったのが、わかったのでしょう。人知れず、（笛は、やがて薫に）と思ったのですね。

さて、女三の宮が髪を下ろされてから二年ほどたった夏のことです。尼になられても、そのままずっと六条院に住んでいられました。朱雀院は、〈用意した三条の邸に〉と言われましたが、源氏は手もとからお離ししたくなかったのです。そして邸の中に、女三の宮のための念誦堂《ねんずどう》を建てました。

白檀《びゃくだん》で美しいみ仏が作られ、開眼供養《かいげんくよう》が行われます。宮の寝所である御帳台《みちょうだい》の四方の帷《かたびら》（カーテン）を上げて、仮りの仏間にしてあります。仏前を飾る、錦《にしき》を縫い合せた幡《はた》や、お坊さんたちへの布施の僧衣などは紫の上が用意しました。あちこちからたくさんのお供物も届き、大きな儀式になりました。

ます。

若い女房たちが着飾って詰めているので暑苦しく、空薫物《そらだきもの》の匂いがムンムンしてい

〈空薫物とは、ほのかに香るようにするんだよ。これではまるで富士の火山じゃないか〉と、源氏は女房たちに注意します。女三の宮の周囲には、たしなみある、心利いたひとたちがいないのです。〈若いひとはもう少し北のほうへ。若君は泣かれるとたいへんだから、ほかへお連れしなさい〉と、あれこれ源氏みずから指図します。

女三の宮は真ん中に坐《すわ》っていられます。このころの尼姿のならいで髪を肩のあたりまで短くお切りになっていて、まるで少女のようです。

源氏は、宮が朝夕お手もとでお繰りになるためのお経を用意しました。金の罫《けい》が引いてある紙に、源氏がみごとな筆跡で、心をこめてお書きしたのです。

そして源氏は歌を詠《よ》みました。〈未来まで一緒にと思ったのに、別れ別れになってしまいますね。でも来世は同じ蓮《はちす》の上に一つ雫《しずく》となりましょう〉。女三の宮はそれをちらっとご覧になり、〈本当に？　わたくしと一緒の蓮などには乗りたくないとお思いでしょうに〉とはっきり答えられます。

賑《にぎ》やかな開眼供養も済み、女三の宮はこれから仏道修行に専念されるのですが、源氏は宮を惜しむ心が強くなっています。宮が尼になって、かえって執着が増したのですね。

源氏は宮にささやきます。〈み仏のお叱りをうけるでしょうか。あなたに今さらのように煩悩《ぼんのう》をかきたてられます〉。女三の宮は（困ったお心ぐせ）と厄介に思っていられます。はた目には変らぬように見えながら、あの事件以来、源氏の気持が離れてしまい、女三の宮はそれを察して世を捨てられたのに、またそんなことを耳に入れる源氏に困っていられます。

源氏は女三の宮の御殿の前を秋の野原のように作りかえ、秋の虫を放ちました。秋の夕暮れどき、源氏は女三の宮を訪れました。〈素敵ですねえ〉と、源氏は宮にささやきます。〈かつて秋好《あきこのむ》中宮が放たれた松虫もよかったけれど、鈴虫もことさらにいいですね〉。

女三の宮は静かに答えられます。〈秋の虫にだって、すぐにお飽きになるのでしょう〉。心の苦悶《くもん》を卒業して、女三の宮はここまで言えるおとなの女になられたのですね。源氏は女三の宮がいとおしくなって、とても別の邸《やしき》にお移しすることなどできません。

夕霧はますます女二の宮に惹《ひ》かれていきます。宮の母君が病気になられ、小野の別荘に移って養生なさることになりました。夕霧は、その別荘にまでお見舞いに出かけます。（女二の宮ともっとお親しくなりたい。結婚までは考えないが、心が惹かれる……〉。

その噂を聞き、源氏は夕霧を呼んで言います。〈柏木の未亡人に執心だというが、気をつけないといけないよ。相手のお名前に傷をつけてはいけないよ〉。

夕霧は父君に説教されて、さすがに片腹痛くなります。〈ご自分はどうなんだ〉。でも真面目な青年ですから、〈私は柏木の遺言を守って、女二の宮と御息所をお守りしているだけです。あちらにも、浮いたお気持などさらさらありません〉と言い切りました。

すべてまぼろし

「夕霧《ゆうぎり》」「御法《みのり》」「幻《まぼろし》」

夕霧《ゆうぎり》の恋情

夕霧がたびたび、柏木《かしわぎ》の未亡人、女二の宮（落葉《おちば》の宮）のお見舞いに上がるので、だんだんと世間の噂になっていました。

（もういくら何でも、私の気持をわかって下さるだろう）と、夕霧は少しずつ攻勢に出はじめます。薄幸の柏木が亡くなってから、もう足かけ三年になります。いつもきまじめに、〈いかがですか。お変りありませんか〉と母君の御息所《みやすんどころ》と女二の宮のご機嫌伺いに行き、それとなしに物質的な援助もしています。

母君が、小野の別荘へ療養に行かれてからは、徳の高いお坊さんに加持祈禱《かじきとう》してもらっています。知り合いの律師が、ちょうど比叡山《ひえいざん》で修行中でした。別荘は比叡山の西のふもとにありましたから、修行中でも暇ができれば山を下りて拝んでくれるのです。ここは、現在の修学院《しゅがくいん》のあたりだと言われます。当時、貴族の別荘はこの辺に建てられていたんですね。

御息所が小野へお渡りになるときには、夕霧が牛車《ぎっしゃ》やお供をご用意しました。本来は柏木の一族がするものですが、気にかかりながらも、それぞれの生活や仕事で忙しかったのです。

御息所は、女二の宮に〈小野へは、わたくしだけで行きますよ〉と言われましたが、宮は、おそばを離れたくないと、仲のよい母子のお二人は一つの車に乗って、肩を寄せ合うようにしてこの別荘へ着かれたのです。秋のことでした。

夕霧はすぐにも駆けつけたかったのですが、雲井雁《くもいのかり》が、世間の噂を聞いて怪しんでいました。〈どこへいらっしゃるの〉と聞かれるに決まっています。妻を言いくるめるのが面倒なので、なかなか行けずにいました。

でも、八月の二十日（旧暦）ごろ、小野のあたりは、どんなに美しい秋の風情だろうと思いたつと、矢も楯《たて》もたまらず、〈比叡山から律師が下りてこられて、相談したいことがあるというから、叡山の庵《いおり》へ行ってくるよ〉と雲井雁には言いつくろって小野へ出かけます。

秋の夕方、まだ入日が射していますが、はや虫の声がし、垣根の撫子《なでしこ》も美しく、空気まで都とはちがい、鹿の鳴く声も聞こえます。小さな山荘ですが、垣根などを風雅にめぐらして、いかにも清らかに作ってありました。

夕霧は、お見舞いを申し上げますが、御息所は、お具合が悪いとのことで直接にはお目にかかれません。お見舞いの言葉を女房が取り次ぐために立っていきました。夕霧は手持ぶさたなままに、近くにいる小少将《こしょうしょう》という女房に話しかけます。小少将は御息所の姪《めい》に当たりますが、女房として働いており、女二の宮にも御息所にも信頼されています。

大きな邸ではないので、ほのかな衣《きぬ》ずれの音や薫《た》きしめた香りから、御簾《みす》の向こうにいらっしゃる宮のたたずまいが感じられ、夕霧は緊張しました。けれど、御簾のこちらに敷き物を据えられたきり、〈どうぞ中へ〉という声がかかりません。

つい、小少将に文句を言いました。〈私は、三年間もこちらに伺っている。いくらかはお心を解いて頂いてもいいだろう。こんな他人行儀なお扱いでなく、御簾の内へはいらせてほしい。何もしない、ふつうのご挨拶《あいさつ》だけだ。宮のお声だけでも〉。小少将は、〈とても内気で、人見知りなさるかたなので……〉。

女二の宮はひとこともおっしゃいませんが、そのやりとりは聞こえています。ほかの女房たちが気の毒がって、そばからそっと、〈いつもは御息所さまが直接にお声をかけていらっしゃるのですよ。かわりに、宮さまご自身で……〉と言うので仕方なく、〈母の看病に疲れ、あるかなきかの心地でおりますので、失礼いたします〉とだけ言われました。

そのお声を聞いただけで、夕霧は天にものぼる心地がして、居ずまいを正します。〈いつ気づいて頂けるかと思ううちに、もう三年たちました。私の変らぬ心は、今さら申し上げるまでもなく、お察し頂いていると思っておりました〉。

それを聞いた女房たちは、こっそりと、〈聞いた？　あのお言葉……〉〈やっぱりね〉〈そうだと思ったのよ〉などと言い合っています。宮はいよいよ、心苦しくてなりません。

そのうち、御息所のお具合がちょっと悪くなられたようで、女房たちはあわただしく立ち去りました。女二の宮のおそばには、わずかな人しかいません。

山里に、霧が立ちこめてきました。

〈霧でとても帰れそうにありません。ここに泊めて頂けないでしょうか〉と夕霧が言いますと、女二の宮は〈なんの霧があなたの足をお止めいたしましょう。あなたのようにうわの空《そら》のことをおっしゃるかたの……〉。


うに上《うわ》の空《そら》のことをおっしゃるかたの……〉。

そのひとことが夕霧にはとても嬉《うれ》しかったのです。〈これ以上のことはいたしませんよ〉と言いながら、ここに泊まることを家来たちに伝えます。腹心の家来だけ残して、随身《ずいじん》たちは近くの栗栖野《くるすの》の荘園《しょうえん》にやりました。夕霧は、〈音をたてないように静かにするんだよ〉と家来に言って、宮の御簾の前を閉めさせました。

宮は、息をひそめてじっとしていられます。

御息所のところからもどった女房が宮のおそばへ行くとき、夕霧は、〈今しかない！〉と思い、女房のうしろについて、スッと御簾の内にはいってしまいました。女房は驚き、宮も動転なさいます。

〈何もいたしません。ただ、私の想いを直《じ》かにお伝えしたいだけです。これまでのように、人づてでではなく〉と夕霧は迫りますが、宮は、原典によると「水のやうにわななきおはす」、いざりながら奥の部屋にはいろうとなさいます。

高貴な女性は、今の私たちのように立ってずかずか歩くことはしませんから、静かに音もなくいざるんですね。もちろん、夕霧が黙って見ているはずはありません。宮のお体をとらえようとします。お体は向こうの部屋にはいられましたが、お着物の裾《すそ》が夕霧につかまえられてしまいました。そのまま宮は、間の襖《ふすま》を閉められます。

襖は宮のほうからは鍵《かぎ》がかかりません。どんなに動転なさったことでしょう。でも夕霧は、悠々としています。

〈お話を聞いて頂きたいだけです。私が今まで申してきたことは空言とお思いだったのでしょうか〉。どこまでも優しい口調で、〈私の気持がおわかりでないとはかえってお心浅く思われますよ〉。

夕霧はずんずん近寄り、〈開けません〉と言いながら襖を開け、〈何もいたしません〉と言いながら、女二の宮を抱きしめてしまいました。宮は、あまりの驚きにお声も出ません。

〈これ以上のことは、お許しがない限りいたしません。私は真面目で、堅物《かたぶつ》と笑われている男です。そのかわり、いったん愛した心は変りません。いつかおわかり頂ける、とはかない思いをかけてきました。私を、柏木より劣った男と思《おぼ》し召すのでしょうか〉。

宮に何とお答えのしようがありましょう。〈どうぞ手をお放しになって……〉とおっしゃるのが精いっぱいです。

折しも格子戸が開いたままでしたので、月の光がさし入りました。夕霧は、女二の宮のお顔を見たくて、お体を月のほうに向けようとしますが、宮のお顔はそむけられたままです。とてもプライドの高いひとです。そして、〈わたくしは美しくない。柏木さまはわたくしを愛して下さらず、お心はいつもどこかへ飛んでいた。わたくしの醜いのに愛想をお尽かしになったんだわ。わたくしなんかどなたにも愛されるはずはない〉と思いこんでいられます。

でも、夕霧がはじめて見たお姿は、とても美しく、可愛らしく、たよたよと、消え入りそうなかたでした。

女二の宮は、〈不幸な結婚とさびしい暮らし、それにお母さまの看病でやつれてしまった。こんなわたくしを、美しいと思って下さるはずはない〉と思っていられるので、夕霧から逃げるのに必死でいられます。

宮は、〈どうか、暗いうちにお帰り下さいませ〉と言われるばかりで、夕霧は仕方なく、霧にまぎれて帰ります。〈私の後ろ姿をお笑い下さい。霧にぬれそぼって帰る私の後ろ姿を、女房たちもどんなにおかしく思っているか〉。

夕霧と女二の宮の手紙

さて、御息所のところへ阿闍梨《あじゃり》が来て、昼夜加持祈禱《かじきとう》をしています。そのせいか御息所は少しご気分がよくなられました。

〈ときに何ですが〉と阿闍梨が聞きます。〈夕霧の大将は、いつごろからこちらへおかよいになっておられるのですか〉。

御息所はびっくりなさいます。〈かよわれる、などということではございません。夕霧さまは亡き柏木の親友で、お心にかけて下さり、見舞いにいらっしゃるのでございますよ〉。

〈今朝ここへ参りましたとき、霧に隠れるようにして出ていかれるお姿を拝見しました。弟子どもが、夕霧の大将さまだと言いますので、こちらの宮とご結婚が成立したのかと思いました。しかし私は、この縁組にはあまり賛成できませんな〉と、阿闍梨はずけずけ言います。〈ご本妻は、前の太政大臣《だじょう》の姫君、お子たちも七、八人いらっしゃると聞いています。そんなかたと結婚なさると、女人は煩悩が多いから、嫉妬《しっと》のあげくに無明長夜《むみょうじょうや》の闇にさすらうことになりますよ。皇女という尊いご身分なんですから、結婚なさらずにお過ごしになるのがいいように思いますが〉。

それをお聞きになった御息所は、（まさかそんな……）。阿闍梨が去ってから小少将を呼ばれて、〈昨夜は何があったの。夕霧さまは、すぐお帰りになったのではないの〉。〈いえ……〉と、小少将は女二の宮の味方なので、〈絶対に潔白でいらっしゃいますわ〉と懸命に言います。〈とにかく襖は閉まっておりましたわ〉。〈でも、人の口に戸は立てられない〉と、御息所はため息をついておっしゃいます。〈悪い噂ほど広がりやすいもの。戸を閉めていた、潔白だと言っても、人はよいほうにはとってくれない。宮は長いこと母ひとり子ひとりで暮らしたから、世間がおわかりになっていらっしゃらないのよ。宮をここへお呼びしておくれ〉。

女二の宮のほうはたいへんな打撃を受けていられました。世慣れないかたですから、男の人に抱きしめられた、顔も見られてしまったというショックでふさいでいられます。〈お母さまがお呼びですよ〉と小少将が申し上げても、立ち上がられません。

夕方になって、やっと母君のそばへ行かれました。

御息所は、女二の宮の髪を撫《な》でながら言われます。〈一日二日会わないだけなのに、懐かしいわ。み仏の教えで、親子は一世だけの縁というから、こんなにむつまじく暮らせるのかしら。でもそれが、かえってあなたには悪かったのね。浮世のこと、ややこしいことは何もご存じなくお育ちになってしまった。そして、前の結婚もお幸せではなかった。おかわいそうに……。でも、いったん立った噂は取り消しようがありませんから、これからはお気をつけてね〉。

もちろん宮は、不注意から夕霧を近づけてしまったとご自分を責めていられるので、何も言われません。

〈朝からお食事をなさっていないのですよ〉と小少将が言いますと、〈それじゃ、ご一緒に〉と御息所は、お手を取らんばかりにして箸《はし》を添えられます。

食事を始められたところに、事情を知らない女房が、〈夕霧さまから小少将の君にお手紙です〉と、はいってきました。小少将は、困ったと思いましたが、どうしようもありません。〈どういうお手紙なの〉と、御息所が聞かれるので、手紙をお見せしました。

夕霧の手紙は、男らしく、立派な字です。〈私の気持がおわかりにならないとあらば、仕方がない。しかし、これ以上お待ちできそうもありません〉。

御息所は、(まあ、恫喝《どうかつ》めいた響きがあるわ)と思われます。(たった一夜を過ごした、それも、何もなかったというのに、どうしてこんな言いかたをなさるのか)。御息所はさらさらとお返事を書かれました。

「女郎花《をみなへし》しをるる野辺をいづことて　一夜《ひとよ》ばかりの宿を借りけむ」――〈こんなにきついお手紙をお書きになるのでしたら、どうして女郎花の原にお休みになったのでしょう。一夜だけのお遊び心だったのですか〉という意味ですね。

ひっくり返すと、〈お遊び心でなければ、宮と結婚してもようございます〉という意味が匂います。御息所は、（自分はもう長くない。そうすると、宮はひとり。それなら、ほかに正妻がいらっしゃるといっても、夕霧さまに結婚を許すのがいいかもしれない）と考えられたのですね。

そのお返事を従者が夕霧に届けました。夜でしたから、紙燭《しそく》の明かりにかざして読もうとしたところを、妻の雲井雁が見つけて奪ってしまいます。

〈へんな手紙ではないんだ。六条の花散里《はなちるさと》の母上のお具合が悪いと聞いて、ちょっとお見舞いしたものだから、そのお礼の返事だよ〉。夕霧はさり気なく言いました。

夫が驚いているふうでもないので、雲井雁は、（それでは恋文じゃなかったのか）と思いますが、すぐ返すのも胸がおさまらず、その辺に隠しながら、〈あなたがいつも、疑いを招くようなことをなさるからよ〉。

〈私が一体何をしたというんだね。世間のつまらない噂に惑わされてはいけない〉〈昨夜もお帰りにならなかったじゃありませんか。朝帰りなんてはじめてだわ〉〈あなたはそう言うが、私がどれだけまじめで律儀な男か。世間からは、「よっぽど奥さんが怖いんだね」と、笑いものにされているんだよ。考えてもご覧。結婚以来、あなたに女の苦労をかけたことはないだろうが〉〈だからこそ心配なんですよ。今まであなたの浮気に悩んできたら、こんなに心配しませんけど。中年の恋はさめないって言いますからね〉。

隠した手紙はなかなか見つかりません。仕方なく夕霧は、そのうちにと思いつつ寝てしまいました。

翌朝、雲井雁は忙しく子供たちの世話をしています。女の子たちはお雛《ひな》さまごっこ、男の子たちは庭遊び。年かさの子は手習いを始め、漢籍を甲高い声で読んでいる、子供が多いので騒がしい家です。

そのあいだに夕霧は手紙をさがしますが、なかなか見つかりません。夕方になってやっと、座蒲団《ざぶとん》の下から出てきました。

手紙を読んだ夕霧は、〈結婚を許してもいいというお気持かもしれない。さあ、たいへんだ〉と思いますが、その晩はどうしても出ていかれません。現代と違い、出かけるには準備がたいへんなんですね。仕方がないので、手紙を書きました。〈今夜は六条で、よんどころない用事があるので失礼いたします。お許し下さい〉。

小野の山荘で、御息所は夕霧を待っていられました。というのは、男が女を訪れたとき、そして、はた目に〈実事〉があったと思われたようなときは、〈新婚〉になりますので、三日間は夜離《よが》れなくかよわないといけません。

二日目の夜は、手紙が見当たらなくて、夕霧は出かけられませんでした。三日目の夜もこんな具合でしたから、御息所は気をもまれていました。〈やはり不実なかたなのかしら。誠意があれば、三日目の今日、何としてもおいでになるはずなのに、お手紙だけとは。宮は、前の結婚が不幸せだったから、誠実そうなかたをと思ったのに、それも甲斐《かい》なく……〉。

御息所は、あれこれ考えつづけていられるうち、突然お具合が悪くなられました。あわてて加持祈禱したり、薬湯をさしあげたりしましたが甲斐なく、そのままはかなくなられました。

女二の宮のお嘆きはどんなだったでしょう。いつまでも御息所に取りついて、泣いていられます。女房たちも声を上げて泣きます。お坊さんたちが、〈そんなに泣かれると、亡くなったかたの往生の障りになりますよ〉と引き離しました。

御息所の甥《おい》に当たる大和《やまと》の守《かみ》が、たまたま小野に見舞いに来ていたので、万端の指揮をして、さっそく葬儀の支度にかかります。

女二の宮は、〈お母さまの亡くなられたこの地で一生を終えたい、尼になりたい〉と、泣かれるのを、〈とんでもない〉と、まわりの人々がお引きとめしています。

夕霧の苦労

急を聞いて、夕霧は取るものも取りあえずやってきました。大和の守が挨拶《あいさつ》しますが、夕霧のおかげであちこちに知らせが行き、ねんごろな弔問の使いや品物が届きます。結局夕霧が采配《さいはい》を振り、葬儀は立派にとり行われました。

女二の宮は、半ば死んだようになって悲嘆に暮れていられます。夕霧がお慰めして、〈いつまでもここにいらしてはいけません。忌明けは、京のお邸《やしき》でなさいませ。お帰りの供をいたします〉と申し上げても、〈尼になりたい〉とばかり言われるので、宮がご自分でお髪《ぐし》を削《そ》がれたりしないように、女房たちは鋏《はさみ》を隠してしまいました。

夕霧が宮のおそばに行っても、お声も聞かせられず、さすがに夕霧は弱りはてて、家に戻るしかありません。真っすぐに三条の邸へ帰る気がしないので、六条院へ行き、母親がわりの花散里に愚痴を言うのです。

〈まあ、噂だけかと思っておりましたが、本当でしたの?〉。花散里は飾り気のないひとですから、おかしそうに言います。ふつうは、女性はたとえわが子といえども対面するときは几帳《きちょう》越しですが、花散里はおおらかなひとですから、几帳もかたちだけで、お姿が見えています。〈でも、あなたは今まで物堅くいらしたから、三条の姫君

（雲井雁）はびっくりなさったでしょうね。そういうご苦労をしていらっしゃらないから、おかわいそうですわ〉。

〈「姫君」なんて、可愛らしげにおっしゃらないで下さい。あれは今や鬼ですよ。嫉《しっ》妬《と》の鬼です〉と夕霧は言います。

　花散里は、〈それはともかく、おかしいのはお父さまね。あなたのことをとても心配していらして、「今まで、あんまり物堅かったからいけない。も少し場数を踏んでいればよかったのだがね」とおっしゃっていましたわ〉。

〈そうなんですよ。いつも父に叱られています〉などと、二人は笑い合います。この義理の母子はとても仲がいいのですね。

　源氏も、夕霧と女二の宮のことを、紫の上に話しています。

〈しかし、女の生き方は難しいね。内親王だからひとり身を通すというのもいいが、世間に身構えて厳しく生きないといけない。これもしんどいことだろうね。女が後に残るのは難しい。もしも私が、あなたを残すようなことになったら、どんなに気にかかるだろう〉と言いますと、紫の上は、〈まあ、いやだ。わたくしをお残しになるおつもりなの〉と、美しくにらんで見せますが、内心は（本当に、女ほど生きにくいものはない）と思っています。

ここが『源氏物語』の大きなテーマの一つだと思います。

紫の上は子供に恵まれなかったので、明石の中宮がお産みになった女一の宮を引き取って、お育てしています。内親王教育を引き受けていたのですが、どういうふうにお育てしたらいいかという思いが、紫の上の頭にいつもあります。

「女ばかり、身をもてなすさまも所狭《せ》う、あはれなるべきものはなし」――これは、紫の上の内心の述懐です。

「もののあはれ、をりをかしきことをも、見知らぬさまに引き入り沈みなどすれば」――〈もののあわれや、折々の面白いことなどに心を動かすのを、ほかの人に知られてはいけないんだもの。そんな人生を繰り返していたら……〉。

「何につけてか、世に経《ふ》るはえばえしさも、常なき世のつれづれをもなぐさむべきぞは、おほかたものの心を知らず、いふかひなきものにならひたらむも、生《お》ほしたてけむ親も、いとくちをしかるべきものにはあらずや」――〈何につけても感動したり、喜びや悲しみを感じるいきいきした心がなければ、この世に生きるかいがないわ。育てる親も、まさかそんな無味乾燥な女になれとは思わないでしょう〉。

女が生きにくいというのは、一人で生きるにしろ、主婦として、妻として、母親として生きるにしろ、自分をよろわなければならないからですね。そんな王朝の女教育に対して、紫式部は批判しています。生きているかいがないじゃない、そんな人生だったら、と式部は思ったんですね。

〈女二の宮も、内親王という難しいお立場にいらっしゃるんだわ、お気の毒に〉と、紫の上は思いました。夕霧の恋愛事件は、今や知らぬ者もありません。そして、〈女二の宮は、もう夕霧とそういう関係になっているらしい〉とも噂されています。

噂を聞いて、亡き柏木の父君、前の太政大臣が心を痛め、〈悲しいような、恨めしいような……〉という手紙を、柏木の弟の蔵人《くろうど》の少将に持たせて、女二の宮に届けます。

蔵人の少将は、〈これまでは兄君の北の方でしたが、今度は姉婿のお連れ合い。うまくいけば、次は私の番かもしれませんな〉などと、いやがらせを言って帰ったのですが、世間知らずで気の弱い女二の宮は、どんなに傷つけられたでしょう。それにつけても、〈もう結婚する気はないわ〉と、かたく決意されます。いくら夕霧がやってきて一生懸命しゃべっても、お姿はお見せになりませんし、お声さえも聞かせられません。

実力行使しかない、と夕霧は思いました。源氏と違って夕霧は、てきぱきと物事を処したがるのですね。女二の宮が一条の邸にお戻りになる日を定めて、その日を結婚の日と決めてしまいました。

一条邸は、みんなが小野の別荘に行っていたので荒れ果てています。大和の守を督促し、邸を綺麗《きれい》にして、新婚らしき調度も運び込みます。庭は草ぼうぼうで、仕えていた家来たちも四散していましたが、羽振りのいい大将がいらっしゃるらしいと聞いて、続々と戻ってきたので、またもとのように賑《にぎ》やかになりました。

当日が来ました。女二の宮は、どうしてもいやだと言って別荘をお離れになりません。

〈そんなことをおっしゃってはいけません。前世から定められた運命と思って、お従いなさいませ〉。女房たちが勧めますし、大和の守も言いました。〈宮がおひとりになっておいたわしいと思い、お世話して参りましたが、私ももう任国へ戻らなければならない。女は素直に運命に従われるべきです。夕霧の君はいかにも誠実なかたですから、宮もお幸せになれるでしょう。……大体あなたたちがいけないんだ〉と、大和の守の矛先は女房たちに向かいます。〈よしないお手紙を取り次ぎながら、今になって宮のわがままを通すとは……〉。

宮は最後までいやがられましたが、手取り足取りされて喪服を脱ぎ、はなやかな衣《い》裳《しょう》をお召しになりました。そして、女房たちがお髪《ぐし》をくしけずります。

〈何とまあ、お美しいお髪でしょう。六尺ほどもございますわ〉と女房たちは言いますが、宮は、（いいえ、もうみすぼらしくなってしまった。あのかたはきっとわたくしを軽蔑《けいべつ》なさる。すぐにお飽きになるわ）。

無理やり車にお乗せすると、女二の宮はまたどっと泣かれます。（ここへ来たときは、お母さまとご一緒だった。お母さまはお具合が悪いのに、わたくしの髪を撫《な》でて下さったり、車から降りるときに手を添えて下さったりした。でももう、いらっしゃらない……）。

一条の邸へ着いても、車からお降りになりません。何とまあ子供っぽいことと、女房たちはあきれています。

一条邸の一番立派な寝殿で、夕霧は主人顔をして坐《すわ》っていました。ご覧になるなり女二の宮は、（帰るんじゃなかった。ここはもうわたくしの家じゃないわ）。これまでの調度も外されて、見るもまばゆい新婚の調度に変っています。

お心に染まぬことばかりで女二の宮は、塗籠《ぬりごめ》へはいってしまわれました。先にも出てきましたが、塗籠というのは、壁に囲まれた部屋で、道具類や着物をしまっておく納戸のようなところです。宮はそこにはいって、中から鍵《かぎ》をかけてしまわれたのです。女房たちが出入りする戸口だけ開いていました。

〈これはどうも……お声だけでも聞かせて下さい〉と夕霧が嘆願しても、女二の宮はお返事もされません。仕方なく夕霧は、ため息をつきながら三条の邸《やしき》へ戻ります。

すると妻の雲井雁が怒り狂っていました。〈聞きましたわよ、噂を！〉。金切り声を上げて、鬼のような顔です。〈あなたが鬼、鬼とおっしゃるから、本当に鬼になるわ。

わたくしも死ぬから、あなたも死になさい！〉。〈まあ、落ちついて。そんなに怒らないで〉と言いますが、夕霧にしてみたら怒り狂っている妻の顔がまた可愛いんですね。けれども夕霧は、女二の宮をやがては妻の一人にしようと思っていますから、これまでのように〈そんなことはない〉と強く打ち消すことができません。にやにやしています。

雲井雁は、〈これが心配せずにいられますか。あなたの顔を見ても声を聞いても憎らしい〉と猛《たけ》り狂っています。

夕霧は、次の日も一条邸へ行きましたが、女二の宮はまだ塗籠にこもっていました。埒《らち》があかないと思った夕霧は、小少将に言い含めて、女房たちが出入りする戸口から中へはいってしまいます。宮はびっくりして、落胆なさいました。〈もう誰も信じられないわ。女房たちはわたくしの味方だと思っていたのに、手引きしてお入れしてしまうなんて……〉。

夕霧は、女二の宮を抱いてかきくどきます。〈新しい人生が始まると思って下さい。淵《ふち》川《かわ》に身を投げたいとお泣きになったそうだが、私の胸を淵川と思って。一緒に新しい人生を生きましょう〉。

あくる日、夕霧が三条の邸に戻ると、雲井雁がいません。姫君たちと小さな若君を連れて、実家へ帰ってしまったのです。行きにくかったのですが、夕霧は妻を迎えにしていきます。腹違いの姉の弘徽殿の女御が里帰りしていて、雲井雁はそこでおしゃべりしていました。

夕霧は、〈いいかげんにしなさい。子供がたくさんいる身じゃないか。別れられるような夫婦ではないだろう。帰ってきなさい〉〈あなたが夫らしいことをなさらないから、私も妻らしくできないわ〉〈三条では小さい子たちが泣いているし、上の子もしょんぼりしている。姫たちは私が連れて帰るからね〉。

まだはいはいしている小さな子は残し、可愛い姫君たちを連れて、夕霧は邸に帰ります。夕霧も苦労多い身です（笑）。

紫の上の死

紫の上は、四年前に大病をしてから、すっかり体が弱っていました。

もう長くはないと思って紫の上は、〈今度こそ出家させて〉と源氏に頼みますが、やはり源氏は許しません。〈出家するときは一緒に。なぜあなただけが違う世界へはいりたいのだ〉。

紫の上はどんどん具合が悪くなって、夏の暑い盛りはもう耐えられないのではと自分でも思っています。

紫の上は、長年人びとに法華経《ほけきょう》千部を書かせていましたが、その供養のために、二条邸で大きな法会を催すことにします。そして明石の上をはじめ、みんなにそれとなく別れを告げようと思ったのです。（あのひとに嫉妬《しっと》して悩んだこともあった。可愛い姫を取り上げてしまい、すまなく思ったこともあった。でも、楽しい人生だった……）。春の真っ盛りの、美しい法会でした。舞人の衣裳や、庭に咲き乱れる花々を見て紫の上は、（美しい。この世は美しいもの、楽しいことで満ちている……）。そして、それとなくみんなに別れを告げたのでした。

法会が果てて、花散里の車が最後に出ていきます。〈長いことお世話になり、ありがとうございました。またあの世でもご一緒に〉。すると花散里も、〈わたくしこそ先は短いと思いますが、あなたさまとのご縁は絶えないことでしょう〉。

紫の上は、明石の中宮を実の娘のように可愛がったのですが、いざ死病だと自分で思うようになってからは、（ああ、もう早く死にたい。子供もいないし、心にかかることは何もないわ）。冷静なんですね。手塩にかけて育てた子供がいても、そう考えられるひとです。ですが、紫の上はハッと気づきました。（あ、まだ死んではいけないんだわ。殿がいらっしゃる。わたくしの病いにあんなに一喜一憂していられるのを見たら、とても先には死ねない。先に逝《い》ったらどんなにお[illegible]い。そう思ったときに、紫の上はすべてを超越したのですね。

これまでの嫉妬による悲しみも苦しみも消え、源氏に対する大きな愛だけが残ったのです。

夏になると紫の上は、ますます弱ってしまいました。明石の中宮が里下がりされて、源氏とともに、紫の上のそばに付きっきりです。

やっと秋になったある日、源氏は紫の上に言いました。

〈ご覧、あの萩《はぎ》を。綺麗に咲いているね〉〈そうね。わたくしの命も、あの萩にたまる露のようにはかないわ〉。

〈お母さま、そんなことをおっしゃらないで〉と中宮がお泣きになります。

二人に手を取られて、露が消えるように紫の上は亡くなりました。邸《やしき》じゅうが、泣き声と読経《どきょう》の声で満ちます。

〈もしや物《もの》の怪《け》ではないか。まえにもこんなことがあったが、蘇生《そせい》した〉と、源氏はお坊さんに加持祈禱《かじきとう》させましたが、紫の上は再び目を開けませんでした。涙にくれて、正気でいるものは一人もいません。源氏も動転しています。

夕霧が駆けつけて、いろいろ手配してくれています。源氏は夕霧に相談しました。気丈な源氏がひっきりなしに涙を流しています。夕霧はいたましくそれを見ました。

源氏はつぶやきます。〈あんなに出家したがっていたのだから、お髪を下ろしてあげてはどうだろう……〉。

〈そうですね。ご念願だったのなら……〉と夕霧は答えましたが、（今、紫の上のお顔を拝まなければ、永久に見ることができない）とも思ったのです。野分《のわき》の日にちらっと見た紫の上に、夕霧は恋い焦がれていました。夕霧は、源氏について寝所にはいり、横たわっている美しい紫の上を見ます。いまや源氏も、ことされた紫の上を隠すことはしません。

夕霧は、霞《かすみ》の奥から匂いこぼれた樺桜《かばざくら》のような、と形容された美しい紫の上を眺め、呆然《ぼうぜん》とします。（ああ、このかたの魂は天に帰られたのだ……）。〈生きているときと全く同じ様子なのに、もう二度と笑ってくれない。ものも言ってくれない〉と源氏はすすり泣いています。灯のあかりに紫の上は光るように白い顔、黒髪はつやつやと美しく、眠っているように見えました。

葬儀が行われました。葬送の野辺に月が出ていたか、星が出ていたか、源氏は覚えていません。宙を踏むような足取りでした。紫の上は、はかない煙となってしまいました。

紫の上を失ったとき、源氏は、このひとを誰よりも愛していた、自分の世界はこのひとの世界だったと改めて悟ります。（若いころから、愛するひとたちと次々に死に別れてきた。み仏は「無常を知れ」とおさとしになったのに、その覚悟もせずに過ごして、とうとうこんな究極の絶望にめぐりあってしまった）。

源氏には、これより後の世界はありません。やがて出家を決意します。

源氏は、紫の上のいない一年を過ごします。悔いても返らぬ辛《つら》さは、女三の宮を迎えたとき、紫の上はどんなに苦しんだろうということでした。

独り寝の床でそんなことを考えていたとき、女房が廊下で話す声が聞こえました。

〈まあ、ひどい雪ですこと。ずいぶん積もっていますわ〉。

あの日――女三の宮がご降嫁になったときと同じです。〈そうだ、あの日と同じだ、あのときも雪の日だった〉。でももはや、紫の上はいません。「無常を知れ」というみ仏の教えを、源氏は身をもって知りました。

一年後源氏は、来春には寺にはいって髪をおろそうと決心します。世の中は、五節《ごせち》の祭でにぎわっています。一族の少年たちが源氏に挨拶《あいさつ》に来ました。悲嘆に沈む源氏をとりのこして世の中は若い世代へ、舞台がまわっていたのです。

やがて年の瀬、匂宮が可愛い声で鬼遣《おにやらい》の声を立てていられます。その可愛いお姿を見ることも、なくなるでしょう。

最後に、この大きな物語本編のフィナーレというべき歌を紫式部は据えます。

「もの思ふと過ぐる月日も知らぬまに　年もわが世もけふや尽きぬる」

源氏は今までに女たちから来た手紙を、全て焼きました。その中には何十年も昔、須磨《すま》、明石をさすらったときに都の紫の上から来た優しい手紙もありましたが、それも焼いてしまいました。すべてこの世はまぼろし――源氏は立ちつくします。

匂宮《におうのみや》と薫《かおる》の君

「匂兵部卿《におうひょうぶきょう》」「紅梅《こうばい》」「竹河《たけがわ》」「橋姫《はしひめ》」

源氏《げんじ》亡きあとの女たち

「宇治《うじ》十帖《じょう》」はロマンチックな、とても素敵な物語です。本編が終るとすぐ「宇治十帖」が始まるとお思いのかたもあるでしょうが、本編と「宇治十帖」のあいだには、「匂兵部卿《におうひょうぶきょう》の巻」「紅梅《こうばい》の巻」、そして「竹河《たけがわ》の巻」があって、本編の主人公たちや次代の人びとがどんな運命になったか、それぞれの家はどうなったか、という人間地図が描かれています。

光《ひかる》源氏が亡くなったあと、源氏に匹敵する人はいませんでした。ただ、源氏の孫に当たる匂宮と、源氏の晩年にできた〝息子〟の薫《かおる》の君が、美々しい青年に生い立っています。

匂宮は、今上《きんじょう》の帝《みかど》の第三皇子で、母君は明石《あかし》の中宮です。帝と中宮のあいだには、四皇子と一皇女がお生まれになりました。最初に東宮《とうぐう》に立たれた一の宮と、やがて東宮になる二の宮がいられますが、帝と中宮が一番可愛がっていられるのは、三の宮(匂宮)でした。

紫《むらさき》の上はこの男三の宮と、やはり明石の中宮がお産みになった女一《おんないち》の宮とを手もとに引き取ってお育てしました。もう長く生きられないと悟った紫の上は、宮たちがご成人なさる日を見られないのが悲しい、と病いの養生に二条邸へ行くときも、三の宮をお連れしたのです。すでに二条邸は、紫の上の私邸になっていました。

紫の上は幼い三の宮に言いました。〈わたくしがいなくなったら、どうなさいますか〉。

〈ぼくは御所のお父さまやお母さまより、おばあちゃまのほうがずっと好き。いらっしゃらなくなると寂しいな〉〈宮さまがおとなになられるまでお見上げすることはかなわないでしょう。でも、いつまでもこの二条の邸《やしき》にお住みになって下さいね。桜の咲くころには忘れずにお眺めになって、仏前にお花をお供え下さいませね〉。

お見舞いにいらした明石の中宮にも、〈まわりに仕えている人たちをよろしく。ことに、長年わたくしに仕えてくれて、行きどころのない人や、親兄弟もない人をよろしくお願いします〉と頼んで、紫の上は亡くなったのです。

いま二条邸には、元服して兵部卿になられた三の宮が住んでいられます。

花散里《はなちるさと》は、二条邸の東の院を与えられていました。

薫の君を産んで出家された女三《おんなさん》の宮は、六条院をお出になり、父君朱雀院《すざくいん》から伝領された三条のお邸に住んでいられます。源氏が亡くなったあと、みんな泣く泣く六条院を出られたのです。それぞれ、ここで思い出深い半生を過ごしたわ、と思ってお出になったのでしょうね。

紫の上がお育てした女一の宮は六条の東南の御殿にお住みになっていて、〈ここは、紫のおばあちゃまとわたくしたちが住んだところ。おばあちゃまはこんなことを、あんなことをおっしゃったわ〉と、紫の上をしのびつつ暮らしていられます。

あんなに光り輝やくように磨き立てられていた六条院ですが、今や明石の中宮ご一族のためのものになったようなたたずまいです。

東北の御殿には、かつて花散里が住んでいましたが、夕霧《ゆうぎり》(源氏と葵《あおい》の上の息子)はそこに、恋い焦がれてやっと妻の一人にした落葉《おちば》の宮(亡くなった柏木《かしわぎ》の正室、女《おんな》二《に》の宮)にお住み頂くことにしました。(ここは、父君が一生懸命こしらえられた邸。私の目の黒いうちは、昔のように人の出入りが絶えない、にぎやかな美しい邸にしておきたい)。

三条の邸には、やきもちやきの正夫人雲井雁《くもいのかり》がいます。実直な夕霧は、三条と六条に一日おき、ひと月に十五日ずつかよっています。

落葉の宮にはお子がいられませんが、雲井雁には娘も息子もたくさんいました。一の君(長女)は東宮妃に上がられ、二の君は二の宮と結婚しました。世間では、〈匂宮(三の宮)がご元服なさったから、つづいて三の君を迎えられるのだろう〉と噂していますが、匂宮は、（何で、上から順番なんだ。意外性がなくてちっとも面白くない）。匂宮は美青年、ご気性がとても活発で、少し色好みでいらっしゃいます。

夕霧も、堅苦しい親王家へ次々に嫁がせるのは、どんなものかと思いますが、もし匂宮がぜひにとおっしゃるなら、三の君もさし上げようと考えています。

夕霧には、若いころからの愛人藤典侍《とうのないしのすけ》（かつての五節《ごせち》の舞姫）もいて、こちらにもたくさん子供がいました。六番目の姫君、六の君は評判の美人ですが、その姫を落葉の宮の養女にしました。夕霧としては、六条院にはたいへん綺麗《きれい》な姫君がいるという噂を振りまき、たくさんの青年たちを集めて、にぎやかな素敵な邸だと世間に言わせるようにしたかったんですね。

薫の君と匂宮が主役

源氏が晩年に迎えた正室の女三の宮と、柏木（源氏の親友でライバル、頭《とう》の中将の息子）とのあいだにひそかにできたのが薫の君です。源氏はいろいろな人に〈薫をよろしく〉と頼んで死にました。もちろん、自分の子ではないと知っていましたが、表向きは源氏晩年の子、と思われています。

薫は六条院で生い立ちました。早くに父を失い、母は仏門にはいったので寂しいだろうと、まわりから優しくされましたが、とりわけ大切に世話をして下さるのは冷泉《れいぜい》院（前の帝）でした。冷泉院は、ご自身が源氏の実子だとご存じでしたので、薫を弟と思って、たいへんに目をかけられました。もちろん、源氏の実子でないとはご存じありません。薫は、冷泉院に引き取られ、御所の中に部屋を与えられて、元服もそこでしたのです。

冷泉院の后《きさき》の秋好《あきこのむ》中宮は、源氏の養女として入内《じゆだい》されましたが、お子がなかったので、薫を自分の子供のように思っていられます。

今の帝は、薫の母君女三の宮の異母兄君ですから、薫にとっては伯父《おじ》に当たります。帝はおっしゃいました。〈父君朱雀院から、女三の宮をよろしくとご遺言を受けた。だから、薫もお世話しなければ〉。

また明石の中宮は源氏の実の娘でしたから、薫の姉にあたりますが（これも薫が源氏の実子でないとは知りません）、〈お父さまが、「遅くにできて不憫《ふびん》な子だ。私はこの子の成人を見届けられないだろう」とおっしゃっていたから、わたくしが面倒を見ますわ〉。

どちらからもたいへんな後ろ楯《だて》がついて、薫は順調に成長し、元服してすぐ侍従《じじゆう》になりました。これは名門の子弟に任じられる役職で、帝のおそばでいろいろなご用を務めるのです。

薫は、幼いころからちょっと変っていて、（ぼくのことをみんなが見ている）と感じています。（ぼくのことを噂する声が聞こえる。なぜだろう）。とくに声をたててあげつらう人はありませんが、人の口に戸は立てられないんですね。古くから仕える人たちはひそかに、〈ちっとも源氏の君に似てらっしゃらない〉〈そう言えば……〉〈女三の宮があんなにお若いうちにお髪《ぐし》を下ろされたのは、どういうわけだと思う？〉〈知らないわ。何かあったの〉〈それはね、噂だけど……〉などと言い合っていたのです。「おぼつかな誰に問はましいかにして　はじめも果ても知らぬわが身ぞ」――（自分は、いったいどこから来たんだろう。でもそんなこと、誰に聞けばいいのか）と、薫は考えています。（ときどき不思議な噂が耳にはいる。柏木という名が聞こえるが、ぼくの父君なのだろうか。とうに亡くなられたと聞くけれど、もし来世というものがあるなら、どうしてもお目にかかりたい）。

ただ、そんなことを母君の女三の宮にはとても言えません。尼になられた女三の宮は、熱心に仏道の修行をしていられますが、少年の薫から見ても、（何だか頼りないな。あんな修行で、仏門の道がきわめられるのかしら）というような、おっとりした、おとなしいかたです。今では、大きくなった薫をあべこべに兄か父親のように頼っていらして、薫が伺うと、お顔を輝やかせられます。ひたすら自分を頼る母君に、〈ぼくはいったい、誰の子ですか〉などと聞けません。

薫は思慮深い青年でしたから、賢く察しています。〈謎多い出生に包まれたぼくの運命、いつかはこの世を離れて仏門にはいり、み仏に仕える人生を選びたい〉。美男というのではありませんが、何となくなまめかしく、素敵な青年です。どうしてか、生まれつき体から芳香が漂うので、世の人は〈薫の君〉と呼んでいます。

匂宮が挑み心を持ち、薫に負けまいと、朝から晩までいろいろな香を調合してたきしめていられたので、世間は〈匂う兵部卿〉〈薫る中将〉と二人をもてはやしました。

匂宮と薫は親友同士だったので、何でも話し合います。

〈当代で一番心惹《ひ》かれる女人は誰だろう〉と、匂宮。匂宮の考えていられるのは、冷泉院の女一の宮、弘徽殿《こきでん》の女御《にょうご》とのあいだにおできになった姫宮です。冷泉院は女房たちに、〈手紙などを取り次いではいけない〉と、厳しく言いつけていられます。

匂宮が薫に言います。〈どうだい、女一の宮へ手紙をお渡ししてくれないか〉〈とんでもない。同じ邸内にいるぼくでさえ、お顔を見たことがないんですよ。そのくらい大事に扱われていらっしゃる〉〈そうか。どんなに美しいかただろう……でも、きみだって、もしお姿を見たら、そんなに悟りすましていられないよ〉〈そんなことはありません。女人は煩悩《ぼんのう》のもとですからね〉〈はは、悟りすましたきみに、もし本当に好きなひとができたらどうするか、これは見ものだね〉などと、匂宮は薫をからかわれます。

「匂兵部卿の巻」では、匂宮と薫という、全く性質のちがう二人の若者が紹介されています。これが「宇治十帖」の主役たち、ですね。

按察使《あぜち》の大納言の思惑

そして「紅梅の巻」。

按察使の大納言は、柏木の衛門《えもん》の督《かみ》のすぐ下の弟で、今は亡き致仕《ちじ》太政大臣《だじょうだいじん》（かつての頭の中将）の次男です。柏木が若くして亡くなったので、家督を相続しました。幼いころからなかなか利発で、才気《さいき》煥発《かんぱつ》でしたから、しっかり一家を背負って立ち、今では夕霧と同じぐらいの勢力をもっています。

大納言の最初の夫人は、女の子二人を残して早くに亡くなりました。二度目にもらったのが、髭黒《ひげくろ》の大将の娘、真木柱《まきばしら》の方です。

真木柱は、祖父、式部卿《しきぶきょう》の宮のもとで大きくなりました。年ごろになると、式部卿の宮が、〈宮家の者は、やはり宮家に〉と言われて、蛍兵部卿《ほたるひょうぶきょう》の宮と結婚させられました。蛍兵部卿の宮は、風流好みの貴公子でしたが、ちょっと好色なかただという噂があり、父の髭黒は愛娘《まなむすめ》がそういう男と結婚させられたのが不満で、悔しく思っていました。

ご夫婦仲はあまりよくありませんでしたが、姫君がひとりお生まれになり、しばらくして蛍兵部卿の宮は亡くなられました。美しい未亡人の真木柱のもとへ、ひそかにかよい出したのが按察使の大納言です。二人はやがて結婚しますが、この再婚は、二人に幸せをもたらしました。

按察使の大納言には姫君が二人、大君《おおいぎみ》と中の君がいました。真木柱のほうには、宮の御方《おかた》と呼ばれる姫がいます。連れ子をもつもの同士の再婚でしたが、真木柱夫人は近代的な女性だったので、女房たちのもめごともなだらかに取り静め、子供たちも平等に可愛がったので、家の中に波風は立ちませんでした。

しかも真木柱夫人は、大納言とのあいだに若君を産み、女の子しかいなかった大納言は大喜びです。若君を大事にして大納言家は栄えていますが、大納言はここで、長女の大君を東宮に入内させようと思い立ちました。

東宮にはすでに夕霧の一の姫君が行っていられるので、大納言はためらうところもありましたが、(妃がおひとりだけということはない。後宮《こうきゅう》の中でたくさんの女人が寵《ちょう》を争うのが面白いのではないか。亡き父君も「后は藤原《ふじわら》から立つもの」と言われたし、どんなことになるかわからないが、お入れしてみよう)。

大君は、宮中へはいりました。真木柱夫人は、継娘《ままむすめ》についていって、こまごまとお役目を果たします。後宮の社交は、物のわかったひとがそばにいるのといないのとでは、ずいぶん違ったようですね。

大納言は、次女の中の君をゆくゆくは匂宮と結婚させようと考えていますが、匂宮はまだ結婚など考えていられません。

ところで大納言は、妻・真木柱の連れ子、宮の御方に関心があり、（どんなかたか、お美しいかただろうな）と思っています。この時代は、親子といっても顔を見せず、御殿の奥深くに籠《こも》っていたんですね。

宮の御方はつつましいひとで、（わたくしは片親）、形としては按察使の大納言が父君ですが、（本当のお父さまはいらっしゃらないし、ふつうの結婚なんて考えられない。わたくしはこのまま年をとるんだわ）と決心していられます。でも、連れ子の姫君同士はとても仲がよく、琴や琵琶《びわ》を弾き合ったりして親しんでいました。

大納言は、〈宮の御方のことも気になっているのだよ。いいところがあれば、かたづけてさしあげたいが〉と真木柱夫人に言います。夫人は、〈あの子は結婚など考えも及ばないようですよ。性質はいい子ですが〉と言っていました。

匂宮も、実は宮の御方に興味があります。大納言の息子が、童殿上《わらわてんじょう》（貴族の少年が行儀見習いに宮中へ上がり、ご用をすること）をしていますが、その少年をつかまえて、〈お年寄りたちには内緒で、手紙をそっと届けてくれないか〉と頼んだりしています。

そんなこととはつゆ知らず、按察使の大納言は、（中の君を匂宮と結婚させたい）と考えていたのです。

ちょうど邸《やしき》の前に紅梅が盛りと咲いていて、大納言は、「君ならで誰にか見せむ梅の花　色をも香《か》をも知る人ぞ知る」（『古今集』）という昔の歌を思わせるような歌―〈紅梅をどうぞ手折りに来て下さい。うぐいすの訪れを待っています〉と、紅梅の枝を折って手紙に添え、匂宮のもとへ届けさせました。

匂宮は、（中の君と結婚させようというのか。でもぼくは、宮の御方のほうが……）。隠れて人に知られまいとしている女人のほうが、かえって興味を引くと見えて、匂宮は宮の御方に心惹かれています。

真木柱夫人が大君につきそって宮中へ行っている留守に、大納言は宮の御方を訪ねました。〈母君がいらっしゃらなくて、お淋《さび》しいでしょう〉。

宮の御方は御簾《みす》の奥から、〈はい〉と答えられます。

〈私にはもう少しくだけて、お親しくして頂きたいものだ。あなたのためならどんなことでもと思っておりますよ〉と、義理の父は優しく言いますが、宮の御方ははかばかしい返事をなさいません。

そこへ、内裏へ参上する途中の大納言の幼い息子が通りかかりました。大納言は、宮の御方ともっと親しくなりたいと思って、〈この子は笛を吹きます。そんなにまずくはないと思いますが、どうぞ一手お教えください。あなたは琵琶がお上手だそうですね〉。

仕方なく宮の御方は、ほんの一節、琵琶をお弾きになりました。少年は上手に笛を吹きます。大納言は、〈この子が匂宮様のおそばに使われて可愛がられているのを見ると、その昔、私が亡き源氏の君に可愛がって頂いたのを思い出します。あのかたは愛嬌《あいきよう》があって、子供にも本当に優しくして下さった〉などと言いながら、紅梅の花をめでています。

物語、正篇のあとの人びとの運命を、作者はさらりと触れて、次の世代へと話をすすめていきます。

玉鬘《たまかずら》と冷泉院

次は「竹河の巻」です。

その後、玉鬘はどうなったでしょう。髭黒の大将はやり手でしたから、どんどん昇進して政界の実力者になり、大臣になりましたが、しばらくして亡くなってしまいました。玉鬘とのあいだには、三人の息子と二人の娘がいて、もちろん経済的に困窮することはありませんが、玉鬘は女手一つで家を守らなければなりません。

息子たちもよくできたので相応に出世していますが、世の中堅になるまではたいへんです。玉鬘は、二人の娘の嫁ぎ先にも頭を悩ませています。長女の大君と次女の中の君は、いずれ劣らぬ美人だというので、あちこちから縁談が来ますが、この家は気位が高いのです。亡くなった髭黒が、〈帝《みかど》か東宮へ入内《じゅだい》させる。ただびと（臣下）とは結婚させない〉と言い置いて逝ったので、玉鬘は、そんな縁談には耳も貸しません。

玉鬘の実父は、亡き致仕太政大臣ですから、按察使の大納言とは兄妹《きょうだい》です。けれど玉鬘は源氏の娘分になり、源氏の家から結婚させてもらったので、源氏の息子の夕霧とのほうが実の姉弟《きょうだい》のように親しいのです。夕霧が正月の年賀に来たときに、玉鬘は言いました。〈いかが思われますか。上の娘に、帝と冷泉院からお申し込みがありましたの〉。

冷泉院からは、〈位を降りて身の栄えもないが、昔、あなたにかけた思いは、まだ色あせていない。せめて姫君を私に頂けませんか。娘がわりに大事にします〉というお申し込みでした。

その昔冷泉院が帝でいらしたころ、尚侍《ないしのかみ》としてお仕えすることになった玉鬘を、髭黒の大将がかすめとるように強引に自分のものにしたのでした。冷泉院はいまだにそれを恨んでいられるのです。

〈いたしかたなく、院にさし上げようと思いますが、いかがでしょう〉。夕霧も、〈そうですね〉と言うほかありません。〈帝には明石の中宮といういたいへんな勢いのかたがいらして、皇子皇女もたくさんお産みになり、現東宮の母君でもある。そんなところに行かれても栄えもないでしょうし〉。

ところがここに、大君に恋い焦がれている蔵人《くろうど》の少将という男がいます。これは夕霧の息子です。〈どうか私と結婚させて下さい〉と熱心に頼みますが、玉鬘は〈亡き夫の遺言なので、ただびとには……〉。

蔵人の少将は仲よしの薫に、〈何とか言ってくれたまえ〉と口説きますが、〈そんなこと言えないよ。それより、きみの母上は玉鬘さまとはご姉妹でいられるんだから、そちらを動かしたら〉――でも、どうすることもできません。

うららかな春になり、桜が爛漫《らんまん》と咲き誇っています。玉鬘の邸では、大君と中の君がおしゃべりをしながら碁を打っています。

〈あの桜はわたくしにと、お父さまがおっしゃったわ〉と姉の大君が言います。〈いいえ、お母さまはわたくしのものだとおっしゃったわ〉と中の君。〈じゃ、碁を打って、三番勝負で勝ち負けを決めましょう〉。

爛漫の桜を庭に見ながら、美しい姉妹が碁を打っています。桜襲《さくらがさね》の下に山吹襲《やまぶきがさね》の袿《うちき》を着たあでやかな姫たちが碁を打つという、絵に描いたように美しい情景です。それを蔵人の少将は覗《のぞ》き見てしまいました。

中の君がこちらに背を向けているので、向こうがわの大君がよく見えます。とても現代的な、はなやかで美しい姫君でした。蔵人の少将はますますボーッとしてしまいます。

（なぜ見てしまったんだろう。かえって煩悩《ぼんのう》が増すのに）と思いつつ、大君へ手紙を書き、手引きをしてくれる女房に渡しました。〈私はこんなにあなたを思っています。かわいそう、と一言でもお返事を〉。

そんなことを言われても、大君の入内の日は迫っています。蔵人の少将は居ても立ってもいられません。

玉鬘の娘大君の入内

四月九日、入内の日には、夕霧や按察使の大納言が、牛車《ぎっしゃ》をたくさん貸してくれました。当時の移動手段は牛車でしたが、一軒の家でそんなにたくさんの牛車を持つわけにいかないので、何かあるときはあちこちから借りたんですね。派手やかな行列を仕立てて、大君は冷泉院に向かいました。

冷泉院は、いまだに玉鬘を忘れていらっしゃいません。玉鬘が大君に付き添ってくるというので、しばらくいてくれるのかと心をときめかされましたが、玉鬘はそっと帰ってしまいました。けれどもその夜、大君をご覧になった冷泉院は、美しく若々しい大君にたちまち魅せられ、それからのご寵愛《ちょうあい》は限りないものでした。

大君は、まもなく懐妊され、姫宮をお産みになります。

大君が冷泉院へはいると決まったとき玉鬘は、（前からいらっしゃる秋好中宮や弘徽殿の女御はどう思われるかしら）と心配していました。弘徽殿の女御にも、姫宮がおひとりいらっしゃいましたが、〈大丈夫。お若いかたがいらしても、わたくしが面倒を見てさしあげますわ〉。女御は玉鬘とは姉妹でしたから、そう言われたのですが、大君に姫宮が生まれて、冷泉院のご寵愛が限りないとなると、いい気持がしませんから、大君は居づらくなりました。

二度目のご出産は男皇子《おとこみこ》でした。ますます中宮や女御たちの風当たりが強くなります。大君は物思いがちになり、里下がりが多くなりました。玉鬘は次から次へと心配が絶えません。

そこへ薫が、ご挨拶《あいさつ》にやってきました。

〈まあ、聞いて下さいよ、薫さん〉。玉鬘は、薫を実の弟のように思っています。〈こんなことがあって、わたくしもなかなか物思いが絶えないの。女手一つで家を張るのはたいへんですわ〉〈姫君を後宮《こうきゅう》へお入れになるなら、そのくらいのご覚悟はおありでしたでしょう。後宮のことに、ぼくたち男が口をはさむことはできませんよ〉。薫は冷静な青年でしたから、つきはなしたように言いました。

〈それはそうですけど、ずいぶん愛想のないおっしゃりようね〉。玉鬘は笑いながら言います。玉鬘は、薫が本当の弟のように思えて、大好きなんですね。

「男踏歌《おとことうか》」という行事がありました。これは、正月十四日の晩に、青年貴族たちが帝の御前で催馬楽《さいばら》をうたい、足を踏みならして舞うのです。そのあと行列をつくって、院の御所や東宮の御所を回ります。蔵人の少将もその楽人に選ばれていました。冬の寒い夜にいずれ劣らぬ美青年たちが、うたったり舞ったり、楽器を奏で、御所の女性たちも、御簾《みす》のかげから拝見します。冷泉院の御所へ行ったとき、蔵人の少将は、ここに恋しい大君がいられると思うと胸がいっぱいになり、気もそぞろでした。

そのときにうたわれたのが、この巻の名「竹河」という催馬楽です。

匂宮と薫の君がはじめて登場したとき、どちらも十四、五歳でした。「竹河の巻」が終る時点では、二人とも二十三、四歳の青年になっています。いよいよこれから「宇治十帖」の世界にはいります。

八の宮の二人の姫

「橋姫の巻」、舞台は宇治に移ります。

八の宮というかたが、宇治にいらっしゃいました。この宮は、とてもお気の毒なかたでした。まだお若かったころに、弘徽殿の大后《おおきさき》が源氏がたの勢力をくじくため皇太子に八の宮を立て、冷泉院の皇子を廃嫡しようとなさったことがありました。八の宮ご自身は何もご存じなかったのですが、そういう政界の渦に巻きこまれてしまったばかりに、弘徽殿の大后一派が失脚したあとは、まるっきり世間から忘れられてしまわれました。

ちゃんとした学問の素養がおありになるというのではありませんが、とても賢く感性が豊かで、音楽の道にも秀でられた立派なかたでした。政治的な野心などおありにならないのですが、清廉な人柄を政界の人たちに利用されてしまわれたのです。

北の方とのあいだに姫宮が二人おできになりました。社会的には思うままになりませんでしたが、家庭的には幸せで、八の宮はひっそりと楽しくお過ごしになっていたのです。ところが北の方がご病気で亡くなられて、その上お屋敷が火事で燃えてしまい、この宇治に持っていられた山荘に退かれました。

八の宮は、(世に志を得なくとも、幸せを手にしたと思っていたのに。私も、死んでしまいたい〉と思われましたが、北の方が、〈二人の姫をよろしく〉と言って亡くなられたこともあって、出家することもおできになれません。二人の姫君の成長を楽しみに、やっと生きていらしたのです。

宇治ですから、川風も荒く山が近いのです。近くに山寺があり、そこに阿闍梨《あじゃり》法師が住んでいました。ときどき八の宮のところへ来て、仏法の話をしてくれます。宮も阿闍梨を尊敬して、山寺へ行って仏道修行をなさったりしていられました。

姫君たちはいつのまにか盛りのお年となられ、二十歳と二十二歳。二人とも、ひしと父宮を頼り、姉妹仲よく、わずかな侍女たちを当てにして、寂しく暮らしていられました。

薫と大君の出会い

山の阿闍梨はときどき、冷泉院のところへも参上します。

〈実は、私の寺の近くにこういうかたが住んでいられ……〉〈そうか、八の宮がそういうお暮らしをなさっているのか〉〈それはもうご熱心に、仏道にお心を傾けていらっしゃいます。知識の深さ、気高さはふつうではなく、やはり皇族の血をお引きになるからでしょうか、ご理解も速やかで、たいへんな博識でいらっしゃいます〉。

薫もその場にいて話を聞き、その生きかたに強く心を惹《ひ》かれました。(世を捨てて、仏門にはいりたい)といつも考えていたので、八の宮の生きかたに関心を持ったのです。

(そんな生活をしていらっしゃるとは、何と素敵なかただろう)。薫は、阿闍梨に、〈八の宮をご紹介頂けませんか〉と聞いてみました。阿闍梨は、かねてから薫の、貴公子に似合わぬ物堅い真面目な態度に、尊敬と愛情を持っていましたので、〈お手紙をお書きになれば、お渡しいたしましょう。あなたのこともお伝えいたします〉。

そんなことで、冷泉院は久しぶりに八の宮に手紙をお出しになり、薫からも手紙が行きます。世に埋もれて、訪れる人もない八の宮の寂しい山荘に、にわかに都びとからの手紙が繁く届くようになりました。宮はつつましくしていらしたのですが、薫の熱心さにほだされて、返事をお書きになります。お筆跡も高雅ですし、文章もとても素晴らしくて、気高いお人柄がしのばれます。

やがて薫は、宇治の八の宮の山荘を訪ねました。「木幡《こはた》越え」といって、山坂を越えての遠い遠い道のりです。

八の宮は、すっきりやせていらして、とても澄んだお人柄でした。世の中の、嘘をつくこと、見栄を張ること、人を見下すこと、そういうもろもろの不徳から遠く離れたところにいらっしゃるかたです。

薫は、心から尊敬するかたができたのが嬉《うれ》しくて、〈これからも、仏道の教えを伺わせて下さい〉。薫と八の宮とのあいだに、こんなふうにして交際が始まります。薫は八の宮に、目立たないように経済的な援助も始めましたが、それを口にすることはありませんでした。

三年ほどたったある秋の日、薫が宇治へ出かけたところ、たまたま八の宮はお留守でした。〈山寺へご修行においでになりました〉と仕える男が言います。

奥のほうから美しい楽の音が聞こえてきました。〈姫君が弾いていらっしゃるのですか〉と薫がたずねると、男は困ったように、〈はい……どなたもいらっしゃらないと思って、安心して弾いていらっしゃるのでしょう〉。

それまで薫は、姫君たちについて聞くこともしなかったのですが、〈ちょっと覗《のぞ》かせて頂けないだろうか。庭の奥からでも〉と頼みます。

薫の君は信用がありましたから、邸《やしき》の人たちは案内します。荒れ果てた庭で美しい姉妹が、姉君は琴を、妹君は琵琶《びわ》を弾いていられました。月光がさやかに射し、お二人の様子がよく見えます。薫は、こちらに背を向けた姉君に興味が行きます。〈何と綺麗《きれい》なひとだろう……〉。

薫は、顔形よりも精神的な水位の高さというものを評価したのですね。〈自分の中にあるのと同じものが響き合う。たがいの魂の奥底のものが、響き合うのだ。私が求めていたのは、まさしくこのひとだ)。

薫はそれを誰にも言いませんでした。その後何年も言わなかったので、姉妹たちも全く知りませんでした。でもこのとき、薫の心に恋の風が吹き込んだのです。

〈薫の君がおいでです〉と女房たちの声がして、姉妹は急いで隠れました。

姉の大君は全く気がつきませんでしたが、(めぐり合った)と薫のほうは思っていますす。大君にめぐり合ったのではなく、自分の運命にめぐり合ったのですね。薫はそれを直観的に悟りました。

ここから「宇治十帖」のお話が始まります。

美しい姉妹

「橋姫《はしひめ》」「椎本《しいがもと》」

薫《かおる》の結婚観

八の宮の二人の姫君のうち、姉の大君《おおいぎみ》は思慮深く落ちついたひとでした。それに対して妹の中の君は、おっとりしてとても可愛いひとです。大君は二十四、中の君は二十二歳。当時の社会的慣習からいえば婚期はとうに過ぎていましたが、世の中へ出られないので、無垢《むく》で素直な姫君たちでした。

薫は、宇治《うじ》へ来るのに人目をしのんで馬で来たので、京へ牛車《ぎっしゃ》を取りにいかせました。それを待つあいだに、〈姫君にちょっとご挨拶《あいさつ》を〉と、宿直の男に頼みましたが、姫君たちはどう応対してよいかわからず、あたふたしています。

薫は若くても物なれた貴公子ですから、遠慮もときによりけりと、さっと縁側に上がってしまいました。女房たちは動転して、〈弁《べん》の君を呼んできて〉と、大あわてで年寄りの女房を呼びにやりました。

大君は、さすがにプライドのあるひとですから、何か言わなくては、と思うのですが、なかなか言葉が出てきません。女房たちは、とりあえず縁側に円座を敷きます。

薫はその扱いに、こんな端近《はしぢか》で、と内心ムッとしましたが、〈この場は、好き者めいてかよってくる男のようにこそこそしてはいけない）と、堂々と言上します。〈私はこちらに三年ほどもかよっております。志が浅いか深いかは、すでにお認め頂けたのではないでしょうか。こんな端近では落ちつきません。いかに真心こめてお伺いしているか、おわかりになっているはずですのに〉。

するとと大君は、〈わたくしたちはわきまえもございませんので、どうお答えしたらよろしいか……〉と、か細い声で上品に答えられます。

大君の声だ、と薫は嬉《うれ》しくてなりません。〈ご謙遜《けんそん》なさらずに。気高いお人柄の八の宮のおそばでお過ごしですから、志が深いか浅いかをお見抜きになれる、聡明《そうめい》なご資質と存じます。おそば近くに寄らせて頂き、心をうちわったお話をさせて頂きたいのです〉。ふだん思っている言葉がつぎつぎ口をついて出てきます。〈決して色めかしい気持で申し上げているのではありません。私はそういう類《たぐ》いの人間ではない。縁談も持ちこまれますが、女人には全くうとく過ごしております。世間の噂になっているほどですから、自然とお耳にはいることもありましょう。何より私は、世のあわれやもの懐かしさ、喜びや悲しみについて心をうちわってお話しする友人を求めているのです〉。

つまり薫の言うのは、精神風土を共にしたい、心と心のつき合いから始めたいということですね。薫はとうとうと弁じ立てますが、大変独善的でもありました。自分は正しい、相手も絶対賛成してくれるはず、という自信があったんでしょうね。正しいと信ずる結婚観や恋愛観を披瀝《ひれき》されると、さすがの大君も答えようがなく、黙りこんでしまわれます。

老い女房、弁の君の登場

ちょうどそこへ、呼ばれていた老い女房がやって来ました。

〈これはこれは、ご身分高い宰相《さいしょう》の中将ともあろうおかたを、こんな端近にお坐《すわ》らせして申しわけございません。もののかずにもはいらぬわたくしどもはもちろんですが、お姫さまがたも、あなたさまのご親切は身にしみてご存じです。「お親しくして頂いて、お父さまはとても喜んでいられる」と、ご好意を寄せていらっしゃいます。けれどお若いかたがたですから、お口になさりにくいのでしょう〉と、上手にとりなしてくれます。

薫はほっとしました。〈取りつくしまもない思いでしたが、もののわかるひととはありがたいですね〉。

「弁の君」と呼ばれる老い女房は、都会的なセンスがありますのね。上流社会の家庭をいろいろ見てきたのでしょう。じっと薫の君をみつめていましたが、突然ほろほろと涙をこぼしました。

〈まあ、本当にお懐かしゅうございます。いきなり無遠慮に申し上げて失礼でございますが、実はわたくし、薫さまにお会いしてひとことお話し申し上げたいと、み仏にお願いしていたのです。やっと思いがかないました〉。

(何のことだ……年寄りは涙もろいものだけど、この涙には何かわけがあるのか)と、薫は驚きます。

〈わたくしは、あなたさまの母君、女三《おんなさん》の宮にお仕えしていた小侍従《こじじゅう》の、従姉妹《いとこ》でございます〉。不思議なところへ話が飛びました。〈ただ今たいへんな勢いの藤《とう》の大納言《だいなごん》さま、あるいは按察使《あぜち》の大納言さまとも呼ばれるかたをご存じでしょう。わたくしは、あのかたの亡き兄君柏木《かしわぎ》さまの乳母子《めのとご》でございます〉。薫はびっくりしました。幼いときに、どこかで耳にはさんだ名前です。

〈母が柏木さまの乳母でしたので、わたくしも小さなころからおそばに仕えておりました。柏木さまは何でもお話し下さいましたが、ご臨終のときにもご遺言があり、手渡されたものもございます。……このことは、いずれ折を見て〉。

薫は愕然《がくぜん》としました。そして多分、自分の出生の秘密であろうと思います。もっと聞きたいけれど、人目もあるし、何より姫君たちに失礼です。〈わかりました。お話はここまでにいたしましょう。いつか折を見て、ぜひ伺わせて下さい。でも、昔話というのは、身に思い当たることがなくても懐かしいものですね〉。人の耳をはばかって、薫はそう言いつくろいました。

だんだんと夜が明けてきますが、八の宮が籠《こも》っていられる山寺のあたりは、まだ霞《かす》んでいました。薫は、〈美しい夜明けですね。霧が深いけれど〉と言いながら、辺りを眺めています。〈八の宮のおいでになるお寺は、雲がかかって見えませんね〉と大君に話しかけると、大君はけなげにいじらしい声で答えられます。〈はい、父とわたくしたちのあいだを、いつも雲が邪魔をして隠してしまいます〉。

〈お言葉を頂けて、嬉しく存じました。ではまた〉と薫は、宿直人《とのいびと》がしつらえた西の廂《ひさし》の間に下がりました。まだ京からの牛車は来ません。

山荘の前には、激しい勢いで宇治《うじ》川が流れていて、網代木《あじろぎ》のあたりに人が群れているのが見えます。供の男が、薫に言いました。〈氷魚《ひお》（鮎《あゆ》の稚魚）をとっています〉。氷魚をとる竹の簾《すだれ》を網代、網代を支える木を網代木と言ったんですね。〈今年は氷魚が少なくて、みんな嘆いております〉。

薫は、あんなに美しい大君が、こんな淋《さび》しいところでよく過ごせるものだと思いながら、川面を柴《しば》を積んだ舟が静かに行きかうのを眺め、（それにしても柴舟に身を托《たく》す者や、氷魚漁で暮らしを立てる者たちに比べて、金殿玉楼に住むのがよい人生だと言えるだろうか。人間は老少不定《ろうしょうふじょう》、諸行無常、はかないものだ……）などと考えるうちに、その思いを大君としみじみ語り合いたくなりました。

薫の手紙

つまりそれだけ孤独だったんですね。恋人であって、無二の友——そういうひとがこの世にいてくれたら、というのが薫の宿願だったのです。たまらなくなって、硯《すずり》と紙を借りて歌を書きました。

「橋姫の心をくみて高瀬さす　棹《さを》のしづくに袖《そで》ぞ濡《ぬ》れぬる」——〈あなたは橋姫のように、袖を濡らして物思いに沈んでいらっしゃるのではありませんか。あなたのお心をくんで、私も袖が濡れます〉。「橋姫」（この巻の名にもなっています）というのは、宇治橋の守り神と言われ、古典にはよく出てきますが、『古今集』にも、「さむしろに衣かたしき今宵《こよひ》もや　我を待つらむ宇治の橋姫」という有名な歌がありますね。

薫の手紙を受け取った大君は、（まあ、どうしましょう。こういうかたには心をお尽くしして、紙や香も選んでお返事しなければ……）。けれどあまり手まどってもと、〈宇治川を上り下りする渡し守は袖も濡れますが、わたくしは袖が濡れるどころではございません、袖が朽ちるほど泣きました〉という意味の歌を、すぐに書いてお返ししました。

それを読んだ薫は嬉しくて、思わず手紙を抱きしめてしまいます。そして、着ていた川霧に湿った衣を宿直人に与え、京から持ってこさせた直衣《のうし》に着がえて、心を残しながら、やってきた牛車《ぎっしゃ》に乗って京に帰りました。

弁の君の言葉も気になりますが、それ以上に大君のお顔が目にちらついて離れません。薫は改めて、手紙をさし上げようと思いたちます。

ふつう恋文には、さまざまな色に染めた薄紙を使うのですが、薫はわざわざ厚ぼったい白い紙を使いました。〈色めいた手紙ではありません。好色な男たちと一緒になさらないで下さい〉という、心意気をあらわしたんですね。

〈緊張して、存分にお話しできませんでした。でも、このうらみは後の楽しみにとっておきましょう。今度は、もう少しおそば近くに坐らせて下さい。八の宮が山寺からお戻りになるころ、また伺います。お伺いすれば、宇治の川霧が立ちこめたような私の胸も、少しは晴れるでしょう〉と書いて、使いの者に托しました。

そして、山荘の人びとは寒そうで、お腹がすいているらしく見えたからと、檜破籠《ひわりご》（檜《ひの》の皮で作った折箱）にご馳走《ちそう》をどっさり入れて届け、また山寺のお坊さんたちにも、布施として着る物などをたくさん贈りました。薫は小さいころから家長として一家の采配《さいはい》を振るってきたので、すべてによく気がつくんですね。

でも若い青年ですから、宇治の姫君のことを言いたくて仕方ありません。匂宮《におうのみや》との世間話のついでに、つい、宇治でのことを打ち明けてしまいます。〈実はこのあいだ、宇治へ八の宮をお訪ねして……〉。匂宮もその話はお耳にはさんでいらして、〈それで、姫君を見たのかい〉〈かいま見ましたが、なかなかの美女でした。姉、妹、いずれ劣らぬ美女でしたよ〉。

女人の話には大いに興味と関心を持たれる匂宮ですから、身を乗り出してこられます。

〈歌のやり取りをしました〉〈その手紙、持ってきてくれたんだろうね〉〈いえ、宮だって、一通も見せて下さらないじゃないですか〉〈ぼくに来るのはつまらない手紙だからだよ。今度は絶対に持ってきてくれたまえ〉〈ええ。でも、もしどうにかなったとしても、宮は宇治へいらっしゃれますか。宇治は遠いし、宮のご身分ではとんでもないことと、反対されますよ〉〈こんな身分に生まれなければよかった〉と、匂宮は悔しがっていられます。

そこで薫が言います。〈でも私は、そのうち出家遁世《とんせい》する身。こんなことを言っているのも、一時の気の迷いです〉。匂宮は笑われて、〈よく言うよ。本当に好きな恋人ができたら、そんなこと言っていられないだろう。きみの恋の行く末が見たいね〉。

青年たちは、こんなことを言い合って楽しんでいました。

八の宮の出家

十月になって、八の宮が山寺からお戻りになったというので、薫は宇治へお見舞いに行きました。宮はとてもお喜びになり、山寺への布施の礼を言われます。そして、一緒に楽器を奏でられましたが、宮の琴は、しみじみと心にしみる音色でした。

薫は、〈どうか、姫君たちの楽の音もお聞かせ下さい〉とお願いしますが、姫君たちは、とんでもない、このあいだ、誰もいないと思って鳴らしたのを薫の君に聞かれてしまって、と恥ずかしがっていられるばかりです。

八の宮は言われました。〈こんな山里暮らしですから、琴も琵琶《びわ》も、はかばかしい音色はよう立てませんが、気になるのは娘たちのことだけです。以前から出家したいと願って山寺の阿闍梨《あじゃり》に頼んでいますが、娘たちを置いては山に籠ることもかないません。もしものことがありましたら、何とぞ娘たちをよろしく〉。

〈もちろん、お引き受けします〉と、薫は答えました。

思えば、これが悲劇のはじまりでした。薫の君、八の宮のどちらかが、言い出せばよかったのですが、両方に遠慮がありました。もう一歩出て、薫が、〈大君を私に〉と言えばよかったたし、八の宮も、〈道心堅固なあなたに申し上げるのは失礼ですが、うちの娘と結婚してくれませんか〉とおっしゃればよかったのですね。

やがて八の宮は、仏間へ退かれました。

柏木の遺言の書

薫は、いつぞやの話のつづきを聞こうと、弁の君を呼び出します。

柏木の死後、柏木の乳母《めのと》だった弁の君の母も、後を追うように亡くなり、これからどうしようと悩んでいたとき、前々から求婚していた身分の低い男が、だますようにして、弁の君を赴任先の九州へ連れていきました。その夫も死んでしまい、十年ぶりに都へ帰ってきたのですが、都はまるで別世界のように変っていて、昔の知り合いはみんな死んでいました。

〈本来なら、柏木さまの妹君の弘徽殿《こきでん》の女御《にょうご》にお仕えするべきでしたが、田舎住まいの長いわたくしにははなやかすぎたので、八の宮さまのお邸《やしき》に身を寄せました。もう五、六年ここにおります〉と弁の君は言い、〈実は、小侍従とわたくしが、女三の宮さまと柏木さまのお手紙をお取りつぎしたのです〉。

薫は身じろぎもしません。（自分は、こういう関係の子だったのか……）。今になってはじめて知る父と母の秘密です。

弁の君は泣きながら、懐から細長い袋を取り出しました。古い唐錦《からにしき》を縫ったもので、細い打ち紐《ひも》で口を結ぶようになっています。

〈これは、柏木さまからご臨終のときに渡されたお品です。「もう命も長くない。どうかこれを小侍従に」とおっしゃって亡くなられました。小侍従に渡すつもりでしたが、それきり会えなくなってしまいました。わたくしもいつどこで死ぬかわかりませんし、人手に渡ってはいけないと処分しようかとも思いましたが、今まで持っていたのです。薫さまのお手でご処分下さいませ〉。

〈あなたと小侍従のほかに、このことを知る者はいますか〉〈いいえ〉。

薫は京の邸へ戻るなり、その袋を調べました。袋の口に細いこよりがついていて、柏木の名前で封がしてあります。

中から出てきたのは、かびくさい、ところどころに紙魚《しみ》が食っている手紙でした。思わず目が吸い寄せられます。さまざまな色の薄様《うすよう》が五、六枚、女三の宮から来たお返事です。柏木が肌身はなさず持っていたのでしょう。そのほかに、陸奥紙《みちのくがみ》五、六枚に書いた柏木の手紙がありました。女三の宮へ奉るという意味でしょうか、「上」と書かれています。

（これが父なるおひとの書なのか……）。薫は感無量で眺めます。紙は蝕《むしば》まれていますが、墨色はきのう書いたようなあざやかさです。

〈私の命は長くないと思います〉——最初の一行はそれでした。病いが重くなって、筆を持つ力もなくなったのか、鳥の足跡のような不思議な字です。必死に書いたのでしょう。〈もう死ぬかもしれません。しかし、いま一度お目にかかりたい。あなたはお髪《ぐし》を下ろされたとか。尼になられたお姿は悲しいが、そのあなたにお会いできずに世を去る、この悲しみをお察し下さい。お生まれになった若君にも（薫はここでどきっとします）会いたいが、それもかなわないでしょう。私などが心配せずとも、すくすくとお育ちになるでしょうが、命さえあれば、それとなく見守ることもできたでしょうに〉。

そこで力尽きたように終っていました。薫の目に涙があふれます。父や母の思いを想像して胸がいっぱいです。手紙をくるくると巻いてもと通りに納めると、端に、「小侍従の君に」と書きつけてありました。小侍従から女三の宮へ、というつもりだったのでしょう。

手紙を深く隠して、薫は邸の中にいらっしゃる母宮のお部屋をそっと覗《のぞ》きます。女三の宮は、無心にお経を読んでいられましたが、お年こそ召しても相変わらず少女のままのようなかたです。その後ろ姿を見ただけで、薫はきびすを返しました。（今さら母君に問うたところで何になる）。

薫は、ますます物思いの多い青年になっていくのです。ここまでが「橋姫の巻」です。

匂宮と中の姫

次は「椎本《しいがもと》の巻」。

年が明けて春になりました。匂宮は初瀬詣《はつせもう》でを思い立たれ、薫をお呼びになられます。〈ねえきみ、はなから宇治に泊まるといえば反対されるだろうが、初瀬観音へかけた願《がん》のお礼参りということにすれば、泊まれるだろう〉〈そうですね〉。薫も、青年らしく弾んで答えます。

初瀬は大和《やまと》ですから、近くの宇治に泊まる人が多かったのです。匂宮の泊まられる宇治の別荘は、源氏が夕霧《ゆうぎり》に伝領した別荘で、研究者によると実際は、藤原道長《みちなが》が長男の頼通《よりみち》に与えた宇治の平等院だろうと言われています。若い人にとっては、初瀬寺よりも、そこへ行くのが楽しみだったんですね。

別荘には、お迎えと称して京から貴公子たちがたくさんやってきました。匂宮は、帝《みかど》や中宮から特別に可愛がられていられましたし、いずれは皇太子の位につかれるかた、というので大事にされていました。匂宮の行くところにはいつも、宮廷のおもだった人が集まるのです。

貴公子たちはそこで一日、楽しく管絃《かんげん》遊びをしました。楽の音が、はるか川面をわたって、八の宮の山荘まで響きます。

（ああ、向かいの別荘にいらっしゃる匂宮と薫の君だな）。八の宮は、耳を澄まされて、〈こういう楽の音を聞くのは、久しぶりだ〉。

八の宮は、川面を渡ってくる笛の音に、（あの音色は、亡くなられた致仕《ちじ》太政大臣《だじょうだいじん》〈頭《とう》の中将、柏木の父〉の笛に似ている。はて、どなたが吹いていらっしゃるのか）と思われますが、それは薫でした。もちろん宮は、その出生については何もご存じありません。

（それにつけても、こんな淋《さび》しい暮らしを強いられる姫たちがかわいそうだ）と思われて、八の宮は、対岸にいる貴公子たちにお招きの手紙を書かれます。〈川波に隔てられておりますが、美しい楽の音を聞いては、心が騒ぎます。どうぞ、お遊びにお越し下さい〉。

匂宮は、〈私が返事を書こう〉とおっしゃり、〈川波に隔てられているが、心と心は結ばれていますよ〉という意味の歌をお書きになりました。

その返事を持って、薫が八の宮の山荘へ出かけます。貴公子たちも船に乗って渡りますが、早くも船の中で楽の演奏が始まります。船が八の宮の山荘の前の河原へ着くと、階段がしつらえてあって、それを登って屋敷にはいれるようになっていました。

この山荘は夕霧の別荘と違って、とても簡素な造りでした。料理はいかにも山家《やまが》という感じでしたが、給仕人に親類の古い皇族や上品な人びとを集めていて、手落ちなく饗応《きょうおう》なさいました。

歓待された貴公子たちは、姫君のお部屋はどの辺だろうと、ひそひそと言い合っています。

一方、夕霧の別荘にひとり残された匂宮は、悔しくて仕方ありません。宮というご身分は本当に不自由で、船に乗ってよその家に行って宴会をするというような、庶民的なことはおできになれないんですね。匂宮はぽつねんと待っていられましたが、姫君に歌を贈ろうと思いつかれました。花ざかりの桜を一枝切らせ、可愛い殿上童《てんじょうわらわ》にことづけて、船を仕立ててやられます。

八の宮は手紙をご覧になって、〈匂宮は色好みという評判だから、ここに姫がいると聞かれて、ちょっと関心を持たれたのだろう。さらりと簡単にお返事しなさい〉と、中の君にお命じになります。

中の君は言われるままに、〈美しい春のお花を賜りましたが、あなたさまは旅人でいらっしゃるから、こんな山家の前は通り過ぎていかれるでしょう〉という歌を返されました。中の君はとても美しい字を書かれたので、これは想像以上に素敵なひとかもしれないと匂宮は思い、その後は薫を通さずに中の君と手紙をやりとりされます。

薫と八の宮の約束

その秋、薫は中納言になりました。順調に出世しますが、質実な青年でしたから仕事もきちんとこなしています。毎日忙しいので、気にかかりながらも、なかなか八の宮をお訪ねできないでいました。

秋の一日、久しぶりに宇治を訪れると、八の宮は、〈これから数日山ごもりで〉と、忙しく支度をしていられましたがお喜びになり、話を交わされました。

〈実は、今年は厄年なので（研究書には六十一歳であろうと書かれています）、厄払いにしばらく山寺に籠《こも》ろうと思います。姫たちが心配で、あなたにお願いしたいのですが、くれぐれもよろしく〉。

〈心得ました〉と、薫は力強く答えます。〈大した力はありませんが、命のある限りお守りしましょう〉。

このときも八の宮は内心、（こんなに真面目で純朴な青年が、娘のどちらかの夫になってくれれば、もう一人も庇護《ひご》してくれるだろう。こういう人に頼めば、私も安心してあの世へいける）とお思いになりながら、ご遠慮からお口に出せなかったのです。

そういう弱気が、この「宇治十帖《じょう》」の悲劇の始まりだったのですね。

薫が請け合ったので八の宮は安心なさいましたが、あくる日に、改めて姉妹お二人を並べて、お話しになりました。〈私がもし死んだら……〉〈いやですわ、お父さま。どうしてそんな心細いことをおっしゃいますの〉と、大君がさえぎると、中の君も、〈お父さまがいらっしゃるからこそ、わたくしたちはこんな寂しいところでも暮らせますのに〉。

〈だが、人の命は不定《ふじょう》のもの。これからのことをあなたたちに言いおくが、甘い言葉に誘われてこの山荘を出てはならない。身分ある女はとても生きにくいものだが、皇女の誇りを胸にだいて、人に後ろ指をさされるような生きかたをしてはいけないよ。ここでじっとお暮らしなさい。そうしているうちに、月日はことなく過ぎるもの……〉。女房たちにも、〈みんなで姫を守っておくれ。甘言にだまされないように〉と言いおいて出られました。

八の宮が山寺へ行ってしまわれると人の出入りもなくなり、屋敷うちはシーンと静まりかえってしまいました。

八の宮の死

姉妹二人で屋敷を守って、いよいよ明日は八の宮がお戻りになるという日、夕暮れどきに山寺から使者が来ました。〈宮がご病気になられた。ただいま、阿闍梨が看病していられます〉。

姉妹はどんなに驚いたことでしょう。急いで綿入れの着物や、食べ物などもどっさり用意して山寺に届けます。

〈ご看病に伺ってはいけないかしら〉と中の君が言うと大君は、〈みなさんが厳しい修行をなさっているお寺に、女のわたくしたちはとても行けないわ。ここでお待ちしましょう。阿闍梨さまが看病して下さるから大丈夫よ〉。

ところが、二、三日たった日の明け方になって、〈八の宮がお亡くなりになった〉と知らせが来ます。もう、姉妹は生きた心地もありません。

〈今すぐお山へ上がって、お父さまにお目にかかりたい〉と姫君たちはくちぐちに言いますが、阿闍梨は、〈父君はすでに亡くなられたのですよ。親子の愛執《あいしゅう》を離れてあの世へ旅立たれたのですから、それはご無用のことに〉。阿闍梨の言葉は大慈大悲の仏心から発したのでしょうが、若い姫君たちにはむごい言葉でした。二人はかき抱いて泣き合います。

知らせを聞いた薫は、とるものもとりあえずやってきて、お葬式の手配などもこまごまとしてくれました。

姫君たちは、〈どうしてわたくしたちを置いて逝ってしまわれたの〉と、いつまでも泣いていて、薫がいくらお慰めしても耳にはいりません。悲しみに沈む姉妹に、なす手立てもなく、京へ帰りました。

匂宮からも、中の君にあてて慰めのお言葉や優しいお見舞いが届きます。〈お返事を〉と言われても、中の君は泣かれるばかりでした。〈ねえ、お姉さま。今まではお父さまがいらしたから、男のかたへのお返事も、何とも思わずに書けたけど、お父さまがいらっしゃらないとなると、書くのが恐ろしくなるわ〉〈そう。風の音がするだけでも怖いわね〉。

〈お父さまは、わたくしたちに毎日お話し下さるというのではなかったけど、ただいらっしゃるというだけで、心丈夫だった。たとえお坊さまになられても、山寺にいらっしゃるのならいつかはお目にかかれたのに……〉と中の君が嘆くのを、大君は慰めかねています。(わたくしがしっかりして、この子の面倒を見なければ)。

薫は、お二人を都のどこかに住まわせてお世話をしようか、などと考えていました。

匂宮の伝言

悲しい年もいよいよ暮れようとするころ、薫は宇治へ出かけました。雪あられが降りしきり、山里がいっそう淋《さび》しく感じられます。

〈薫の君がお越しです〉と告げられたとき、ご姉妹は、〈こんな恰好《かっこう》ではお目にかかれないわ〉。着ているのは喪服ですし、ずっと泣き暮らしていたので、顔色も青くなり、やせてかじかんでいるような気がします。〈われながらみっともないわ、こんな恰好では……〉。もちろん御簾《みす》を隔てるので、見えはしないのですが。

するとこ女房たちが、〈人づてでもお返事なさいませ。薫の君は、いまや中納言でいらっしゃいます。そんなかたが、この雪氷の中をわざわざ宇治までいらして下さったんですよ。おそば近くに行かれて、お話だけでもなさいませ〉。

仕方なく大君は奥から出て来て、弁の君を介してお返事されます。

薫は、〈父宮が亡くなられて、お悲しみをお察しします。けれど、たまにはお気晴らしもなさいませ。外の風にお当たりにならないと、お体に悪うございます〉と心をこめて言いますが、その返事も弁の君を通されます。さすがに薫は、〈遠い道をものともせずに伺ったのは、何のためとお思いでしょうか。ひとことでも、直接にお話し頂ければ〉。

〈そうでございますよ〉と、今や弁の君も薫の味方です。〈こんなにご誠実なかた、お近くに寄られたって、どうということはございませんでしょう〉。

（そういえばお父さまは、このかたがいらっしゃるのを楽しみにしていらした。本当によくして下さった。それを思えば……）と、大君はにじり出ました。御簾から、細やかなお姿が透けて見えます。

長年大君を思いつづけてきた薫は、もうたまりません。でも、きちんと自制する青年でしたから、〈お悲しみは察するに余りありますが、ちょっとお話をさせて頂いてもよろしいでしょうか〉。

薫は本当は、こんな淋しいところにいらっしゃらないで私と結婚して下さい、と言いたいのですが、それを率直に言えず、匂宮のことから話し出しました。

〈実は、匂宮が妹君にご執心でいらして、「いくら手紙をさし上げても、色よいお返事がない。きみの努力が足らないのではないか」と、私をお恨みになるのです。匂宮はいろいろ噂されますが、本当はとても情の深いかたです。子供のころからの友人である私はよく存じていますが〉と、力をこめて匂宮のことを褒めます。自分のことは横へおいて、友のために懸命です。

〈どういうことでしょう。匂宮様がなぜそんなことを〉〈宮はお手紙を読んで、お愛しになってしまわれたのです。いつも匂宮にお返事を書かれたのは、中の君ですね〉〈はい、妹でございます。わたくしは、あなたにさし上げたことはありますが……〉。

薫のプロポーズ

そのとき、薫の激情の堰《せき》が切れてしまいました。〈ええ、いつも事務的な簡単なお手紙でした。でもどれだけ嬉《うれ》しかったか。お手紙を胸に抱いて都へ戻ったものです。もう申し上げましょう。あなたを愛しています、結婚して下さい〉。

大君は、びっくりして、そして不快でした。〈今まで妹の縁談をお話しになっていたのに……失礼だわ〉。思わず後ずさって、奥へはいろうとなさいました。

〈お待ち下さい。本当の気持を申し上げたいのです〉〈いいえ。まだ、父に死なれた悲しみから立ち直っていませんので、もう少しお時間を……〉。消え入るように可憐《かれん》な声で言いながら後ずさる大君を、さすがに追いかけることができません。薫は黙って引き下がりました。そして女房たちに、〈こんなお寒いところでなくて、便利でにぎやかな京の邸《やしき》においで下さらないだろうか。それとなくお話ししてみてくれないか〉と言って帰ります。

女房たちは、〈お姫さまに運が向いてきた〉と喜びますが、それを小耳にはさんだ中の君は、(お姉さまは、そんなことは絶対になさらないわ……)。

帰りぎわに薫が、八の宮がいつもいらした仏間を覗《のぞ》くと、すでに飾りは取り払われ、寂しい部屋になっていました。薫は思わず歌を口にします。

「立ち寄らむ蔭《かげ》とたのみし椎《しひ》が本《もと》　むなしき床《とこ》になりにけるかな」――〈「もし私が出家遁世《とんせい》したら、ここでご一緒に修行を」とお願いしたとき、宮は「いいですよ」と快くおっしゃって下さったが、それもむなしいことになった〉。

出家遁世より先に、薫は恋にとらわれてしまったのです。

恋のたくらみ　「総角《あげまき》」

一周忌のための総角《あげまき》結び

「総角の巻」です。

早くも亡き八の宮の一周忌が近づきました。世間知らずの姫君たちと女房たちだけの頼りない家ですから、山の阿闍梨《あじゃり》や薫《かおる》の君が後見《うしろみ》としてお世話しています。薫が法事の準備のために宇治《うじ》を訪れました。

姫君たちは糸繰り台を前に、〈もう一年たったのね、お姉さま〉〈こんなありさまで、どうにか生きてこられたのが不思議ね〉などと話しながら、絹糸を縒《よ》って紐《ひも》を作っていました。

薫は几帳《きちょう》のほころびから覗《のぞ》き見て、ああ、ご法事のための飾り紐（総角結び）を作っていらっしゃるんだなと思い、昔の歌を引いて、〈「わが涙をば玉にぬかなむ」というところですね〉。

これは伊勢《いせ》の御《ご》という女流歌人の歌で、「縒り合はせて泣くなる声を糸にして　わが涙をば玉にぬかなむ」――〈みんなの泣く声を糸にして、わたくしの涙の玉をつなぎましょう〉と、伊勢の御が仕える中宮が亡くなられたときに、泣きながら総角結びを作る人びとを歌ったのですが、教養ある姫君たちには、それがすぐにわかりました。

けれどあからさまに言うのははしたないので、〈昔の歌は人の気持をよく表現していますわね〉とだけ、お返事なさいました。

薫は願文《がんもん》を書きます。願文とは、漢文で施主《せしゅ》の供養の趣旨を書いたものです。あれこれ、姫君たちと一緒に心を合せて亡き八の宮の法事の準備をするのが、薫には嬉《うれ》しくてなりません。そして筆にまかせてさらさらと歌を書き、大君《おおいぎみ》にお見せしました。

「あげまきに長き契《ちぎ》りをむすびこめ　おなじ所によりもあはなむ」――〈総角に、私たちの契りも一緒に結びこめて下さい。いつかは心を合せてご一緒に暮らせるようになりたいものです〉。

またこんなことを……と、大君はうっとうしく思い、〈わたくしの命は、涙の玉と同じにもろいものです。そんな長い契りは結べませんわ〉。

夕方になって薫は弁《べん》の君を呼び、〈今夜は、とっくりと聞いてほしい。私は、ずっと女人に関心がなくて、変人だの偏屈だのと言われてきたが、大君に会った途端に気持が変った。求めていた妻は、このひとをおいてないと思うようになったのです〉。

そして、〈私は淋《さび》しかったんだ。心をうちわって話せる人がいなかった。腹違いの兄上（夕霧《ゆうぎり》）は、今や政界の第一人者だから気軽にお話しできないし、腹違いの姉君（明石《あかし》の中宮）も、ご身分が高すぎて。母宮とは、世代が近いといっても親だからなれなれしくできかねるし。大君となら、人生のさまざまな面白さや悲しみ、辛《つら》いことなど、語り合えると思ったんです。亡き八の宮は、姫たちを頼むと言い置かれた。言われなくてもご面倒は見るつもりでしたが、ぜひこの気持を大君に伝えて下さい〉。

弁は考えこみました。ふつうの女房だったら、そうでございますね、と口上手に取りなすのでしょうが、弁は誠実な人柄ですから、安請け合いはしかねたのです。内心では、こんなにいいご縁はないわと思いますが、いつも凜《りん》としていられる大君に、心安げに〈ご結婚なさいませ〉とは言えそうにありません。

弁は静かに話し始めました。〈八の宮がおいでになったころから、大君はしっかりしたかたでしたが、宮がお亡くなりになった今は、とくに「この家を守らねば」という張りつめたお気持でいられます。独身を通したいとお考えのようですが、妹君には幸福な結婚をさせたいと願っていられます。実は大君は、妹君をあなたさまに、と考えていらっしゃるんですよ〉。

薫はびっくりしました。〈ご好意はありがたいが、私は大君以外は愛せそうにない。中の君がいやだというのではないが、気持はすぐに変るものではないんですよ。何とぞよしなにお伝え下さい〉。

大君への激情

日が暮れましたが、薫は、今夜こそここに泊まろうと思い、帰ろうとしません。ご法事が近いため、仏間にはあかあかと灯がともされていました。

〈妹君のご縁談について、大君にお話ししたいことが〉と、薫は女房に言います。大君は、また煩わしいことを言われたら困るわと警戒して、お会いになりたくなかったのですが、女房たちに、〈何くれとなくご親切にして下さるかたに、すげなくなさるのも〉と言われて、しぶしぶ応対なさいます。

大君は奥の仏間にいて屏風《びょうぶ》を隔てて薫と会うことになさいました。薫には簡単な酒《しゅ》肴《こう》が出され、供びとたちにも別室で夕飯や酒がふるまわれているようで、あたりに人はいません。大君は、〈まわりには必ず誰かいるようにして、仏間のお灯明もともしておいてね〉と頼んでいたのですが、女房たちは、薫さまとご結婚なさったら、こんな結構なことはないと、気を利かして奥へはいってしまったのです。

薫は、中の君に対する匂宮《におうのみや》の執着を懸命にお伝えします。〈友人だから言うのではありません。匂宮は好色だという世間の噂ですが、本当は血の熱い、人情の深いおかた。中の君にお心を傾けていらっしゃいます。宮は身分がお高いのでいろいろおありになるかもしれませんが、中の君を大事になさって、世間から尊敬されるような地位に据えられるでしょう。私がついていますから、ご安心下さい〉。

大君は、〈若い盛りの妹がこんな山の中で朽ち果てるのはかわいそうで、考えるところもあるのですが……〉と言いかけて、人気のないところで二人きりで話すのは危険だと思い、〈気分がすぐれないので、ちょっと横にならせて頂きます。明日、また明るいときに〉と、仏間の奥へ滑り出ようとなさいました。

〈お待ち下さい〉。やおら薫は、屏風を外してつかつかと仏間へはいり、いきなり大君を抱き締めてしまいます。〈これ以上は何もいたしません。お気持が溶けるまで気長にお待ちしましょう。遠い京から険しい山坂を越えてここまでやって来て、いつも虚《むな》しい思いで帰っておりますが、どれほどあなたに焦がれているか、よくご存じでしょう。二年も前にあなたをお見そめしたのです〉。

あの、月が叢雲《むらくも》に隠れたり出たりした夜、大君が琴を、中の君が琵琶《びわ》を弾いているのをかいま見たことを、薫ははじめて打ち明けました。

大君は、まあ、やっぱりあのとき見られていたのね、と自分たちの不注意を悔しく思い、ただもう薫の腕から逃れたいばかりですが、薫はほのかな光の下で、大君の髪をかき上げました。これは王朝の物語ではたいてい、ことが成った後の仕ぐさなんですね。二人のあいだにはまだ何もないのに、薫のそんなふるまいで、大君はお辛《つら》そうです。でも薫はその美しい面だちを見て、後へ引けません。

(いっそこのまま……)と思い、(世間の男だったら、引き下がるものか。それにしても、こんな無防備な屋敷で美しい姫たちが暮らすのに、男たちがよく目をつけなかったものだ。何という危うさだろう。だが自分は、そういう男たちと一緒にはなりたくない。大君のお心が溶けて、この純な愛情を受けいれてくれたら……〉。〈お許し下さい〉と、大君は泣きそうです。〈喪服をまとっている身ですから〉。そう言われては、薫も手を緩めないわけにはいきません。〈これ以上のことはいたしませんが、一筋の希望だけは持たせて頂きたい〉。

そのうちに、夜が白々と明けはじめました。薫が外へ出てみると、高欄《こうらん》から秋の宇治の夜明けが見えます。〈ご覧なさい、美しい夜明けですよ〉と誘うと、大君は素直ににじり出ました。二人で眺める川霧に煙る宇治の山々、薫の目にはなんと美しかったでしょう。〈こうしていると、まるで後朝《きぬぎぬ》の男女のようですね〉〈でも、何もありませんでしたわ〉〈だが、他人はそう思うでしょうか〉。〈どうぞ、このかわたれどきの闇に紛れて〉と、大君が泣くように頼むので、薫は仕方なくそのまま帰ることにしました。薫は、やっと胸のうちを打ち明けることができた、と思いますが、大君のお気持はどうだったでしょう。賢い大君ですが、ご自分の本当の気持には気がついていられないのです。

薫の決断

しばらくして薫は、(喪中をお訪ねしたのは、お気の毒だった。ご法事が済んで、もう喪服も脱ぎかえられただろう）と、再び宇治を訪れます。

大君は薄鈍《うすにび》という少し薄い色の喪服を着ていました。女房たちは、〈もう喪が明けたのですから〉と、はなやかな衣裳《いしょう》をお着せしようとしますが、どうしてもそんなご気分になれません。

夜になっても薫は帰ろうとせず、〈ちょっとだけでも、お話を〉と、つめよります。鍵《かぎ》をかけた襖《ふすま》の向こうから大君が、〈具合が悪うございますので、こちらで失礼いたします〉。

〈この前のように大きな声で話させるおつもりですか〉と薫の君がじりじりして言うと、〈いえ、よく聞こえます〉〈どうしてそんなに、お気持がかたいのか。長いおつき合いのなかで、私の誠意をおわかり頂けたと思っていましたが〉。でも、大君の態度は変りません。薫はがっかりして退きました。

大君は弁の君に言います。〈どうしてわたくしの気持を薫さまに申し上げてくれなかったの。妹は、わたくしより若くてずっと美しいから、きっとお気に召すわ。あんな誠実なかただからこそ、妹と結婚させたいの。弁からも強くお勧めしてちょうだい。体は二つでも心は一つ、わたくしの心も妹に添えて薫さまのものです、と〉。

弁の君は考え深くお答えしました。〈お心持はわかりますが、お父君がいらっしゃるならともかく、こんなに頼りないご身分でいらっしゃるよりは結婚なさったほうが、とみなも申しています。仏門にはいりたいと言われますが、尼になられても、雲や霞《かすみ》を食べて生きるわけには参りませんし、頼りになるかたがいなくては……。薫の君は、「匂宮のご機嫌を損じるから、中の君と結婚するのは難しいんだ」ともおっしゃいます。中の君には匂宮、そして、あなたさまには薫の君……こんな立派なご縁組はないじゃありませんか〉。

弁の君はことを分けて説得しますが、大君は、〈弁も私の味方じゃないんだ。誰も信じられない……〉。

一方薫は、〈姫君たちは世間ずれしていないから、どう対応していいのか決断がつかないのだろう。いつまでも「女の発想」で進めては事態は展開しない。これからは「男の発想」で行こう〉と、弁を呼び、〈大君のところへ案内してくれ！〉。もちろん弁も、それが姫君たちの幸福と思っていますし、女房たちも同じ気持です。

〈いつもご姉妹一緒にお寝《やす》みになっていられます。でも、中の君ももう子供ではないので、お気を利かされるでしょう〉と、弁は薫を案内しました。

嵐の夜に

その晩は嵐でした。風が激しく、戸がガタピシ音を立てています。薫の君がしのんでいっても、この物音にまぎれてしまうだろうと思われました。

大君は、寝息をたてている中の君のそばで横になっていますが、あれこれ考えてなかなか寝つかれません。（お父さま、どうしてわたくしたちを置いていかれたの。こんなとき、ああせよ、こうせよとおっしゃって下さったら、どんなにでも従うものを。お父さまは、「誇りをもって生きよ。甘い言葉に誘われて、この山から下りてはいけない」とおっしゃった。わたくしは、愛よりも誇りを選んでこの山で朽ちよう。でも、妹だけは幸せにしてやりたい……）。

そんなことを考えていたとき、小さな物音がしました。大君はハッと起き上がり、すぐに悟りました。（薫さまだわ）。そしてそっと寝床を抜け出し、壁際の屏風《びょうぶ》の後ろへ隠れてしまいました。

何も知らない妹がかわいそうと思いましたが、中の君は無邪気に眠っています。前に縁談について話したとき、二つ違いながらまだあどけない中の君は、〈どうしてわたくしだけが結婚するの。いつまでもご一緒にこの山で暮らしましょうよ。お父さまだってそうお思いになっているに違いないわ〉と答えて、縁談など思いもそめないので、大君の相談相手になりませんでした。

大君は、(もし薫の君が妹をご覧になって、あんなに姉が言うのだから結婚しよう、と思って下されば、それでよし。妹にはかわいそうだけど、これも運命だわ)と思います。

そこへ薫が姿をあらわしました。小さな灯に浮かぶそのなまめかしい寝巻姿を見て、隠れていた大君は衝撃を受けました。見慣れた直衣《のうし》ではなく、下にはいている指貫《さしぬき》も、取っています。そういう男性の姿を見たことがない大君は、びっくりします。そして、戸を開けてはいってきたその確信ありげな足音にもショックを受けました。(女の部屋へはいりなれていらっしゃる……)。

薫は、姫君がひとりで臥《ふ》しているのを見て、大君の心が溶けたしるしかと近寄って、かぶっている衣をそっと持ちあげてじっと目をこらすと、(これは?)。先日大君を抱いたときの感触が残っていますが、ここに眠る姫君は、大君よりも若々しく、初々しいご様子です。薫はすぐに悟りました。(あのひとの策略だ。私と中の君を、無理にでも結びつけようとは、何という情《じょう》のこわいかたか)。

何も知らずにぐっすり眠っていた中の君は、気配を感じ、身じろぎして目をあけました。目の前に男の姿を見て驚愕《きょうがく》し、顔を隠そうとします。その恥じらいかたはとても愛らしいのですが、惑乱する中の君が気の毒で、薫は思わず、〈お許し下さい。私の本意ではない。あなたには指一本触れません〉。

中の君は、わなわなと震えるばかりで、何が何だかさっぱりわかりません。

〈私が企《たくら》んだのではない。誤解なさらないで下さい。このまま帰りますが、あなたは大君のように、情のこわい女にならないで〉と言って、薫は静かに部屋を出ました。

壁にはりついたこおろぎのように、大君が這《は》い出てきます。（失敗した。わたくしばかりか、妹も顔を見られてしまったわ）と、さすがの大君もとり乱しています。王朝の時代、男に素顔を見られるということは、女にとってたいへんなことだったんですね。

薫がさっと出ていったので、大君は心配します。（お怒りになったのかしら……）。そこへ、薫から手紙が届きました。片方は青く、片方は赤々とした紅葉の枝に、手紙が結びつけてあります。〈山の守り神の山姫がこんなふうに染め分けました。同じ姉妹といっても、私が愛するひとはひとりきりです〉。

大君は、（怒っていらっしゃらない。お手紙を下さった）とほっとします。何と不思議な気持の移り変りでしょうか。（あんなことをしたので、薫の君は怒って帰ってしまった）と、大君はそればかり心配しているのですが、ご自身の愛に気がついていないのですね。

大君はすぐに返事を書きました。〈紅葉も人の心も、移ろいやすいものですわ〉。手紙を受け取った薫は、京の邸《やしき》でため息をついています。（思い切れない。どんなに頼まれても、中の君に心を移す気にはなれない）。でもこんなにかたい大君のお気持を、どうしたら翻せましょう。

薫は、一計を案じました。（匂宮を宇治へお連れして、宮と中の君を実質的に結婚させてしまおう）。

大君にたくらみを話す

匂宮はご身分がご身分なので、なかなか宇治へ行かれません。母君の明石の中宮と父帝《ちちみかど》にひときわ愛されており、〈また出かけるのか〉と叱られるのが目に見えています。それで夜遅く、こっそり邸を出られました。いつも匂宮がお使いになる別荘は、宇治川を舟で渡らねばならず人目に立つので八の宮の山荘近くにある、別荘の管理人の家を借りました。匂宮をそこにお降ろしし、薫は先に馬で姫君たちのところへ出かけます。

山荘では、薫の君がいらしたというので、いつものように邸内がいそいそとはずみます。

〈大君にお話があるのですが……〉。大君は、妹にお気持を移して下さったのだわ、と思い、〈何でしょうか〉と聞きます。今日は中の君に会いに来たのに、〈急にお気持が変ったというのは恥ずかしいので、まずはわたくしにご挨拶《あいさつ》をなさるのでしょう〉と考えたのですね。

ところが薫は、〈やっぱりあなたが好きです。あなたを愛しています〉としか言いません。大君は、早く中の君のところへ連れていきたいのですが、薫はちっともそんな風情を見せません。

そのあいだに匂宮は、打ち合せどおりに中の君の部屋にしのんでいかれ、ノックのかわりに扇を鳴らされました。すると弁の君は、〈薫さまがいらしたんだわ。その気になって下さってよかった〉と思いながら、匂宮を中の君の部屋へ入れてしまいました。〈妹はお気に召しませんの〉と大君に聞かれて、黙りとおすのも気がとがめた薫は、〈こうなったらはっきり申しましょう。匂宮が今、中の君のところへいらした〉。大君は大きな衝撃を受けました。〈何とおっしゃいまして？〉。

〈匂宮がどうしても中の君をと言われるのです。さぞお怒りと思いますが、お許し下さい。私をつねるなり、ひねるなりなさって〉〈何ということ。よくもそんなたくらみをなさいましたのね。恥ずかしいとお思いになりませんの〉。こう言われては薫も必死です。〈宿命だと思っておあきらめ下さい。よくあることです。でも、みんなが幸福になるのです〉。

もう大君の耳には何もはいりません。〈宿命と言われても、そんなものはわたくしの目には見えない。こんなお仕打ちをなさって、わたくしの愚かしさを笑っていらっしゃるのでしょう〉。大君はプライドを傷つけられた怒りでわれを忘れています。薫は心を尽くして言いますが、何も聞こうとされません。

薫は、鍵《かぎ》のかかった襖《ふすま》の隙間から手をのばして、大君の袖《そで》を捉《とら》えました。〈あなたはいつも、こんなふうに私をあしらわれるが、こんな錠などいつでも開けられるんですよ。だが私は、お気持を尊重しているのです。これほどに心を砕く男がいるでしょうか。そんな私の思いもお考えにならずに、ただただ憎らしいようにおっしゃるのは、お恨みいたします〉。

〈手をお離しになって〉と大君が懇願するので、薫は袖を放しました。

〈襖はあけませんから、せめてこちらにお坐《すわ》り下さい。あなたの気配が感じられるだけでいいのです〉という薫の言葉に、大君はこんどは素直にとどまりました。そういうところが薫には可愛くて、いじらしいのです。

大君も、本心では薫に惹《ひ》かれているんですね。（本当に薫の君は、わたくしの意に反することはなさらない。でもわたくしにはご立派すぎる……）。

夜が明けました。匂宮と中の君のいる部屋からは何の物音もしません。よく寝ていらっしゃるのでしょうか。薫は妬《ねた》ましく思いました。〈私と大君がいまだに何もない仲だとは、まさか宮もお思いになるまい〉。

匂宮と中の君の相思相愛

さて、こちらは匂宮と中の君です。世間知らずの姫君は、匂宮が部屋にはいってこられたときは、びっくりなさいました。でも、匂宮がとても上手に優しく扱われるので、こわばった中の君のお気持も次第に溶けていきます。大君とちがって中の君は、少しお茶目なところがあって明るいのですね。気持がほぐれるにつれて、匂宮の言葉に笑ったり、冗談を言ったりします。

匂宮は、中の君がこんなに美しいとはお思いになっていませんでした。どんな大臣の姫でもかなわないほどの気品と愛らしさです。宮は、〈二度とあなたを離さない。また今夜も〉と、熱意をこめて言われました。

やがて朝になり、一行は帰っていきます。もちろん匂宮は、薫と大君との関係をご存じないので、薫も満足したと思っているのですが、薫は物思いがちでした。

翌日も、匂宮は宇治を訪れられました。

中の君は運命の急変に驚くばかりで、ぼうっとしていますが、大君は中の君の髪を撫でながら、〈わたくしが知っていたのに黙っていた、と思わないでね。本当に何も知らなかったの。恨まないでね。こういうのを昔の人は「逃れがたい契り」と言ったのでしょう。運命だと思ってあきらめてね〉。

中の君ははじめ、ひどい、と思いましたが、〈お姉さまが、わたくしのためにならないことをなさるはずはないわ〉と考えなおしました。

新婚三日間は、夜離《よが》れなくかよい、三日目の晩には、新夫婦は「三日夜《みかよ》の餅《もち》」を食べる習わしです。ところがその三日目に匂宮は、母君の明石の中宮から、〈昨夜もいませんでしたね。ご身分も考えずに、軽々しく夜歩きをなさってはいけませんよ。帝もご心配になって、自重するように、というお言葉がありました〉と、クギを刺されてしまいました。

夕霧の右大臣が、自分の娘の六の姫君を匂宮と結婚させようともくろんでいられたので、明石の中宮（腹違いの妹）に、〈少しお身持を正すようにと、おさとし頂けませんか。そろそろ身を固められてもよいころでしょう〉などと言っていたんですね。

匂宮がなかなかお出かけになれずにいるところへ、薫がやってきました。〈どうしたらいいだろう、宇治へ行きたいのだが〉と薫に相談すると、〈わかりました。私が後に残ってよしなにとりはからいましょう〉。

匂宮は夜遅くにやっと出ることがおできになれました。

三晩目に婿君が来ないということは、たいへんな背信です。宇治ではみんな、ひやひやしながら待っていました。中の君に綺麗《きれい》な着物を着せましたが、それは、三日夜の餅の祝いに薫が用意したものです。

真夜中近くに、〈遅くなった、お許し下さい〉と、匂宮が馬で駆けこんでこられると、屋敷中が息を吹き返したように活気づきました。

中の君は心うちとけて、(素敵なおかた、本当に優しいおかただわ)と思うようになっています。何も知らないおぼこでしたが、おのずと心やわらかくほとびたのです。(色好みで、あちこちに愛人がいて、花から花へ移る蝶《ちょう》のような宮と言われるけど、そんなの嘘。本当は純粋なかたよ。わたくしを愛して下さっている)。

三日夜の餅を二人で食べて、匂宮は中の君に誓います。

〈身分柄、毎夜来ることはできないが、そのうちきっとあなたを邸《やしき》に迎え、妻として世間に披露する。それまで我慢しておくれ。世間の貴族は自分の邸の女房たちまで愛人にしているが、私は誓ってあなたを大切にする。しばらく来られないかもしれないが、宇治の橋姫のように待っていてほしい〉〈でも、宇治の橋はとても長いですわ。お目にかかるまで、そんなにお待ちしなければいけませんの〉〈長くは待たせないよ〉。

二人は、今や相思相愛の美しい恋人同士です。それを察して大君は、(これでよかったのかしら。宮さまは信じられないかたと思っていたけれど……）。

大君のネガティブ志向

匂宮は、その後しばらくおいでになれませんでしたが、お手紙は矢よりもしげく届きました。

九月になって、やっとお暇ができた匂宮は、薫とともにいそいそと宇治へやってこられました。もちろん宮は中の君の部屋へ、そして薫は大君のもとへ行きますが、大君は相変らず襖や几帳《きちょう》を隔ててお会いになるのです。

〈まだこんな隔てを置かれるんですね〉。薫の君が恨みがましく言うと、〈でもわたくし、やつれているんですもの〉と大君は言って、なぜか笑い声を立てました。はじめて聞く大君の愛らしい、明るい笑い声です。

〈私がじれじれしているのがおかしくて、お笑いなんですね〉〈ちがいますわ。今までずっとあなたを避けておりましたのに、やつれているから見られるのはいやだ、なんて矛盾していますわね。われながらおかしくて、つい笑ってしまいましたの〉。

そのお声の可愛さ、いじらしさに、薫はたまらなくなります。（笑ってくれた。やつれた姿を見られるのが恥ずかしい、と言って下さった。心と心が結ばれ合った）と薫は喜び、〈笑い声がお聞きできて嬉しい。けれど、この隔てを取り払ってくだされば、もっと嬉しいのですが〉。

二人して、匂宮のことや中の君の将来など語り合っていると、長年つれそった夫婦のような気がして、薫は、〈もう大丈夫。大君は私に心を開いてくれている〉。

やがて、秋もたけなわになり、宇治川には、例年のように氷魚《ひお》を獲るための網代《あじろ》が仕掛けられています。

薫は、〈氷魚漁見物も面白いし、紅葉も綺麗ですよ〉と匂宮をお誘いして、宇治へ出かけようということになりました。もちろん二人とも、姫君たちのところへ泊まろうという心づもりです。

〈匂宮がお寄りになるでしょうから、そのつもりで〉と薫に言われて、家中の者は屋敷うちを整えたり、ご馳走《ちそう》の用意をしたり、中の君に美しい衣裳《いしょう》を着せたりして、わくわくして待っていました。

ところが管絃《かんげん》の音は聞こえるのに、船はいっこうにやってきません。匂宮が宇治へいらしたというので、大騒ぎの宴会になってしまい、宮は抜け出すわけにいかなくなられたのです。

匂宮も薫もたまりかねて、〈どうしよう〉と言い合っているうちに、夜が更けてしまいました。暗くなっては川は渡れません。夜通し宴会がつづき、そのにぎやかな物音だけが姫君たちのところに響いてきます。

匂宮は明日には……と思っていられますが、翌日は、中宮からさし向けられたきらびやかな殿上人《てんじょうびと》の一行が、〈お迎えに参上しました〉とやってきます。

匂宮は、〈われながら、いやになるよ。ほんのちょっとの時間もつくれない。どうしよう、中の君は待っているだろう、怒っているだろう〉。薫の君も、こんなことなら、知らせなければよかった、と後悔しています。

匂宮は、〈お伺いしたかったのに、あまりにたくさんの人がやってきて。お許し下さい〉と、手紙だけを出されました。

手紙を読んだ大君はショックを受けます。〈あんなににぎやかな楽の音だけ聞こえてきて、こちらに一足も向けられなかった。やはり不実なかたなのかしら〉。あまりにも真面目で、自分を追いつめていく大君は、こういうふうに考えがちです。でも中の君は、（ご身分の高いかただもの。そんなこともあるわ）と、それほど落ち込んでいません。

精神と肉体で結ばれた恋人は、第六感のようなもので理解しあうんですね。身も心も男を愛したとき、女は賢くなるのでしょうか。あるいは、そういう直感を恋愛の神さまが与えるのかもしれません。中の君は匂宮を信じていましたからわりに平気ですが、大君は悪いほうへ悪いほうへと考えてしまうのです。
さあ、薫と大君の恋愛はどうなるのでしょう。「総角の巻」はさらにつづきます。

雪降りしきる宇治《うじ》

「総角《あげまき》」「早蕨《さわらび》」

大君《おおいぎみ》の心配事

ものごとを突きつめて考える大君は、とうとう病気になってしまわれました。どこが悪いというのではないのですが、食べ物ものどを通らなくなりました。知らせを受けた薫《かおる》は、急いで宇治《うじ》に駆けつけます。〈おそばにお寄りしていいですか。お声をお聞かせ下さい〉。

〈やつれた顔をしていますから……〉と、大君は御簾《みす》の向こうからおっしゃいますけれど、薫は無理におそばへ寄り、〈匂宮《におうのみや》のことでお心を害されたと思いますが、あのとき宮は、どんなにこちらへいらっしゃりたかったか。ずいぶんお気になさっています〉。

匂宮と夕霧《ゆうぎり》の右大臣の六の姫君の縁談がおきていますが、そのことについては、まだお話ししません。薫はデリケートな青年です。〈世間をご存じないのでいろいろにお考えになるでしょうが、恨んだりなさってはいけません。宮の不自由なご身分を考えてさしあげて下さい。それに、夫婦というものはずっと一つ調子でいくものではなく、さまざまな紆余曲折《うよきょくせつ》があって、長い月日がたつと情が深まって契《ちぎ》りも強くなるものではないでしょうか〉。

言いながら、薫は内心、自分はどうなんだ、大好きな大君をものにしていないのに他人の恋のおせっかいなどして、と自嘲《じちょう》しています。けれど中の君と匂宮の仲を取りもったという自覚があって、このカップルがうまくいくように願っているのです。

薫はその夜、山荘に泊まりました。あくる朝、また大君の部屋へ行き、〈いかがですか。昨夜のようにおそばへ寄ってもいいですか〉と声をかけると、〈むさ苦しゅうございますが、どうぞ〉。

薫は、不吉な予感がしました。今までは、御簾や几帳《きちょう》を幾重にも隔てなければお会いできなかったのに、〈どうぞ〉と言われるのです。大君の弱々しげなご様子に不安を感じ、ひたすらお慰めします。

薫の手配で、山の阿闍梨《あじゃり》がたくさんのお坊さんを連れて病気快癒の勤行《ごんぎょう》にやってきました。薫はあれこれ世話をしますが、長いあいだ京を留守にもできず、お坊さんたちに、〈病いが治るまで、怠りなく祈禱《きとう》して〉と頼んで帰ります。

ところで、薫の従者のひとりが、姫君たちの若い女房とねんごろな仲になり、内緒話をしゃべってしまいました。

〈匂宮に、夕霧の右大臣の姫君との縁談が起きているんだ。右大臣は飛ぶ鳥落とす勢いだし、六の君はとても綺麗《きれい》だという評判だ。それなのに宮は、相変らずご発展なんだって。そこへいくと、私のお仕えする薫の君は本当に真面目で、こんなかたは滅多にいやしない。おかよいになるのもここだけだ〉。聞いた女房は、無思慮にも同僚たちに伝えてしまいます。

噂を耳にした大君は愕然《がくぜん》としました。(匂宮は、正式なご結婚までのお遊び心で妹を相手になさったんだわ。わたくしの軽率さから、妹の一生を誤らせてしまった)。

脇には、大君の看病で疲れた中の君が、肘枕《ひじまくら》でうたたねをしていましたが、強い風でバタッと戸が鳴ると、目を覚まして起きあがりました。山吹襲《やまぶきがさね》の表着《うわぎ》に薄紫の袿《うちき》というはなやかな衣裳《いしょう》、髪を長く流し、頰はほんのりと赤く、とても愛らしい風情です。〈お姉さま、今、お父さまの夢を見たわ。心配そうなお顔で立っていらした〉〈まあ、わたくしは夢ででも、ちっともお目にかかれないのに……やっぱりいろいろ心配していられるのね〉。

そこへ、匂宮から手紙が届きました。〈もう、見たくないわ〉と中の君は言います。〈いいえ、きちんとお返事をさし上げなくては。もしもわたくしがいなくなって、あなたひとりがここに残ったら、どんな人が来てどんな不心得をするかしれない。でも、ここに住むのは匂宮さまからお手紙が来るようなひとと聞けば、不都合なこともされないでしょう〉〈わたくしを置き去りになさるおつもり？　そんなこと絶対いやよ〉。

姉妹は二人して匂宮の手紙を開きます。〈長いこと伺えなくて、私の心は京の時雨のように曇っている。でも、必ず伺いますから、もう少しお待ち下さい〉。

大君は、月並みなお手紙と思いましたが、中の君は、心にポッと灯がともったような気がしました。（やっぱりお優しいんだわ）。中の君は筆を取り、〈時雨は京ばかりではなく、宇治のわたくしの心にも降っています〉とお返事なさいました。

大君の愛の告白

十一月になると、宮中ではいろいろな行事があります。薫は中納言という高い役職ですから、忙しくてなかなか宇治へ行けませんが、絶えず手紙を届けていました。ある日、急に胸さわぎがして、仕事を振り捨てて宇治を訪れますと、弁《べん》の君が出てきて、泣きながら言います。〈大君のご容態がお悪くて……。だんだんと衰えられて、どこがお痛いというのではありませんが、もうお治りになる見込みもございませんようで〉。

薫はショックを受けました。〈どうして、知らせてくれなかったのだ〉〈あっというまに弱られたのです。まさかと思ううちに、召し上がり物がとれなくなり、お顔の色も青く、すっかりお痩《や》せになって〉。

急いで大君のところへ行くと、お顔が小さくなって真っ白に透きとおり、お体も細くなって、上にかけた蒲団《ふとん》さえ重いのか、のけていられます。〈しっかりなさって。お坊さんたちはどうしたのか〉と聞くと、弁が泣き泣き、〈大君がお断りになりまして〉。

とんでもないことと、薫は再び山の阿闍梨を手配して、祈禱を頼み、〈なぜこんなになるまで言ってくれなかったのだ。心配のしがいもないではないか〉と怒りますが、女房たちは泣いているばかりです。

〈元気をお出しになって。どうしてこんなに弱られてしまったんです〉と薫が言うと、大君は目をあけました。かすかに笑みを浮かべ、やっとのことで言います。〈お目にかかれてよかった……お目にかかれぬままに死んでしまうのかと……〉。

そんなにお思いになるほど長くこちらへ伺わなかったのかと、薫は思わず大君を抱きしめました。

これは、慎ましやかな大君の精いっぱいの愛の告白だったんですね。〈お目にかかれぬままに死んでしまうのかと〉というのは、〈愛しています〉という意味でした。薫にはよくわかりました。〈きっとお治しして みせる、しっかりなさって〉と、涙ながらに言いますが、大君はそのまま、目を閉じてしまわれました。病んでいても、髪の毛はいかにもつやつやして、長々とたわめられています。真っ白い衣に包まれた大君は、まるで雛人形《ひなにんぎょう》のように小さく軽く見えます。

大君が寝入ると、山の阿闍梨がそっと覗《のぞ》いて〈お具合はいかがですか〉。薫は急いで涙を隠し、〈少し落ちつかれたようだが、たゆみなく勤行をお願いしたい〉。

〈実は先ごろ、八の宮の夢を見ました。僧形ではなく、ふつうのお身なりの宮は、

「気がかりがあってまだ極楽浄土へ行かれない」とおっしゃった。姫君たちがご心配なのでしょう。及ばずながら一生懸命に勤行いたします〉。

そのやりとりをかすかに聞いていた大君は、（まあ、お父さまは阿闍梨さまの夢にまで……よほどわたくしたちのことがご心配なんだわ）と思いますが、やつれた頬には微笑が浮かんでいます。（でも、今生《こんじょう》の最期に薫の君にお目にかかれてよかった。やはりわたくしが思ったとおりの優しい、清らかなお心のかた。女の気持を尊重して下さり、自制心のある男らしいかたなんだわ。今生では添えなかったけれど、こうして心と心が結ばれたのだから、わたくしはこれで充分……）。

薫はつきっきりで看病しましたが、大君はどんどん弱っていきます。

大君の死

やがて、氷まじりのみぞれが降るころになりました。薫は役所に休暇届を出し、私邸にも、〈しばらく宇治に籠《こも》る〉と知らせます。看病に、いつ夜が明けていつ日が暮れたかもわからないほどでしたが、（ああ、今日は豊明《とよのあかり》の節会《せちえ》だなあ）と気がつきました。美しい五節《ごせち》の舞姫が舞って、帝《みかど》以下百官が宴《うたげ》を楽しまれるのです。

それをよそに、霜氷に閉じこめられた宇治で、薫は危篤の恋人を懸命に看病しています。夜が来ても、大君のそばを離れません。女房たちが、〈寝所をご用意してありますから〉と言っても、〈いや、ここで結構〉。

大君と二人きりになると薫は、大君の頬に手を当てました。〈熱がありますね。……愛している。あなたがお元気になられたら、いろいろお話ししたい……〉。大君は、口をひらくのもお辛《つら》そうです。〈気分がよくなったら申し上げたいこともありましたが、もうだめですわ……〉。

〈あなたにもしものことがあったら、私は出家したい。でも、中の君がおられる。出家もできないではありませんか。中の君のためにも、あなたが元気になって下さらなければ……〉。薫は必死です。こんなときに大君のお口をひらかせるには、中の君を話題にしたほうがいいと考えたのです。

果たして、大君はやっとのことで言われます。〈わたくし、短命、ということは予感していましたの。ですから妹をあなたと結婚させて、幸せになってもらいたかったのです。それなのにお聞き入れ下さらなかった。あなたにお托《たく》しできれば、どんなに安心して逝くことができたでしょうに……〉〈お許しを。私は、あなた以外のひとに心を分けることはできなかった〉と、薫は答えますが、大君はふっと瞼《まぶた》を閉じてしまわれます。

〈神よ、仏よ！〉と薫は祈り、お坊さんたちの読経《どきょう》の声もひときわ高まります。中の君や女房たちも急いでやってきました。薫は大君をかき抱きます。〈大慈大悲の仏さま、どうぞお助けを。「厭離穢土《おんりえど》、欣求浄土《ごんぐじょうど》」（この汚い現世を離れて、極楽浄土に希望をつなぐ）という大きな慈悲を教えて下さるために、こんな辛い目におあわせになるのか〉。

薫は叫びました。〈死なないで。あなたが逝ったら、私は何を光にこの世を生きればいいのか〉。

でも、大君は息絶えました。中の君も、〈わたくしを置いていかないで、お姉さま〉と泣き叫んで、遺骸《いがい》にむしゃぶりつきました。死者の穢《けが》れに触れるので、女房たちは泣きながら中の君を引き離します。

早くも葬式の準備が始められますが、薫は、どうしてこんなことになったのか、と呆然《ぼうぜん》とするばかりでした……。

七日ごとに法要が行われますが、薫には日のたつ感覚もわかりません。

薫の君が宇治で喪にこもったと聞いて、京からたくさんの弔問客が訪れました。〈こんなに悲しんでいられるのだから、なみならぬ仲のかただったんだな〉。帝からもねんごろなご弔問がありました。けれども薫は、京へ帰る気もしません。

寂しい、霜氷に閉じられた宇治に、ある夜、馬のいななきがしました。匂宮です。

中の君が気がかりで、喪も明けないうちに訪ねてこられたのです。中の君は嬉《うれ》しかったのですが、このかたの不実のためにお姉さまは命を縮められたと思い、お会いする気になれません。女房たちにたしなめられても、お気持は変らないのでした。匂宮は中の君に精いっぱいの慰めをおっしゃりたかったのですが、女房たちの手前も体裁が悪く、〈仕方がないから帰る。きみはやせて青白くなってしまったね。体を損なうなよ〉と、薫に言われます。

〈ありがとうございます。私も四十九日が済んだら京に帰ります〉。でも、帰っても、だれが薫を待っているでしょう。薫は人生でとてつもない大きなものを失ったのです。(青春はもう二度と来ないのではないか。来年はこの悲しみを癒《いや》してくれるようなことが起きるだろうか)と思いながら、呆然と宇治の山川を眺めています。雪は宇治を静かに埋めていくのでした。

ここで「総角《あげまき》の巻」は閉じられます。

中の君、都へ

次は「早蕨《さわらび》の巻」。

年が明け、宇治にも春がやってきました。大君の四十九日の法要も済み、薫はせっなくも都に帰りました。

　ある日、山の阿闍梨から中の君に、蕨《わらび》などを籠《かご》に入れ興趣をととのえて送られてきました。中に手紙がはいっています。

「君にとてあまたの春を摘みしかば　常をわすれぬ初蕨なり」――〈毎年、八の宮や姫君たちにと初蕨を摘んでお届けしましたね。いつもの習わしなれば、ここにお届けします〉。お坊さんですから風流な歌は詠《よ》めませんが、一生懸命考えて作ったらしい無骨な歌に、心がこもっています。中の君は胸を打たれました。（匂宮の口先だけのお歌とちがって、情がある、真実があるわ）と思い、きちんとお返事なさいました。

「この春はたれにか見せむ亡き人の　かたみに摘める峰の早蕨」

　そして、（お父さまが亡くなられ、お姉さまも逝ってしまわれた。この家にわたくしはひとり朽ち果てるのだわ）と思うのでした。

　ある日薫は、二条邸へ行きました。匂宮とお話をするうちに、中の君のことになります。

〈あのひとをこの邸《やしき》に迎えたいのだが……〉と匂宮が言われます。〈そうして頂ければ亡き大君もどんなに喜ぶでしょう〉。そう言いながらも薫は、（ああ、中の君も手の届かぬところに行ってしまう……）。そして、ふっと思い出しました。（大君はあんなに、私と中の君を結婚させたがっていた。それなのに……）。匂宮とは、何でも打ち明ける仲でしたが、何もなかったとはいえ、中の君と一夜を過ごしたことは言えません。〈まさかと思われるかもしれませんが、大君とは清い仲のままでした〉。

匂宮はびっくりなさいます。〈でも、心と心で結ばれたと大君は思ってくれたし、私もそう考えています。ですから、なおのこと忘れられないのです〉〈それこそ恋の完結だ、本当の恋だよ。きみはいい青春を持ったんだ〉。

匂宮は、二月の何日かに、中の君を京へ呼び寄せることになさいました。それを聞いて、宇治の山荘は湧きたちます。〈お姫さまがやっと日の当たるところへお出になれるね。私たちも都へ戻れるのね〉と女房たちは喜び、いそいそと準備をしています。都へ帰るとなると、さまざまの調度や女性たちの衣裳《いしょう》が要りますが、薫が親がわりとして用意します。

でも、中の君はちっとも嬉しくありません。〈お父さまとお姉さまが亡くなられたこの屋敷を離れたくない……〉。

物思いのせいで少しおとなっぽくなられたのでしょうか、中の君は女らしさが増して美しくなられました。女房たちも、〈姉妹が揃《そろ》っていらしたときは気がつかなかったけど、こうしてお見受けすると、大君によく似ていらっしゃること〉と言い合います。

匂宮は、中の君を京に迎えるのを待ちかねていられました。

尼になって、ひとり宇治に残ることになった弁の君に、中の君は言います。〈お姉さまを弔うために尼になってくれたのね。ありがとう。何だかわたくしたちとあなたは深いご縁がある気がするわ。ひょっとすると、わたくしはまた戻ってくるかもしれない。屋敷が汚くならないように、ここで暮らしてね〉。弁の君は、中の君のひざにすがって泣きました。

いよいよ京へ移る日、匂宮の配慮で、四位《しい》五位という身分の高い人びとをはじめ、お迎えがたくさん来ました。ご身分柄、匂宮はお迎えにこられませんが、礼を尽くされたのです。

〈わたくしを待つのはどんな運命かしら。宇治しか知らないわたくしに、都ではどういう運命が開けるのかしら〉などと思いながら中の君は牛車《ぎっしゃ》に揺られていきますが、京への道は険しく、中の君はそのとき理解します。〈こんな道を、宮さまや薫の君は馬でお越しになったのだ。やっぱり薄情なかたがたではなかったんだわ……〉。

夕暮れどきに、二条邸に着きました。今か今かと待っていらした匂宮は、車が着くが早いか、中の君を抱き上げられました。〈待ちかねたよ。今日からここがあなたの家だ。もうあなたを離さないよ〉。

それは本当に輝やくばかりの邸です。中の君は夢を見ているような心地でした。

ところが、その噂を聞いて怒ったのが夕霧の右大臣です。〈娘と婚約しようという矢先に、愛人を呼び寄せるとは何ということだ〉。

まだはっきり決まったわけではないので、右大臣は匂宮のかわりに薫と結婚させようかとも思います。薫にそれとなく聞くと、〈いまはとても、そんな気には〉と、つれない返事です。右大臣はまたカッとして、やっぱり匂宮を何とか説得しようと、明《あか》石《し》の中宮のところへ行って、訴えました。〈中宮から少しきつくおっしゃって下さい。いつまでもひとり身でご自由にあそばしているから、こんなことになるのです〉。

そこで中宮は匂宮を呼ばれ、〈後ろ楯《だて》のない親王は何もできません。これから、どんなご身分になるとも限らないのだから、夕霧の右大臣のようなかたを後ろ楯に持ったほうがいいのですよ〉と、諄々《じゅんじゅん》とさとされます。

匂宮は進退きわまられました。ですが二条邸に戻られて、今は匂宮にすっかり寄りかかって暮らす中の君をご覧になると、何も言いだせません。

薫も、匂宮と夕霧の姫君の噂を聞いて動揺しました。もちろん、男社会の政治向きのこと、宮のご身分のことなどよくわきまえていますから仕方がないとは思いますが、中の君が傷つくのが心配です。(大君は、自分と中の君を結婚させようと思っていらした。そうしていれば、こんな苦労をおかけすることはなかったのに……)。でも、どうしようもありません。みんながそれぞれ苦しんでいますが、事態はどんどん進んでいきます。

薫と匂宮の縁談

一方、薫にも縁談がもち上がります。帝の姫宮、女二《おんなに》の宮です。女二の宮の母君は藤壺《ふじつぼ》の女御《にょうご》というかたでしたが、十四歳になる姫宮ひとりを残して亡くなられました。父帝は不憫《ふびん》に思われ、よき結婚でもさせれば……と思われて、そんなとき、おのずと連想されるのが、その昔、朱雀《すざく》院の姫君、女三《おんなさん》の宮が源氏のもとにご降嫁になった例です。

帝はまず、薫を思いつかれたのです。薫は、よき婿がねとして、あちこちの親たちから目をつけられていて、降るように縁談がありますが、一切耳を貸しませんでした。帝は、〈そうだ、薫と結婚させよう〉。帝からお話があると、臣下としてお断りすることはできませんから、困ったことになるんですね。

ある日、帝は薫をお呼びになりました。〈つれづれは碁で慰めるのが一番だね。碁の相手をしておくれ〉。

つつしんで薫がお相手していると、〈今日はものを賭《か》けよう〉と帝がおっしゃいます。〈まず、花を賭けようじゃないか〉。

薫は頭のいい男ですし、帝は女二の宮を自分にとお考えらしいという噂も聞いていますから、帝がかけてこられた謎に気がつきました。

碁は帝が負けられて、〈今日は、この花一枝を許そう〉。それだけで、帝のご意思が伝わったのですね。薫は庭に降りて菊の花を一枝折り、〈私のようなふつつかな者が、こんなお花を頂く資格はございませんが……〉という歌を詠《よ》んで帝に捧《ささ》げます。なかなか心利いた若者だ、と帝は思われました。

薫は、（一生結婚したくない。もう生涯分の青春を燃焼させてしまった）という気持でしたが、帝から言われてはお断りできません。そこで、しかるべき人を立てて、〈女二の宮を賜りたい〉という意思表示をします。帝は常に〈降嫁させたい〉とはおっしゃいません。必ず臣下から〈頂けませんか〉と申し上げ、それをご許可なさるだけです。

流れゆく運命を、薫はじっと見つめていました。（もしもこれが大君であったら、どんなに嬉《うれ》しいか）と思いますが、どうしようもありません。

匂宮のほうも、六の姫君との婚約がどんどん進んでいました。夕霧の右大臣は、もう逃さない、という感じで匂宮をつかまえています。

匂宮は何もおっしゃいませんが、中の君は世間の噂で知ってしまいました。けれど中の君も、何も言いません。大君と違っておっとりしていて、問いつめたりなさらないのです。でも、心の中ではいろいろ考えていました。

薫は、匂宮夫人となった中の君を訪れることはあまりありませんでしたが、たまたま訪ねて御簾《みす》や几帳《きちょう》を隔てて中の君とお話ししているところへ、匂宮がおいでになられました。宮は、はなやかな服装で、まことに美々しい男ぶりです。薫が御簾の外にかしこまっているのをご覧になって、中の君に言われました。〈薫はきみの親がわりじゃないか。どうしてこんな他人行儀な扱いをなさるのかね〉。〈いや、いや……〉と薫が恐縮すると、〈だが、あまり親しくさされれば、やっぱり妬《や》けるね〉などともおっしゃいます。さすがに恋愛の名手だけあって、宮は人の気持を見抜くのにご堪能《たんのう》でした。

ですから薫は細心の注意を払っています。それでも、煩悩《ぼんのう》が起きるのです。（あの夜の、中の君の初々しくて愛らしかった姿……せっかく大君が言ってくれたのに、お心尽くしを無にして、みすみす他人のものにしてしまった……）。

中の君のため息

ある朝、薫は、匂宮が宮中にいらっしゃる留守を見はからって、二条邸へ出かけます。ちゃんと牛車を仕立てました。そして朝顔の花を、露をこぼさないように折って持ちました。

出てきた邸《やしき》の侍に、〈匂宮はおいでだろうね〉〈まだ宮中からご退出になりませんが、午後には〉〈では、そのころまた出かけてこよう。だが、お方さまにちょっとだけご挨拶《あいさつ》申し上げたい〉。

中の君はいつものように、几帳や御簾を隔てて会われますが、薫が〈朝顔の露をこぼさずに持って参りました〉と言うと、中の君のほのかなお声が聞こえます。〈実は、ご相談が……〉。

そのお声は、大君に似ている気がします。今でも目を閉じると大君の面影は浮かぶのですが、声は思い出せません。中の君の声を聞くと、そこに大君がいるような気がして、薫はせつなくなりました。〈何なりとおっしゃって下さい〉〈実はわたくし、宇治へ帰りとうございます〉〈えっ？〉。

中の君は、堰《せき》を切ったように話しだします。〈わたくし、やはり京へ出るべきではありませんでした。ずっと宇治にいて、父や姉の菩提《ぼだい》を弔っていればよかった〉〈何をおっしゃるんです。こんなに宮に愛されていらっしゃるじゃありませんか〉〈でも、噂をお聞きでしょう、夕霧の右大臣の姫君とご婚礼をあげられるとか〉。

薫は打ち消すことができません。中の君はため息をついて、〈やっぱり本当なのですね。……わたくしは宇治に帰って、そこで朽ちますわ〉。
〈しかし、宮がどうお思いになるか。身分ある人に、こういったことはよくあることです。でも、宮の愛は変りませんよ。それは私がよく知っています〉と、薫は懸命です。

薫の言うとおり、匂宮は中の君をとても愛していられました。そして中の君は、いま体調をくずしていたのです。宮も、ご心配なさって〈どこか具合が悪いのではないか。お坊さんに拝んでもらったら〉と言われます。そんな優しさを見るにつけても、中の君はどうしたらいいかわかりません。頼りにするのは薫の君ばかりです。〈一度宇治へ帰って、ゆっくりと考えてみたいのです……〉。

薫は困ってしまいますが、中の君もどうしようもないままに日がたっていきます。

匂宮のご婚儀

「宿木《やどりぎ》」

匂宮《におうのみや》と六の姫君の結婚

今回は、「宿木《やどりぎ》の巻」です。

いよいよ、匂宮と六の姫君の結婚式。八月十六日は、十六夜《いざよい》の月が出ています。その日匂宮は、〈宮中で宿直《とのい》〉と言って中の君の手前、とりつくろうおつもりでした。宮は恋達者だけあって、女の気持をよくご存じでしたから、〈急に邸《やしき》を空けたらかわいそうだ。打撃を受けるだろう。その前から宮中に宿直をして、慣れてもらうしかない〉と考えて、宿直を多くしていらしたのです。

夕霧《ゆうぎり》の右大臣は、六条院の東北の御殿を輝やくばかりに磨き立て、匂宮を待っていました。夕霧は思います。〈宮に、すっぽかされるかもしれない。そんなことになれば恥だ。世間に顔向けできない。使いを出してでもお連れしてこなければ……〉。そう思われてしまうほど、匂宮は放胆なかただったんですね。

この日、匂宮は宮中からそのまま右大臣邸へ行かれるおつもりで、中の君に手紙を届けられました。〈しばらく宿直がつづくことになった。淋《さび》しいだろうが待っていておくれ〉。

受け取った中の君は、〈やっぱり噂どおり、今夜がご婚礼なんだわ〉とたちまち悟

ります が、〈お優しいお手紙をありがとうございました。お帰りをお待ちしていますわ〉と返事をなさいました。

匂宮はそれを読んでたまらなくなり、こっそり二条邸へ戻られます。〈宿直をしようと思ったが、やめたよ。今夜の月をあなたと見たい〉。

〈ほんと？　うれしい〉と、中の君は素直に喜びます。匂宮はそれも可愛く思われ、〈もう、どこへも行かない。ずっとここにいるよ〉と言われますが、そのとき六条院からお迎えが来ました。

仕方ありません。中の君は、〈どうぞいらして〉と、ほほ笑んでいられます。匂宮は着替えをしなければなりませんが、さすがに中の君の前から大っぴらに寝殿へお渡りになるのは気がひけて、こっそりお出になりました。

それを見送って中の君は、（この幸福はいつまでもつづかないと思ったけれど、やっぱり……）。

ここで、中の君の心理を原典で読んでみましょう。

「幼きほどより心細くあはれなる身どもにて」——お母さまが早く亡くなられ、幼いころからお父さまとお姉さまという寂しい家族構成だった。

「世の中を思ひとどめたるさまにもおはせざりし人一所《ひとところ》を頼みきこえさせて」——世

の中をあきらめて、隠遁者《いんとん》のようになられたお父さまだけを頼りに生きてきた。

「さる山里に年経《へ》しかど、いつとなくつれづれにすごくありながら」――もの寂しい山里に長く住んでいたけれど、

「いとかく心にしみて世を憂きものとも思はざりしに」――それほど辛《つら》い思いをせずに過ごしてきた。

「うち続きあさましき御ことどもを思ひしほどは」――お父さまとお姉さまが、たてつづけに亡くなられ、

「世にまたとまりてかた時経《ふ》べくもおぼえず」――この世に自分一人が生き残って、少しの間でも過ごせようとは思わなかった。

「恋しく悲しきことのたぐひあらじと思ひしを」――これ以上恋しく悲しいことがあろうとも思わなかった。

「命長くて今までもながらふれば、人の思ひたりしほどよりは、人にもなるやうなるありさまを、長かるべきこととは思はねど」――でも、長らえていればまたいいこともあった。匂宮さまに見出《みいだ》され、京へ迎えられた。世間の人が思っていたよりもずっと楽しい幸福な生活になった。この幸福がいつまでもつづくとは思わなかったけれど、

「見る限りは憎げなき御心ばへもてなしなるに、やうやう思ふこと薄らぎてありつるを」――ご一緒にいる限り、宮さまはお優しかった。おもてなしも、ねんごろだった。

それを幸せに思って、やっとわたくしにも運が向いてきたと思っていたのに、

「このふしの身の憂さはた、言はむかたなく」――このあいだからの、この苦しみは、言いようもなく、

「限りとおぼゆるわざなりけり」――もう耐えられないと思うほどだ。

「ひたすら世になくなりたまひにし人々よりは」――お父さまやお姉さまには二度とお目にかかれないけれど、

「さりともこれは、時々もなどかは、とも思ふべきを」――宮さまはわたくしを捨ててあちらへいらしたとしても、また帰ってきて下さる折もあるかもしれない。

「今宵《こよひ》かく見捨てて出でたまふつらさ、来《き》し方行く先皆かき乱り心細くいみじきが」――今夜、ご婚儀の式を挙げられるというのでここを出ていかれた、この辛さ。来し方行く末を考えると、心細くてならない。

「わが心ながら思ひやるかたなく、心憂くもあるかな」――気持の晴らしようがないわ。

「おのづからながらへば、などなぐさめむことを思ふに、さらに姨捨山《をばすてやま》の月澄みのぼりて、夜ふくるままによろづ思ひ乱れたまふ」――長く生きていれば、また望みをつなぐこともあろうかと思いながら、中の君は「姨捨山の月」を眺めるように、十六夜の月をご覧になります。

「姨捨山の月」は、有名な古歌（『古今集』）に出てきます。

「わが心慰めかねつ更級《さらしな》や　姨捨山に照る月を見て」

昔ある男が、妻にそそのかされて、親のように思っていたおばさんを姨捨山に捨てました。その晩、姨捨山に月が昇ります。ああ、おばさんはどうしているだろうと思うと男は矢も楯《たて》もたまらなくなり、あくる日、おばさんを連れて帰ったという棄老《きろう》伝説と、この有名な歌とが一緒になりました。

この独白のあとに、中の君は寂しい歌を詠まれます。

「山里の松の蔭《かげ》にもかくばかり　身にしむ秋の風はなかりき」

女房たちは、〈そんなに月ばかり眺めていては、悪いことが起きますよ。お嘆きなさいますな。はじめて契《ちぎ》りを交わされたかたは、ずっとお見捨てになりませんから〉〈大君《おおいぎみ》さまがおっしゃったように、薫《かおる》の君とご結婚なさっていれば、こんなご苦労はなかったでしょうに〉などと言います。

（ああ、そんなことはもう聞きたくない。ひとりでこの辛さに耐えよう）と、中の君は心に決めました。

中の君の苦悩

匂宮が六条院に到着されました。おめかしされた宮は、輝やくような美青年ぶりです。そしてその夜、六の姫君をはじめてご覧になったのですが、これが何とも素敵なかたで、（これほどとは思わなかった）と驚かれました。

六の君は二十歳を一つ二つ出ていられて、精神も肉体も成熟し、娘ざかりです。お人柄もよく、匂宮が話しかけられると、恥じらいながらもハキハキと答えられます。その答えかたにも才気があらわれていて、宮は（政略結婚にしては、素敵なひとに当たったものだ）と喜ばれました。

結婚第一夜、第二夜は家へ戻らねばなりません。王朝の習わしで、男性は朝早く部屋を出るのです。二条邸へ戻られた匂宮は、しばらくお寝《やす》みになったあと、後朝《きぬぎぬ》の文を書かれました。

王朝の時代は、男性と女性がともに過ごした翌朝、着ている衣を取りかえる習わしがありました。何と優しい、なよらかな文化でしょう。そして男性から、〈夜が明けるのが早くてうらめしく思った〉とか、〈早く今夜になればよいと思う〉といった愛の手紙を出すのです。その手紙を相手方に届ける者を〈後朝の使い〉と言います。受けた女性の邸《やしき》では、その使者を大切にもてなし、たくさんの褒美を与えます。

匂宮が懸命に手紙を書いていられるのを見て、女房たちは、〈まあ、ご熱心だこと。もはや、あんなに……〉〈中の君さまは六条のおかたに負けるかもしれないわ〉などとささやき合っています。

宮は手紙の返事をこちらの寝殿で受け取りたいと思われましたが、昨夜あんなにして別れた中の君のことも心配で、中の君の部屋へ行かれました。

匂宮が寝乱れ姿も美しくはいっていかれると、臥《ふ》していた中の君は急いで起きました。紅潮した頰、うっとりとした眼ざし、髪のかかり具合も長い髪の艶《つや》も、いつにもまして匂やかな美しさです。(見るほどに愛らしい。なよらかで、愛くるしい点では、中の君のほうが六の君より上かもしれない)。

でも昨日の今日でしたから、二人の心にはわだかまりがあって、ぎこちないのです。宮はご自分からお声をかけられます。

〈お具合はどう？　夏も過ぎて涼しくなったのに、まだよくないようだね。もう少し修法《ずほう》をつづけるほうがいい。高名なお坊さまを呼んでみたらどうだろう〉と、優しく言われます。

中の君は、お返事したくないけど、しないのもへんと思い、〈小さいころからよく胸が痛くなったりしましたけれど、大したことはなくて、いつのまにか治ってしまいましたの。今度もすぐ治りますわ〉。

〈あっさりしているんだね〉と宮は笑われ、〈今度のこともあっさり許してくれるね。逃れられない運命だと思ってくれるね〉。

中の君はうなずきながら、〈ああ、またわたくしは宮の優しいお言葉を信じようとしている……〉。そして、中の君の心の堰《せき》が切れて、決して見せまいと思っていた涙があふれます。〈あっさりなんかしていませんわ〉。中の君は、涙に濡《ぬ》れたお顔を見られまいとしてそむけられます。

〈こっちをご覧、私をご覧〉と、宮は中の君のお顔を両手ではさんでご自分に向けられました。お袖《そで》で涙をぬぐわれて、〈どうしてそんな聞き分けのないことを言って困らせるの。私の言うことは素直に信じてくれるひとと思っていたのに。一晩で心変りしたのかな〉。

〈心変りなさったのは、あなたでは〉と、中の君は目に涙を浮かべながらも、ほほ笑みます。その愛らしいご様子を見て、思わず宮は中の君を抱き締められました。

〈よく考えてご覧。私は気楽に動ける身分じゃないんだ。この身になって考えてくれれば、そんな子供じみたことを言って困らせたりしないはずじゃないか。私はいろいろ束縛され、掟《おきて》に縛られているが、もし皇太子の位に昇ったら、あなたをきちんとした身分に据えようと考えている。そのときにこそ、この愛は証明されるんだ。将来のことは軽々しく口にすべきではないけれど、あなたへの愛は変らないよ〉。

そこへ、具合の悪いことに六の君からのお返事が届きました。使者は六条でお酒を振るまわれて酔っているので、手紙を、今、西の対《たい》へ持っていったら具合が悪いという気配りなどできません。両手に抱えきれないほど、六条院でふるまわれたご褒美を持っています。

宮は仕方なく女房に手紙を受け取らせ、さっと開かれました。姫君ご自身のお手紙ではなく、養母の落葉《おちば》の宮が代筆したものです。〈本人は何とはなくしょんぼりしています。また今夜もお越し下さいませ〉というようなお手紙でした。

宮は、中の君に見られてもいいという気持で、〈代筆だよ〉と、手紙を置かれます。中の君は見ませんが、やはり気にかかりました。

宮はその日一日中、〈何か食べたら？　こんなものでもお口に入れてご覧。食べないと体に悪いよ〉と、料理人に口にはいりやすそうなものを作らせたり、中の君に優しくして過ごされました。

けれども夜になると、また六条院へ出かけられるのです。六の君に愛情を持ち始められた宮は、後ろ髪を引かれる思いがありながら、足はいそいそと六条院に向かいます。

三日目の夜には、晴れて披露宴が行われました。夕霧の右大臣は権勢家でしたから、たくさんの客が招かれて、盛大な宴《うたげ》になりました。

右大臣は、薫も呼びました。薫はまじめな顔をして匂宮のお世話をしています。

六の君に仕えるのは若くて美しい女房が三十人ばかり、可愛い女童《めのわらわ》が六人、いずれも綺麗《きれい》に飾り立てられていました。

三日夜《みかよ》の餅《もち》を食べる披露宴も無事にすんで薫が自邸へ戻ったとき、門前で家来が大きな声で不平を言っていました。〈やれやれ、うちの殿はどうして右大臣殿の婿君になられなかったんだろう。婿君になっていられれば、おれたちも今ごろはたらふく食べて酔っぱらって、楽しい思いができたのに〉。

薫と中の君

その夜、薫はさまざま考えるうちに、寂しくてたまらなくなります。母君の女三《おんなさん》の宮の女房、按察使《あぜち》の君を愛人にしていたのですが、その晩はそこへ泊まりにいきます。朝まだき、暗いうちに薫は按察使の君の部屋を出ようとしました。〈こんなに早くお帰りですの〉〈ゆっくりしたいけれど、秋の明け方の景色も眺めたい〉と言いつくろって、薫は出てきました。

匂宮は、三日目の夜からずっと六条院に滞在しています。昼の光で見た六の君は、さらに美しく、匂うようなひとでした。宮はますます六の君に惹《ひ》かれてゆきます。

六条院に匂宮のいらっしゃる御殿が定まりました。昔、紫《むらさき》の上が匂宮とその姉君の女一の宮を引き取ってお育てしたところでしたが、夕霧の右大臣はそこを新婚の御殿に仕立てたのです。見るもまばゆい調度が整えられています。六の君は、おしゃべりをしても面白く、音楽もそつなくこなし、教養豊かな育ての母君のご薫陶のおかげで、至らざるなき姫君です。

思わずも匂宮は、六の君のもとで日を重ねられました。ときおりは中の君のことも気にかかりましたが、六の君の御殿の前を通っては外出しにくいので、ついついそのままいられることになったのです。

二条邸に待つ中の君は、（ご婚儀から、あちらに入りびたりになってしまわれた。わたくしはこのまま忘れられるんだわ。やっぱり宇治《うじ》へ帰ろう）。でも、宇治へ帰るにも、頼りにするのは薫の君しかいません。

中の君は、手紙を書きました。恋文ではないので、真っ白な厚地の紙をつかいます。

〈先日、宇治の山寺の阿闍梨《あじゃり》さまからのお便りで、あなたさまが法要をして下さったと知りました。ほんの少しのゆかりを大切に思って下さる、お志の深さに感謝申し上げます。おかげで、亡き父も姉もどんなに喜んでいるでしょう。いずれ、お目にかかってお礼を申し上げたいと存じます〉

薫はこの手紙を、どんなに嬉《うれ》しく読んだでしょう。ただちに筆を取り、これも真面目に真っ白な紙に返事を書きました。

〈お手紙拝見しました。「ほんの少しのゆかり」とは、何をおっしゃいますか。私とあなたは深いゆかりで結ばれているではありませんか。何はともあれ参上して、お話を承りたいと存じます〉。

翌日、薫は二条邸へ行きました。

中の君は、薫の真面目で律儀な態度を評価するようになっています。それで、柔らかな態度になり、いつもは厳重に御簾《みす》を隔てましたが、この日は御簾の中へ招じ入れてお会いになりました。薫は嬉しくて、〈長いあいだのお仕えぶりを少しはお認め下さったのか。御簾の内へ呼んで頂けるとは……〉。

でも中の君は、部屋の奥のほうにいます。〈お声が小さくて聞こえません。もう少しこちらへ〉と薫が誘うと、中の君は仕方なく近くに寄ってきます。

〈亡き八の宮の法要はとどこおりなくお済ませしました。ところで……〉。薫の君は、ずっと邸《やしき》に戻ってこられないという匂宮について、いささか腹に据えかねています。〈ときどきはお帰りになってもよろしいのに〉。

中の君は一緒になって悪口を言う気はしないので、さりげなく話をそらし、〈前にもお願いしましたが、宇治へ帰りたいのです。しばらく眺めていない宇治の山や川のたたずまいにふれて、父や姉の思い出に浸りとうございます〉。

〈それは……難しいでしょう。匂宮がお許しになるとは思えませんが。もしお許しが出れば、喜んでお供いたします、護衛役として〉。そこまでしゃべったとき、薫は胸がせき上げました。〈私は、護衛役にしかお役に立てないのですね。それでもいい。大君から、あなたと結婚するように言われたのに、断ってしまったのですから。でも昔を今に取り返したい……〉。

中の君はわずらわしくなって、〈気分がすぐれませんので〉と、奥へはいろうとなさいます。薫の君はあわてて、〈宇治へはいつごろいらっしゃいますか。道沿いの草を払わせたりしなければなりませんので〉。

〈今月は日が少なくなりましたから、来月、九月のはじめごろにでも。匂宮にお許しを頂くような大げさなことでなく、内々に参りとうございます〉。

そう言われて、薫の胸には、たちまち宇治の山風や川音がよみがえります。そして、中の君と思いがけなく一夜を過ごしたこと、大君から〈妹と結婚して。わたくしの心も添えて、体は二つでも心は一つ〉とお頼まれしたのに、〈大君以外に心は分けられないから〉とお断りしたことなど、思い出の数々が、薫を圧倒します。こらえきれなくなって几帳《きちょう》をずいと押しのけて中へはいり、中の君の袖《そで》を捉《とら》えてしまいました。

〈ああ、またこんなことを。真面目なかたと思い直したのに、やはり世間ふつうの男の人と同じなんだわ〉と中の君は思いますが、動けません。〈お離しになって。女房たちの目もありますわ〉。

〈今、内々に、とおっしゃったではありませんか。こんなによそよそしくなさるとは……〉。

薫は、胸の思いを打ち明けずにはいられません。〈あなたを匂宮に取り持ったのは私ですが、本当は私と結婚なさる運命だった。私もあのときに思い切ればよかったのだが。この苦しみを想像できますか。あなたを他人のものにして、何ヵ月も嫉妬《しっと》にさいなまれていたんですよ〉。薫は、あらがう中の君を抱きしめます。

そのとき、薫の手が中の君の腹帯《はらおび》に当たりました。中の君は妊娠していたのですね。気持が悪くてご飯が食べられないと匂宮に訴えていたのは、つわりだったのでした。薫がはっとして手を離したすきに、中の君は奥へはいってしまわれました。

邸に戻った薫は、沈んでいます。〈あのひとが病気だという噂はこれだったのか。いずれにしてもお気持を強いてまでという気にはなれない。昔から損なくじばかり引いてきたが、あのひとに対する愛情はどんなことがあっても変らない……〉。

匂宮が、何日ぶりかで二条邸へ戻ってこられました。

中の君は、〈ここへ来る道をお忘れじゃなかったのね〉とほほ笑んで言われます。お帰りになっても、決していやみや皮肉を言うまいと思っていました。頼りにしている薫の君があのような人とわかった今は、匂宮にすがるしかありません。浮気性でも、頼りにならなくても、〈夫〉と名がつくのは宮ひとりですから、甘えるような気持になっています。

宮はそんな中の君をとても可愛く思われました。懐妊を知らされた宮は、これまで身ごもったひとを身近でご覧になったことがないので、少しふっくらとした中の君のお腹もいとしく思われます。

〈会いたかったよ。でも浮世の掟《おきて》に縛られて、ままにならない身の辛《つら》さを察しておくれ〉とおっしゃりながら、中の君を抱き締められました。

そのとき、（ん……この香りは？）。匂いに敏感なかたです。（これは、薫の匂いではないか）。

中の君ははっとします。匂いの強い薫に抱きしめられてしまったので、下着の単《ひとえ》まで着がえたのですが、香りがしみついたのでしょうか。

〈薫がそばまで来たんじゃないか。あいつは何をしたのだ〉〈何ということをおっしゃいますの。薫さまはときどきお見舞いに来られるだけですわ〉〈でも、何かあっただろう。移り香がしみついている〉〈そんな……。妻のわたくしを信じて頂けないのですか〉。中の君は思わず泣き出してしまわれます。

中の君の妹の出現

薫はどうしても中の君を思い切れません。〈今日は匂宮が二条邸にお帰り〉と聞くと、むらむらと嫉妬にかられたりしてしまいます。

薫は親がわりとして、中の君のお世話をまめにしていました。そういえば、中の君に仕える女房たちの衣裳《いしょう》がだいぶ古びていたなあ、と気づき、母君の女三の宮のところへ行って、〈お手もとにあるもので結構ですから、女人用の衣裳を頂けませんか〉。そして衣裳をどっさり二条邸に届けさせました。中の君はそれをおつきの女房や下女たちに配ります。

王朝の貴族といっても、お金がないとたいへんです。仕える人びとは、一生その家のために働くかわりに、生活はずっと保障してもらえると思っていますから、着るものにまで気をつかわなければいけません。

ある日薫は、匂宮が留守なのを知り、またもや中の君を訪れます。

中の君は、〈気分が悪いので〉と女房に言わせ、奥へ引っこんでしまわれるのでした。〈いろいろお話があるのに、ずいぶん冷たいなされようですね〉。

薫の君がこのあいだのようにそばへ寄ってくるといけないので、中の君は、女房の少将の君に背中や腰をもませています。〈女房がそばにいる限りは、無体なことはなさらないでしょう〉。

かまわずに薫は、亡き大君のことや宇治の暮らしのことなどお話しします。〈あんなことがあった、こんなことがあった。父君八の宮は、大君は、こんなかただった〉と話すうちに、大君に対する思慕が、中の君への思いと混然として、またもや中の君に愛を打ち明けてしまいます。〈あなたが忘れられない〉。

女房がいますのよ、と中の君は言いたいのですが、口には出せません。ところが、この少将の君はちょっととぼけたひとで、中の君のお体をもみながら、薫について、〈何てお優しい、ご親身なかたでしょう〉と思っているのでした。

薫は言います。〈宇治のお屋敷をお寺になさったらどうでしょうか。大君をしのぶよすがに、絵を描かせたり、人形《ひとがた》を作らせたりして、そこにお祀《まつ》りしたら〉。

すると中の君が、〈人形はふつう、身の穢《けが》れを祓《はら》って川に流すものでしょう。それではお姉さまがおかわいそう。お寺にするのは異存ありませんが〉と言います。

中の君は内心、こんなにまでお姉さまを愛していらっしゃるなんて……と思いながら言います。〈不思議な話ですが、実はわたくしには、世間に隠れた妹がいますの。この夏、都へ上ったというのでこちらに参りましたが、お姉さまにそっくりなのでびっくりしました〉。

聞くなり、薫の君の顔色が変ります。〈どういうかたでしょうか。ぜひ、お聞かせ下さい〉。

中の君は、言い寄られるのを避けようとして、こういう話を持ち出したんだな、とも思いますが、大君にそっくりというひとの話は、聞き逃せません。

〈わたくしも、くわしいことは知りませんの。お父さまと、あるかたとのあいだにできた姫らしゅうございます。どういう事情でか、再婚した母君について東国を流れさすらっていたそうですが、都へ上ったついでに墓参りをしたいと言って、訪ねてきました。お父さまは親戚《しんせき》づき合いをなさらなかったから、わたくしもそのひとと親しくするのは控えましたが、くわしいことは弁の尼がよく知っています〉。

薫は新しい運命が開けたような気がしました。

薫は九月末ごろ宇治へ行き、山寺の阿闍梨と、八の宮の山荘の寝殿を寺にしてみ仏の供養をする相談をしたのち、弁の尼を呼びました。

〈中の君から聞いたが、もうひとり姫君がいられるとか〉〈はい。北の方さま亡き後、八の宮と中将の君という女房のあいだにできた姫です。でも八の宮はその後、仏道におはいりになられて、中将の君は他の男と再婚しました。再婚した夫は陸奥《むつ》の守《かみ》、常陸《ひたち》の介《すけ》と歴任し、しばらく前に京に戻りました。中将の君は姫が大きくなられたと八の宮に連絡なさいましたが、お取り上げにならなかったので、がっかりして姫を連れて夫のもとへ戻りました。まだわたくしもお見かけしたことはありませんが、姫は二十歳ぐらいで、美しくお育ちになっているようです。ときどきは便りも来ますが……〉。

薫は、どうかしてその姫君に会いたいと思います。〈こちらへいらっしゃると聞いたが、いつごろだろう〉〈はっきりしませんが、父宮のお墓参りをしたいということでしたから、いらしたらご案内しましょう〉。

〈ぜひに〉と言って、はや薫は、まだ見ぬ姫君と亡き大君の面影を重ね合せ、ああもあろうか、こうもあろうかと考えます。(もし本当に大君に似て美しいひとだったら、どうすればいいか)と、新しい運命の展開に、胸をとどろかせています。

「宿木の巻」はまだつづきます。

忘れられぬ面影

「宿木《やどりぎ》」「東屋《あずまや》」

中の君の揺れる心

翌朝、薫《かおる》は京へ帰ろうとしています。晩秋の宇治《うじ》には木枯らしが吹いて、あたりには紅葉が散り頻《しき》り、踏み分ける人の足跡もありません。宿木《やどりぎ》と呼ばれる真っ赤な蔦《つた》紅葉だけが残っていて、それを中の君へのおみやげにと、薫は枝を折らせ、歌を詠《よ》みました。

「やどりきと思ひいでずは木《こ》のもとの　旅寝もいかにさびしからまし」――〈昔はここによく泊めて頂いたっけ……と思い出せなかったら、この旅寝はどんなに淋《さび》しかったろう〉。

弁《べん》の尼は泣きながらお返しします。

「荒れ果つる朽木のもとをやどりきと　思ひおきけるほどの悲しさ」――〈荒れ果てた朽木のようなわたくしを訪れて下さって、ありがとうございます。それにつけても、大君《おおいぎみ》が亡くなられたことが悲しゅうてなりません〉。

薫は、京から届けさせた贈り物をそれぞれに配りました。山寺の阿闍梨《あじゃり》には絹や真綿を、弁の尼には絹を、さらに弁の尼の召使いや山寺のお坊さんたちにも、麻布《ぬの》や葛《かずら》布《ぬの》を与えました。先にも申しましたが、薫はこういうところによく気づく、世故長《た》けた若者なんですね。

匂宮《におうのみや》が六条院から久しぶりに戻られて、二条邸でくつろいでいられるところへ、女房が手紙を持ってきました。〈南の宮（薫邸）からでございます〉。

中の君は、匂宮がいらっしゃるので、（どうしよう。また、わたくしを困らせるようなことが書いてなければいいけれど……）。

匂宮は、〈誰の手紙だ？〉と、ご自分で開けてご覧になります。

〈どうしていらっしゃいますか。このあいだ、宇治へ行って参りました。山寺の阿闍梨に山荘の寝殿を移して御堂にするように頼みましたが、お許しが出れば、さっそく移築にかかれるそうです。どうぞあなたから弁の尼にお指図下さい〉。

真っ白な紙に堅苦しく書いてあります。宮がお声を出して読まれるのを聞いて中の君は、真面目なお手紙でよかった、とほっとしました。

匂宮は、〈私がここにいると知っているから、こんなそらぞらしい手紙なんだろう。いつもはもう少しちがう調子じゃないのか〉と厭味《いやみ》を言われます。

〈まあ、何てことをおっしゃいますの〉と、ほのかに怨じ顔をなさる中の君の美しさに、匂宮は内心、もし薫とまちがいを起こしたとしても、このひとを怒ることはできないだろうな、と思われるほどでした。

〈返事をお書きなさい〉と宮は言われます。いえ、書かないわ、と言うのもへんですから、中の君は〈はい〉とお答えなさいます。

そして筆をとって、〈宇治へいらしたとのこと、羨《うらや》ましゅう存じます。やはりあの寝殿は御堂にしようと思います。世間では「世を捨てて荒れた田舎へはいりたい」と言うらしいですが、わたくしにとっては、それが宇治ですので、とても懐かしゅうございます。どうぞよろしくご処置下さいませ〉。

横からご覧になった宮は、べつに疑わしいことのないつき合いなのかな、とも思われますが、ご自身が浮気っぽいものですから、いや、本当はどうだかわからないと、心中おだやかではありません。

やがて匂宮は、お召し物も萎《な》えた直衣《のうし》だけになられ、琵琶《びわ》を弾かれます。中の君も琵琶には思い入れがありますので、〈まあ、いい音色……〉と、几帳《きちよう》からほのかにお顔を出して聞き入られます。

宮は、〈なんて可憐《かれん》なひとだろう。これでは薫も心を惹《ひ》かれるだろう……〉。

〈ひとりで弾くのはつまらないから、あなたも琴を弾いてご覧〉〈でもわたくし、父に習いませんでしたの。とてもお耳に入れられるようなものではありませんわ〉。

〈そんなことを言わないで。女は言われたとおりにするのが、素直でいいんだよ。あなたのお気に入りの薫もそう言っただろう〉とまた厭味を言われます。〈六条院のひとは素直だから、未熟な芸でも私に披露してくれるよ〉。

庭には尾花が、人招き顔に風になびいています。

〈あれをご覧。あなたは、薫のほうにならび、あんなふうになびきそうじゃないか〉

〈まあ、あなたこそ六条のほうになびいていらっしゃるわ。そんなことをおっしゃるのは、わたくしに秋（飽き）風が立っている証拠よ〉。

匂宮と中の君が合奏するのを見て、老い女房たちはほたほたと笑みまけて、〈まあ、本当にお似合いのおふたかた。どうして中の君は、宇治へ帰りたいなんておっしゃったんでしょう。こんな幸せが待っていたのに〉などと大きな声で言うので、若い女房たちは、〈お静かになさいませ〉とたしなめます。

そこへ突然、夕霧《ゆうぎり》の右大臣がやってきました。匂宮が新婚の妻を置き去りにして何日も六条院へ来られないので、ついに父親がお迎えに来たのです。宮中に参内した帰りに、そのまま二条邸にいらして、〈あちらで楽しく宴会でもというので、お迎えに参りました〉。

ものものしい迎えをよこして、と宮はご不快ですが、大臣《おとど》みずからのお迎えとあればいらっしゃらないわけにいきません。美々しく装った夕霧の息子たちや、位の高い人びとに囲まれて、匂宮は六条院へ連れ去られてしまいました。

見送った中の君は、〈あちらは、あんなにものものしいご一族が後ろ楯《だて》になっていらっしゃるのに、わたくしには誰もいない。やはり宇治へ帰ったほうがいいのかもしれない……)。

ところが、ここに中の君に新しい運命が訪れることになります。

中の君、男子出産

年が明けてお正月も過ぎるころ、中の君の出産が近づき邸内はあわただしくなります。匂宮ははじめての経験なのでご心配はひととおりではなく、これまで安産の祈禱《きとう》をさせていた寺に加えて、ほかの寺でも祈禱をさせていられます。匂宮の母君、明石《あかし》の中宮からお見舞いがありました。あちこちの上級貴族、上達部《かんだちめ》や殿上人《てんじょうびと》もお見舞いに来られます。中の君は八の宮の姫ですから皇族の一員ではありましたが、後ろ楯がないので、世間の人は軽く見ていました。でも、匂宮のはじめてのお子をお産みになるというので、扱いが変ってきたのです。

その一方で、薫の縁談がどんどん進んでいました。女二《おんなに》の宮の裳着《もぎ》の式が近づいていますが、式を挙げられるとただちに結婚です。

大きな裳着の式でしたが、あくる日の結婚式は、臣下並みに内輪で行われました。自分の邸《やしき》へ姫宮をお迎えしたわけではないので、薫は夜になると、宮中のお部屋へ伺わなければいけません。それはとても気の重い、辛いことでした。一生に一度と思った大君とは添いとげられず、とうとう帝《みかど》の第二皇女を頂くことになってしまったのです。しかも皇女ですから、大きな内裏の中、たくさんの人目の中をかよわなければなりません。

　薫の身分が上がりました。気苦労なんてものじゃない、と思っています。

兼任することになりました。今までは中納言でしたが、権《ごん》大納言になって、右大将を兼任することになりました。夕霧の右大臣が左大将を兼任していたのを辞任したので、今までの右大将が左大将に昇任し、右大将の役があいたのです。

　新任披露の宴《うたげ》が行われました。薫は綺麗《きれい》な衣裳《いしょう》に着がえて、昇進のお礼言上に回り、匂宮のところにも伺います。

　二条邸では、お産を前に中の君のお具合がすぐれないのでばたばたしていました。こんなところへ来るとは……と匂宮は思われましたが、衣裳を改めて挨拶《あいさつ》を受けられます。

〈今夜、六条院で祝宴がございます。このままどうぞ〉と薫が言い、宮は仕方なくついて行かれますが、今にも中の君が出産というときなので、ご心配でなりません。

　六条院にはたくさんの皇子、上達部、殿上人たちが集まり、にぎやかな宴でしたけれど、匂宮はお産が気になって、六の君のところへも寄らずに帰られました。夕霧の右大臣はもちろん面白くありません。

翌朝、中の君は男の子を出産なさいました。母子ともに健康で、匂宮のお喜びはひとしおです。

伝え聞いて、あちこちからお祝いが届きました。母君、明石の中宮からも、お心尽くしの品々やお言葉が届けられます。薫も急いで駆けつけました。現代と違って、お産は死と同じく〈穢《けが》れ〉になるので、部屋にはいらずに庭先でお祝いを申しあげます。

赤ちゃんが生まれると、三日、五日、七日、九日にお祝いをしますが、三日は匂宮が内々にお祝いなさいました。

五日の祝いは、親もとである薫がしました。おおぜいの女房や下働きの人たちに行き渡るように、ご馳走《ちそう》が用意されます。もちろん、産婦にさしあげるご馳走や、産着《うぶぎ》、それに蒲団《ふとん》なども贈りました。

七日の祝いは、明石の中宮が催されました。父帝も、〈宮がはじめて人の子の親となられたのだから、祝わずばなるまい〉と、若君のお守り刀を賜りました。これで、帝の御孫だということが社会的に認知されたわけです。

九日の祝いは夕霧の右大臣がしました。夕霧は、娘婿とほかの女の子供なので面白くありませんが、ちゃんとお祝いをしました。

何より喜ばれたのは中の君です。（わたくしにはしっかりした後ろ楯がないけれど、いっそ愛する子ができたから……）。お子を得たことで、どことなしに落ちついて、

う美しさが備わってきました。

薫は、ああ、中の君も子持の君になり、いよいよ手の届かぬところへ行ってしまうのかと、複雑な気持です。悲しくはありますが、親がわりとしては喜ばずにいられません。

薫の告白

薫は、女二の宮のいらっしゃる宮中へかようのがおっくうになり、宮を邸にお迎えしようと思い立ちます。

母君の女三の宮は、薫が帝の姫宮と結婚したのをたいそう喜ばれ、それまで住んでいらした御殿を、〈わたくしがよそへ移って、お譲りしましょう〉と言われました。

おそれ多いことと、薫は建て増しをして、念誦《ねんず》堂のそばに母宮の御殿を建て、寝殿の東と、東の対《たい》を自分たちの新居にしました。新築したばかりの屋敷に、さらに手を入れて輝やくばかりにしました。

帝はそれを聞かれて、〈もう二の宮を連れていってしまうのか〉と仰せられます。親心の悩みは果てしがありませんね。かわいい姫宮をいつまでもお手もとに置かれたいのですが、そうもいきません。

女二の宮が薫の邸に移られる前日、帝は大きな藤の花の宴を催されました。これこそ正式な披露宴ですね。薫はその宴で、帝から天盃《てんぱい》を賜り、美しく舞ってお返しをしました。帝の婿だということが、これでいよいよ世間に披露されたわけです。

薫は歌を詠みました。

「すべらぎのかざしに折ると藤の花　およばぬえだに袖《そで》かけてけり」——〈帝の挿頭《かざし》にと、高い枝の藤の花を折りました。思いもかけぬ高い位の姫宮を頂きました〉という意味ですね。帝も歌を返されます。

「よろづ世をかけてにほはむ花なれば　今日をもあかぬ色とこそみれ」——〈あなたの前途は洋々だね。いつまでも姫宮をよろしく〉。

翌日の夜、美々しく何十台も車を連ねて、女二の宮は薫の邸へ来られました。邸に仕える女房たちも車を何台も連ねてお迎えしたのですが、双方、牛車《ぎっしゃ》の簾《すだれ》の下から、目もあやな着物の袖や裾《すそ》を出していて、はなやかな儀式でした。

やっとお迎えした女二の宮と、薫ははじめてゆっくりと向き合います。姫宮は何とも美しく、小柄で上品で、なよなよとしていられます。（こんな素晴らしいひとが私の妻になるとは……）。けれど薫はなぜか、何か隔てがあるような気がして、心から嬉《うれ》しいと思えないのでした。

ある日薫は、匂宮のお留守のときに、中の君のところへお見舞いに出かけます。中の君は薫を見て、（人が変ったようにご立派になられたわ）。高い位に上がって社会的な責任も増してくると、男性はだんだん貫禄《かんろく》がついてくるのでしょうね。中の君は、（今やあちらは帝の婿君、こちらも子持。おとな同士の仲になったんだわ）と思って安心してお会いします。

ところが、薫の顔色はすぐれません。それどころか、涙さえ浮かべて言うのです。〈心に染まぬ結婚をしてしまいました。もしこれが大君だったらと思わぬときはありません〉。

〈まあ。何てことをおっしゃいますの。誰かに聞かれたらたいへんですわ〉と言いながらも中の君は、（まだこんなにお姉さまを愛していらっしゃるんだわ。もし、お姉さまと結婚していらしたら、どんなによかったか）。

ですが、中の君は理智的な女性ですから、（わたくしを愛されながらも、匂宮が六の姫君とご結婚なさったように、薫の君も、やはり女二の宮をお迎えなさったでしょう。姉妹そろって日陰の身として苦労していたかもしれない。薫の君に身を許さなかったお姉さまは、本当に深い慮《おもんぱか》りがあったんだわ）と考えていられます。

大君に生き写しの姫君

薫は、宇治の様子が心配になって出かけました。山寺の阿闍梨に会って、懸案の御堂について打ち合せをしたあと、せっかく宇治まで来たのだから弁の尼に挨拶していこうと、山荘に立ち寄ります。

折しも、女車《おんなぐるま》を真ん中にする一団が、宇治橋を渡ってくるのが見えました。荒々しい、いかにも田舎武士といった連中がまわりを囲み、何とこの山荘をさして来るではありませんか。薫の家来たちはざわざわします。

〈静かに。何者か聞いてきなさい〉と薫が命じると、一団の中の武士がやってきて、東国訛《なま》りで言上します。〈これは前常陸《ひたち》の介《すけ》の姫君のお車ですが、初瀬詣《はつせもう》でから戻られたところです。往路にもここに泊まらせて頂いたので〉。

そうか、これが弁の尼の言っていた姫だな、と薫は思い出しました。

〈私が来ているとは誰にも言わないように〉と弁の尼に言い含めて、薫は自分の家来を隠して、北の対《たい》にはいりました。

〈お客さまがもう一組いらっしゃいますが、北の対におはいりになりましたから、どうぞこちらへ〉と言わせますが、東国の一行は、身分の高いかたがいらっしゃるらしい、気づまりだなあと、ひっそりと行列を引き入れます。

薫は、女車の中の姫君を見たくて仕方ありません。勝手知る屋敷なので、そっと中にはいり、襖《ふすま》のすきまから覗《のぞ》きます。

車が縁に引き寄せられ、最初に降りてきたのは若い女房でした。案外、趣味のいい女だ、と薫は思います。次に、少し年配の女房が降りてきて、〈お姫さま、お降りあそばせ〉と促しました。

〈でも、誰かに見られているような気がするわ〉と言うかすかな声が聞こえます。〈大丈夫ですよ、格子はみな閉まっています。早くおはいりあそばせ。お疲れになったでしょう〉。

一段高くなっている車から、先の女房たちはさっと降りたのですが、姫君はゆるゆると降りてきます。顔はよく見えませんが、すらりとして美しく、紅《くれない》の袿《うちき》の上に撫子《なでしこ》襲《がさね》の細長《ほそなが》という、いかにも若い女らしい装いです。

姫君一行は、やっとのことで部屋にはいりました。

薫はよく見えるところに少し位置を変えます。姫君は、薫に背を向けて脇息《きょうそく》に寄りかかって横になりました。

女房たちは、〈何だかいい匂いがしません？〉〈あら、これは弁の尼さまの匂いよ〉〈さすがに京のかたは匂いがちがうわ。北の方さまは、田舎にいても風雅では負けないとおっしゃっていたけど、やっぱり京はちがうわ〉〈尼君のお召しになっている薄鈍《うすにび》も、とても素敵〉などと言いながら、くつろいでいます。

そこへ小さな女の子が、〈弁の尼からです〉と、木の実や果物を持ってきました。女房が、〈お姫さま、どうぞ〉とすすめますが、姫君は手を出しません。

そこへ弁の尼がご挨拶《あいさつ》にやってきました。〈お疲れになりましたでしょう。昨日お着きになると思っていました〉。

〈ええ、そのつもりだったのですが〉と年配の女房が答えます。〈お姫さまがとてもお疲れになったので、昨晩は泉川《いずみ》のそばに泊まりました。今朝早く発《た》つつもりでしたが、お姫さまのご気分がよくなるまでお待ちしたので、こんなに日が高くなってしまいました〉。

姫君が少し居ずまいを変えたので、薫から横顔がよく見えるようになります。ハッとするほど大君に似ていて、薫の胸はとどろき、目もくらむ思いです。

弁の尼に受け答えするうちに、姫君は体をこちらへ向けました。ずっと覗いていた薫は腰が痛くなりますが、それどころではありません。ひたと目を注ぐと、姫君の顔がすっかり見えました。大君に生き写しです。薫の目に涙があふれ出ます。（あなたは生きていらしたんですね！）と、心の中で叫び、（ああ、どうかして、あのひととまた会いたい……）。

部屋へ戻った薫は、弁の尼を呼んで、〈先ほどいらした姫君が例のひとかい〉と、それとなく話を仕向けます。

〈そうでございますよ。とても可愛くおなりですわ〉〈こうしてお目にかかるのも何かのご縁だろうから、取り次いでくれないか〉〈いつもは母君とお揃《そろ》いですが、今日はおひとりですから、唐突にお話を持ちかけるわけには……〉〈だが、姫君だけならかえって気兼ねなしにお話しできるというものだ。前世の深い縁でめぐりあったのだから〉。〈まあ、にわかに縁がおできになりましたのね〉と弁の尼は笑いますが、〈かしこまりました。さっそくお伝えしましょう。実は以前お話があったときに、姫の母君には伝えたのですが、ちょうどそのころ、あなたさまに帝《みかど》の姫宮とのご縁談が起きていたので時期が悪いと、そのままになっておりました。まだお気持がお変りでないのでしたら、話をお通ししましょう〉。

薫の君は夢見心地です。というところで、「宿木の巻」は終ります。

姫君、浮舟《うきふね》の周辺

次は「東屋《あずまや》の巻」。この巻から、八の宮の忘れ形見の姫君を〈浮舟〉と呼ぶことにいたしましょうね。

先にもお話ししましたように、浮舟の母君は、浮舟を連れ子にして常陸の介の後妻になりました。常陸の介は元来上達部《かんだちめ》の出ではありましたが、国守《くにのかみ》として東国回りをしていて、ずっと田舎びた荒々しい地方を歴任していたので、弓を射たり馬を乗りならしたりと、荒っぽく勇ましいことが好きになっていました。けれど役人の仕事もきちんとこなし、そつなく器用に世を渡って、たいへんな金持になって都へ戻ってきました。

先妻とのあいだに何人も子供がいました。浮舟はその中で育ったので、苦労しています。それが北の方にはとてもいとしいんですね。常陸の介とのあいだにもたくさんの子ができ、どの子も可愛いけれど、継父のもとで肩身せまく暮らす浮舟が一層いとしいのは母親の情けでしょう。

常陸の介は大きな屋敷を建て、自分では風流を解するひとかどの人間だと思っていて、娘たちを金にあかせて育て、嫁入り道具もいろいろ集めています。〈娘たちは道具にうずもれて、道具の上から目ばかり出していた〉と原典にありますが、いかにも感じが出ていますね。

当時の女子教育というとまず音楽でしたから、音楽のお師匠さんを呼ばなければいけません。宮中に内教坊《ないきょうぼう》というところがあり、音楽の才がある女性を集めてプロの音楽家を養成していましたが、その一人を呼んできて、娘たちに琴や琵琶《びわ》を習わせました。秋風の吹く夕方などに、娘が師匠と合奏したりすると、常陸の介は感動して涙をこぼすほどです。

〈どうだい、あの達者なこと。よくここまで習ったもんだ〉と言って、一曲上げるたびに、師匠にたいへんな贈り物をするという子煩悩《こぼんのう》ぶりです。

〈そう思うだろう、おまえも〉と言われても、北の方は昔から都にいて音楽に嗜《たしな》みもあり、風流についてもよくわかるひとなので、〈そうでございますね〉と、あまり気のはいらない返事をします。常陸の介は、〈自分の連れ子ばかり可愛がるが、おれの娘は可愛くないのかい。何さまの姫君だか知らないが、おれの娘たちも同じように可愛がってくれてもいいじゃないか〉。

〈分け隔てしてはいませんわ。みんなわたくしのお腹を痛めた子ですから、可愛く思うのは当たり前ですわ〉と北の方は答えますが、継父にそんなふうに思われて行き場のない浮舟が哀れでなりません。

常陸の介の先妻の娘たちは、すでにそれぞれ結婚させています。北の方は、今度は浮舟の番だわ、と内々で浮舟の結婚相手を探していました。

そこへ、仲人《なこうど》がいい話を持ってきました。仲人は出世したくて、あちこちに人脈を広げたいものですから、（自分が口を利いて結婚させれば、大きな顔をしてこの邸に出入りできるというものだ）と思っています。

世間から金まわりがいいと思われている常陸の介のところへは、〈姫君がいらっしゃるそうですね〉と、たくさんの青年たちが寄ってきます。

左近《さこん》の少将もその一人でした。学問もあり家柄もよいがお金はない、という青年の一人で、どこか有力者の家へ婿にはいって、それを足がかりに官界を泳いでいきたいとの野心を持っていました。

仲人が北の方に言います。〈帝の覚えもたいへんよい人です。帝はおそばに左近の少将をお呼びになって、「まだひとりでいるのかい。しかるべき姫を早く迎えて、しっかりした後援者をつくりなさい。そうしたら、その後の出世は請け合おう」と、言われたんですよ〉。

北の方がそれとなく左近の少将を調べますと、たしかに風采《ふうさい》も見栄えがして、なかなか才能もあるし、人の受けもいいのです。（浮舟は皇族の血を引いてはいるけれど、この受領《ずりょう》風情の家に、身分の高い人が求婚してくれるはずはないし、このぐらいのところかしら……）。北の方はそう考えたんですね。

浮舟は、母親の目から見ても、美しいばかりでなく気品がありました。〈同じようにお腹を痛めた子ですから〉と夫には言ったものの、やっぱりこの子はちがうわ、どうしても幸福な結婚をさせたいと思うのです。

少将のほうは待ち切れず、〈決まったら少しでも早く〉と、仲人をせっつきます。

このときになって北の方は、大には何も言わずに自分だけで決めてしまったけれど、何か言われるかしらと不安を感じ、仲人に言いました。〈早くと言われても、実を言いますと、この縁談はわたくしひとりの考えで進めたのです。実の父親がいる娘は、放っておいても面倒を見てくれますが、あの娘にはわたくししかおりません。ですから、少将さまにそこをよく考えて頂いて、いつまでも娘を大事にして下されぱと思っております〉。

仲人がそのままを少将に話しますと、少将の顔色が変りました。〈えっ、常陸の介の実の娘じゃない？　それならそうと、はじめから言ってくれなくちゃ。私は常陸の介の重厚なお人柄を見こんで、ついでに財産も見こんでお願いしたんだ。実の娘でないということであれば、世間からも一段下がった者のように見られてしまう。それは困る〉。

仲人はあわてて、〈私も知らなかったんです。北の方がとても可愛がっていらっしゃるし、美人という噂なので、お取りつぎしたんです。それなら下に妹君がいらっしゃるから、そちらに振りかえられてはいかがですか〉。

〈なに、妹がいる？　じゃあ、変更しよう〉。

追いたてられる浮舟

しばらくして、北の方のところへ常陸の介が足音も荒らかにやってきました。〈いくら自分の連れ子が可愛いからといって、何で勝手に物事を運ぶんだ。左近の少将から、中の娘をほしいとお申し入れがあった。「やはり常陸の介の実子とご縁を結びたい」と。わしはいきさつは全然知らなかったが、もちろん喜んでお受けした〉。

〈まあ……〉と、北の方は呆然《ぼうぜん》とします。

常陸の介はもう北の方を当てにせず、次から次へと嫁入り道具を作らせ、娘を飾り立てます。北の方が、浮舟が結婚したらここを使わせようと、こざっぱりと瀟洒《しょうしゃ》にととのえた部屋に、常陸の介は自分で几帳《きちょう》や衝立《ついたて》などを運んできて、〈悪いがこの部屋を新夫婦の新居にするよ〉と言うので、浮舟も乳母《めのと》もその部屋にいられなくなりました。〈何てことでしょう〉と、乳母は泣くように北の方に言います。

予定された浮舟との結婚式の日もたがえず、その日から左近の少将は妹娘のほうへかよってくるようになりました。

常陸の介は上流のしきたりには無縁でしたから、北の方にあれこれ指図をしてほしかったのですが、腹を立てていますから、自分なりの考えで全部やってしまいました。

もう浮舟は屋敷にもいられません。

北の方は、急いで中の君に手紙を出します。〈これこれこうで、浮舟があわれでなりません。しばらくお預かり頂けないでしょうか〉。

中の君は手紙を見て、お父さまはご自分の娘とお認めにならなかったのに、今さら親類づき合いしていいものかと思い迷いますが、あまりにかわいそうなので、〈どうぞいらして下さい〉と、返事をなさいます。

北の方は、浮舟と乳母を連れて中の君の邸へやってきました。〈このたびはいろいろとお世話になり……〉と長々とご挨拶《あいさつ》します。中の君が浮舟を見ますと、薫の君にお見せしたいほど大君に生き写しです。

〈そんなにご遠慮なさらなくてもよろしいわ。姉妹の仲ですもの。どうぞいつまでもこの家にいらして〉と、中の君は優しくお声をかけました。

いなか乙女・浮舟《うきふね》「東屋《あずまや》」

浮舟《うきふね》、中の君の元へ

中の君は、浮舟の母、常陸《ひたち》の介《すけ》の北の方が訪ねてきたときは、几帳《きちょう》を隔てたりせずにうちとけてお会いになります。

この春生まれた若君を抱いてあやされる中の君を見て、北の方は、(非の打ちどころのないお美しさだわ。それに何と落ちつかれたことか。わたくしだって、本当はこのかたの従姉妹《いとこ》〈常陸の介の北の方は故八の宮の北の方の姪《めい》〉なのだけれど、こんなに身分がかけ離れてしまった……)。

中の君の住んでいるのは二条邸の西の対《たい》でしたが、北の方と娘の浮舟は、その西の対の端に部屋をもらって落ちつきました。

匂宮《におうのみや》が寝殿から西の対にいらしたので、北の方は遠慮して座を外しましたが、几帳のすき間から宮のお姿を覗《のぞ》きます。美しい貴公子の匂宮は、中の君と楽しげにおしゃべりしながら、可愛くてたまらないというように若君を抱いていられます。

そこへ、四位《しい》五位といった身分の高いご家来衆が、宮に仕事の報告をしにやってきました。北の方が見ていますと、その中に自分にとっては継子《ままこ》に当たる、式部の丞《ぞう》で蔵人《くろうど》を兼任している青年がいました。常陸の介の先妻が産んだ子です。帝《みかど》のお身のまわりのご用事をする蔵人なのですが、宮のおそば近くにも寄れません。

北の方は、(世の中にはこういう世界もあるのね。こんなにご立派な匂宮とご一緒になられたなんて、中の君は本当にお幸せだわ。宮が六の姫君とご結婚されて、中の君はお淋《さび》しそうだと聞いたけど、こんな素敵なかたと結婚できるのだったら、七夕のように年に一度しかお会いできなくても幸福だわ)。

匂宮は西の対でくつろがれ、夕食もこちらへ運ばせられます。

常陸の介は金持なのでずいぶん贅沢《ぜいたく》な暮らしをしてはいますが、一級の貴族には比ぶべくもありません。何といっても、品格が違います。北の方はしみじみ思いました。(常陸の介とのあいだに生まれた娘たちもみな可愛いけれど、故八の宮とのあいだの浮舟に比べると品がちがう。やはり血筋は争えないもの)。

匂宮はゆっくり朝寝をされて、日が高くなってから起きられました。

母宮(明石《あかし》の中宮)のお具合がよろしくないので、今日は参内しなければ、と宮は装いを整えていられます。北の方はそのお姿を見たくて、またそっと覗きました。一分の隙もなく正装なさったお姿の何と立派なこと。

今日もたくさんの人びとがお迎えに来ていますが、その中に、北の方は思いがけずあの左近《さこん》の少将を見つけました。娘との縁談があって邸《やしき》でちらっと見たときは素敵な青年に思えましたが、光輝やくような匂宮の前で見ると、色あせて平凡な青年です。

まさか北の方が聞いているとは知らず、若い女房たちが話しています。〈ほらほら、あのひとよ〉〈何？〉〈あれが問題の左近の少将よ。浮舟さんとかいう人と婚約していたのに、常陸の介の実子でないというので、まだ年端もいかぬ妹娘さんと結婚したっていう〉〈まあ、本当？〉。

北の方は、みんなの噂を聞いて、あんな人と結婚させなくてよかった、と思いました。

匂宮は若君をあやしていらして、なかなかご出発になられません。中の君ともしみじみとおしゃべりをされ、〈すぐ帰ってくるからね。このごろはこの子が可愛くて、一日も目が離せないよ〉などと、仲むつまじいご夫婦ぶりです。

宮が出ていかれると、北の方は思わず中の君のもとへ寄り、〈匂宮さまは本当にご立派な殿方〉と、言葉を尽くして賛美します。その言いかたがいかにも田舎者めいていたので、中の君は思わずお笑いになりました。

北の方は生まれもよく美しかったのですが、今は太って、〈いかにも受領《ずりょう》夫人という様だった〉と原典にあります。

北の方は、中の君に言いました。〈ご存じでしょうが、左近の少将との一件で浮舟はとても気落ちしまして、かわいそうでなりません。実は、姉上、大君《おおいぎみ》さまのお身がわりにという、薫《かおる》の君のお言葉もございました。娘が大君さまにゆかりの者だというので可愛がって頂けるかもしれませんが、どこまでお信じ申し上げていいやら。それにつけても、大君さまはおかわいそうなことでございましたね。このたびの薫の君と帝の姫宮とのご縁談も、大君さまが生きていらしたら、なかったことでございましょう〉。〈さあ、どうでしょう〉と、中の君は考え深く答えます。〈姉上もやはり、わたくしのように日陰にいることになったでしょうし、姉妹そろって同じような身の上になるのは、幸せだったかどうか……〉。

浮舟の母の身の上

浮舟は、仕える女房たちに顔を見せないようにして几帳の陰にそっと坐《すわ》っています。〈大君によく似ていらして、お可愛いわ〉と中の君は言います。北の方は、〈この子の身の振りかたに困っておりますの。いっそ深山に住まわせて尼にしたほうがいいかと考えたり、母心のまよいは果てしもございません。思い乱れております〉〈まあ、そんなおかわいそうなこと。貴い聖《ひじり》でも、深い山の中の修行は難しいと聞きますのに、こんなにお若くては、とてもそんなことは……〉。

ちょうどそこへ、〈大将さまのお越し〉という声がして、薫の君がやってきました。御簾《みす》のかげから見ますと、これまた、匂宮に勝るとも劣らない美しい貴公子なので、北の方はポーッとなります。（素敵だと聞いてはいたけど、まあ、何とご立派なこと）。薫はとても清らかな匂いを発するので、行くところ、常に香りが漂います。北の方がまず驚いたのは、その香りでした。

薫はゆっくりと座を占め、中の君に言います。〈昨夜は匂宮が参内なさらなかったので、中宮がお淋しかろうと思い、私がかわりに宿直《とのい》をしました。きっとあなたが宮のお足をとどめられたのですね〉。

中の君は、あたりさわりなく、〈それはまあ、お心づかい頂きありがとうございます〉と返事をなさいます。

そんな話をするうちに、またもや亡き大君のこと。薫は中の君と会うと、いつも話題にするのです。そして、〈大君はそもそも、あなたと私を結びつけようとなさったのですよ。それが運命のいたずらからこんなことになって〉――話の行く末は必ずそこへ来ますので、中の君は適当にあしらい、〈そう言えば、いつかお話しした亡き姉によく似たひとが、たまたま今日この邸にいますのよ〉と、薫の関心をかわされます。〈あなたは話をすりかえるのがお上手だ〉と薫は苦笑し、〈でも、そのひとは本当に大君に似ているとお思いですか。撫物《なでもの》ぐらいの頼りにはなるのでしょうか〉。

撫物というのは紙の人形、その人形で体を撫でて罪けがれや災厄を移し、水に流すのです。中の君は、〈撫物はみんな川や瀬に流してしまいますのよ。あのひとのことををそんなふうにおっしゃっては、お気の毒ですわ〉。〈そのひとのことは、いつかそういうときが来ましたら……。それにしても、私は一日として大君のことを忘れたことはありません。この思いを晴らすことのできるのは、あなただけなんですよ〉。またもや、薫の話はそこへ戻ります。中の君は心中、（本当に困ったかた。このお心癖さえなければ、いいかたなんだけど……）。

そのうちに日が暮れてきました。（たぶん宮さまは、今日は御所でお過ごしになるわ。こんなに遅くまで薫の君がいらしたら、また、どんなふうに誤解されるかしれない）と、中の君はことさらにつれなくあしらい、常識からいっても長居は許されないことなので、薫はそのまま帰りました。

薫の帰った後、常陸の介の北の方がまたやってきて、〈まあ、あの殿方も素敵〉と言うと、女房たちがどっと笑います。

中の君は、北の方に言いました。〈いかがかしら。あの可愛い浮舟さんを尼になさるくらいなら、薫の君に運命を賭《か》けてみては？　薫さまはいったん愛情を持たれたら、決してお変えにならないから、浮舟さんと結婚して頂くのもいいかもしれませんよ。薫の君さえその気になって下されば、素敵なご縁談ではないかしら〉。

〈本当にそうでございますね。何とぞお願いいたします〉と、北の方は懸命に頼みます。〈あちこちさすらってかわいそうな子ですので、いい殿方にお托《たく》しして、わたくしも安心しとうございます。常陸の介は頼もしい男ですから、あの人の心に違《たが》えようとは思っていません。でもあの人を頼って陸奥《むつ》や常陸など田舎まわりをして、言葉に言い尽くせぬ苦労もありました……〉。北の方は中の君に、身の上話をします。

〈何年ぶりかのおしゃべりを聞いて頂けて、嬉《うれ》しゅうございました。これからもよろしくお願いいたします。子供たちが帰りを待っていますし、主人も怒っているかもしれませんのでわたくしは帰りますが、どうぞあなたさまのお力で、あの子を幸せな身分にしてやって下さいませ〉。

〈できる限り、骨折ってみましょう〉と中の君は答えましたが、怜悧《れいり》な中の君は、(男女の仲については、絶対ということはあり得ない。人と人の心だもの、まわりがかくあれかしと思っても、どんなふうに変るかしれない。できる限りはするけれど、それから先は運命と当事者の心次第だわ)と考えています。

夜が明けると、常陸の介の邸から迎えの車と手紙が来ました。常陸の介は怒っています。〈いったい、どういう了見なんだ。娘が結婚したばかりで、婿殿を丁寧にご接待しなければいけないのに、主婦であるおまえが家を放ったらかして、どこをほっつき歩いているんだ。連れ子ばかり可愛がるのもたいがいにしろ〉と、たいへんな剣幕です。

それまで北の方は、浮舟と離れて暮らしたことがありませんでした。辛《つら》いことも嬉しいことも、浮舟や乳母《めのと》と話し合ったり相談したりしながら暮らしてきたのです。〈気をつけるのよ。お姉さまに可愛がられるようにね〉と言って、北の方は迎えの車に乗って帰っていきました。

匂宮が浮舟を見染める

ちょうど、宮中から退出なさってきた匂宮の車と、御門の前ですれ違いました。〈何だ、あの車は？〉と宮は、家来にたずねさせられます。北の方の供びとが、〈常陸殿のお帰りでございます〉と答えたので、宮のご家来衆はどっと笑いました。都びとの感覚からいいますと、「大納言殿」とか「大将殿」というのはいいのですが、田舎まわりの常陸の長官あたりに「殿」をつけるのはおかしいことなのでしょうね。

匂宮は部屋におはいりになるなり、〈おい、常陸殿という男をかよわせているのかね〉と、中の君をからかわれます。

中の君はすぐに、（北の方の車とすれ違われたんだわ）と気づき、〈あれは大輔《たいふ》が若かったころのお友達ですわ。あなたのお心癖がいつも色めかしくていらっしゃるから、何でもそんなふうにお取りになるのね〉。

宮は宿直からのお帰りだったので、ぐっすりお寝《やす》みになり、日が高く昇ってから起きられて寝殿へ行かれました。寝殿では宮の取り巻きの貴公子たちが碁を打ったり、「韻塞《いんふたぎ》」という漢字ゲームなどをして遊んでいました。

夕方、匂宮が西の対《たい》へ戻ってこられたとき、中の君はお髪《ぐし》を洗っていられる最中でした。王朝の女人の洗髪というのは、たいへんなことです。入浴も洗髪も、陰陽道《おんみょうどう》に従って日が限られていて、今は八月ですが、九、十月は忌月《いみづき》なので髪は洗えません。今日しかないというので、中の君はお髪を洗われていたのです。女房たちも休息をとっていたりして、あたりには誰もいません。

匂宮は小さな女童《めのわらわ》に、〈ひとりで淋《さび》しく過ごせというのかい、と言っておいで〉と仰せになります。

急いでやってきた大輔の君が、〈中の君さまは、お髪洗いでございます。なかなかいい日がございませんで、今日になりました。でも、もうすぐいらっしゃいますわ〉。

宮は西の対をあちこち探られて、ふと廊下の端に見たことのない女童を見つけられました。女性に関してはお目の早い宮です。

(珍しい子がいるな。新参の女房でも来たのかしら)。宮はさっそく、西の対の一番端まで行かれます。そこは物置ですが、一ヵ所だけ襖《ふすま》が開けてあって、女房たちの通り道になっていました。御簾《みす》が下がっていましたが、たまたまその奥の襖は開いていて、屏風《びょうぶ》もたたまれています。几帳《きちょう》の布が一枚、横木に掛けてあったので、奥まで見渡せました。

庭を眺めている若い女人の姿が、宮のお目にはいりました。庭には秋草が咲き乱れ、水を引いて滝のように仕立ててありますが、女人はその風情に見とれています。色の白い、髪の美しいひとです。

はじめて見る顔だなと思って宮は、つかつかとおはいりになり、後ろから袖《そで》を引かれます。〈何という名なの。新しく来たのかね、きみ〉。

それは浮舟でした。浮舟は何もわからないおぼこ娘ですから、（どなたかしら。男性が何でこんな近くまで来るの）と驚きます。

控えの間にいた浮舟の乳母が、不審に思ってやってきました。すると、上品な袿《うちき》を着た男性が、遠慮のない様子で浮舟に話しかけています。その大胆なご様子や上品なお姿から、乳母はすぐに匂宮だとわかりました。（まあ、たいへんだわ）。

宮は、〈美しいね、きみは。こんなに綺麗《きれい》なひとが、どうして今まで私の目から隠れていたの〉などと、そめそめと言われます。甘い言葉に、浮舟は動転しながらも、そのお声が耳に残りました。

〈中の君さまのお髪洗いが済みましたので、こちらにお渡りになります〉という声がし、女房たちが格子戸を閉め、灯をつけてまわります。大輔の娘の右近《うこん》という女房が浮舟の部屋のそばまで来て、〈まあ、暗いこと。全部閉めてしまって真っ暗だわ〉と言いながら、格子を上げました。

浮舟の乳母は、〈右近さん、右近さん、たいへんなことが起きましたの〉と助けを求めます。何かしら、と部屋にはいった右近は、すぐにわかりました。〈まあ、宮さま！〉。

でも、匂宮は気にもおかけになりません。浮舟に寄りそったまま、そめそめと愛の言葉をささやいていられます。女房たちはどうしていいかわからず、おろおろしています。お邸《やしき》のご主人さまを実力行使で放り出すわけにもいきませんし、言葉を尽くして申し上げても、お聞きになるはずがありません。右近は、〈たいへんだわ、中の君さまに申し上げて参りましょう〉。

〈お願いします〉と、乳母は手をこすり合せんばかりです。乳母は、〈もし浮舟さまに何かあったら、宮さまといえども承知しませんよ〉という感じで、不動明王が悪魔を降伏《ごうぶく》するような顔で匂宮を睨《にら》みつけていました。

やっと中の君が洗髪から戻ってこられました。

〈お方さま、こうこうでございます〉と右近から報告を受けて、中の君は、〈まあ、いつもの悪いお癖が出たんだわ。宮さまは新しい女房とみるとすぐに言い寄っていかれる。その女房が困って里下がりしたら、里まで追いかけられたことがあるんだもの。世間は宮さまよりも、わたくしを軽蔑《けいべつ》しているかもしれない〉。情けなくて仕方ありませんが、まさか宮のおそばへ行って、〈あなた、何をなさっているんです！〉と引き立てるわけにも参りません。

そこに、宮中からお使いが来ました。

〈中宮がお悪くなられました。みなさま、ご心配で詰めていらっしゃいます。宮もどうぞお見舞いに〉というので、右近はこれ幸いと、〈宮さま、すぐにというお知らせでございます〉と申し上げました。

でも宮は、浮舟の袖をとらえたまま動こうとなさいません。

〈またいつものように、大げさに言ってるんだろう〉〈とんでもございません。中宮《ちゅうぐう》職《しき》の侍所《さぶらいどころ》におります平重経《たいらのしげつね》が参っております〉。

御殿の前の庭には白砂が敷いてありますが、右近はそこへ使者を呼び、もう一度言上させます。宮家の家来も寄ってきて、〈ただいま、中務《なかつかさ》の宮も参内なさいました。中宮の大夫《たいふ》（中宮職の長官）も参上なさるところで、こちらへ参る途中に、車を引き出していられるのを見ました〉。

宮もさすがに現実に引き戻され、〈やれやれ〉と言いながら浮舟の袖をお離しになり、〈また後で会おう〉と言って、お立ちになりました。

浮舟の処遇

当座の危機はまぬがれましたが、浮舟は汗もしとどになって、しくしく泣いています。乳母《めのと》はそれをあおいでやりながら、何とも言いようのない気持です。〈こういうところの殿方は、こんなことを二度、三度と繰り返されますわ。何といってもあのかたは姉上さまの婿君ですから、世間に噂が立っては困りますわね……。でも大丈夫、いつもお祈りしていらっしゃる初瀬《はつせ》の観音さまが助けて下さいますよ〉。

浮舟は動転して言葉も出ません。乳母はなおもなだめます。〈それでも浮舟さまは、母君がお元気で、ちゃんと考えて下さるからお幸せですよ。世間では、父親のない子はかわいそうだと申しますが、父親がなくても、実の母君さえいらっしゃれば大丈夫です。継母《ままはは》にむごく当たられるほうがずっと不幸せですわ。元気をお出しになって。何もなかったのは、この乳母がよく承知しておりますわ〉。

中の君は、妹がかわいそうでたまりません。〈世間知らずな子だから、どんなにびっくりしたかしら〉と思い、浮舟を呼びにやります。

ところが浮舟は、〈気分が悪うございますので〉と、中の君のお呼びに応じません。女房たちはひじをつつき合って、〈きまり悪がっていらっしゃるのよ〉とささやき合っています。

乳母は、〈かえってへんな噂になりますわ。何もなかったように、姉上さまのもとへいらっしゃいませ〉と、浮舟を連れて中の君のところへ伺いました。

女房たちには顔を隠していますが、中の君からは浮舟の顔がよく見えました。〈まあ、何て可愛い子かしら〉。はじらって顔をそむけていますし、その顔は泣きはれて赤くなっていますが、面ざしは亡き姉の大君にそっくりです。

賢い中の君は、さっきの騒動にはひとことも触れられません。

〈よくいらして下さったわね。この家を気づまりにお思いにならないでね。ご自分の家と思ってお過ごしになって。見れば見るほど、亡きお姉さまに似ていられるわ。お姉さまは父君似、わたくしは母君似と、古い女房たちは言うけれど、あなたと会うと、亡きお姉さまに会った気がします。わたくしを他人と思わないでね〉と、優しく慰められます。

浮舟は可憐《かれん》な声で、やっと答えました。〈小さいときからお姉さまにあこがれていて、お噂を聞くたびに、気持を躍らせていました。お目にかかれて本当に嬉《うれ》しゅうございます〉。

女房たちも、浮舟のあまりの美しさにびっくりしています。いかにも乙女らしいオドオドとした態度、はにかんだ様子に好感を持ち、みんな浮舟の味方になって、〈よかったわね、何ごともなくて……〉と、目顔で言い合っています。

中の君は、浮舟をもてなそうと、絵巻物を取り出して見せました。王朝の女性たちが大好きだったものですね。絵巻物を見ながら右近が物語を朗読し、浮舟は熱心に絵を見ています。右近は次から次へと、面白い物語を読みつづけます。

その夜、中の君は浮舟をそばに寝させて、亡き父宮や姉君のことなど、あれこれ語り合って過ごされました。

翌朝、乳母は夜が明けるが早いか、牛車《ぎっしゃ》を借りて常陸の介の邸へ帰り、北の方に昨夜のできごとを報告しました。

北の方は仰天します。〈まあ、そんなことがあったの。匂宮は色好みで聞こえるおかた、そんなかたに目をつけられては、浮舟はもうあちらには置けないわ。本当に何かあったら、中の君にもお顔向けできないわ〉。

北の方は、とるものもとりあえず二条邸へ参上し、中の君にお会いします。〈いろいろとお心にかけて頂き、本当にありがとう存じます。あの子ひとりのために、わたくしは鼬《いたち》のようにあちこち走りまわって苦労せねばなりませんわ〉。

〈そんなにご心配にならなくても……〉と中の君はおっしゃいますが、北の方の心配は的外れというわけでもありません。

北の方は浮舟をこのまま引き取るつもりで、とりあえずは〈物忌《ものいみ》に当たりますので、

二、三日外で過ごして参ります〉と言って、浮舟を三条にある小さな家に連れて行きました。何かのときにと用意してあった、まだ造りかけの家でしたが、〈浮舟や、しばらくここで我慢しておくれ。情けない造りだけれど、しばらくここにいてくれれば、あとはまた考えますからね〉。

北の方は、それにしても、何でこの子はあちこちさすらうのだろう、かわいそうにと思いながら、常陸の介の屋敷に戻ります。

二、三日たちました。〈もうしばらく我慢してね〉という北の方からの手紙に、浮舟は、〈いいえ、山の中よりはましですわ〉と返事をしました。その家は荒れ果てていて、慰めになる前栽《せんざい》の花もないというありさまです。

でも不思議なことに、浮舟の心には、匂宮の言われた言葉がしみついています。生まれてはじめて男性に近くに寄られて動転し、〈あなたが好きだ……何て綺麗《きれい》なひとだろう、私の魂は天外に飛んでしまった……あなたしか考えられない〉などと言われて、世間知らずの浮舟は、そのことばかり考えています。

薫が浮舟を宇治《うじ》へ

秋も深まったある日、薫は山荘の御堂が完成したという知らせを受け、宇治へ出かけました。弁《べん》の尼のところへ立ち寄り、浮舟についての話を聞きます。〈先日、浮舟の母親から手紙が参りました。物忌の方違《かたたが》えをするといって、浮舟は近ごろは三条の粗末な家に住んでいるそうですよ〉〈そんなことがあったのか。すまないが、その三条へ行って、私の気持をお伝えしてくれないか〉。〈でも、いかがなものでしょうか〉と弁の尼は言いよどみます。出家した身ですから、仲人《なこうど》のようなことをするのは気が進みません。

〈ぜひ、頼む〉と薫は言い、〈あさってあたり、車をさし向けよう〉。

弁の尼が迷っているうちにも日がたち、薫からの迎えの車がやって来ました。弁の尼は仕方なく、女童《めのわらわ》を一人つれて三条のその家へ行きました。

そこには浮舟と乳母、そして若い女房たちが何人かいました。弁の尼は薫の君の話を伝えます。

乳母が、〈それは結構なお話と存じますが……〉と言ったところへ、〈宇治から参りました〉と、ほとほとと戸が叩《たた》かれます。弁の尼はさすがに世慣れたひとですから、きっと薫の君だろうと直感します。薫は電光石火でやってきたわけですね。そのとき弁の尼は、もう仕方がないと思いました。

薫は家へ通されますが、戸のそばにしか席は与えられません。〈これはこれは、ずいぶんひどいあしらわれかたですね〉と薫は、冗談にこと寄せて言いますが、実は心外です。

乳母が気を利かせて戸口の戸を少しあけ、薫はそこから忍び入って、浮舟と会いました。

あくる朝早く、車が用意されて、薫は浮舟を抱いて車に乗ります。

〈まあ、どちらへ〉と、乳母たちは驚いています。〈どうしたらいいでしょう。今日はもう九月、結婚には不吉な月ですわ〉。九月、五月は結婚の忌月《いみづき》と言われていました。

弁の尼は、〈殿には殿のお考えがあるのでしょう〉としか言いようがありません。そして薫には、〈わたくしはここにとどまりますわ。せっかく都に来て、中の君さまにお目にもかからずというのも具合が悪うございますから〉と言います。それから、〈あとでお詫《わ》びすればいい。とりあえずあなたもお乗りなさい。姫のお世話をするのに、女房を誰か〉。

そこで、若い女房の侍従《じじゅう》の君があたふたと牛車に乗りこみました。前の座席に浮舟と薫、あいだに薄物の細長《ほそなが》（女の着物）を吊《つ》って仕切りにし、後ろに弁の尼と侍従の君が乗って出発します。あとに残された乳母や弁の尼の供の女童たちは、動転して目を白黒させています。

みんなの驚きをよそに、牛車は都を出ました。用意してあったのか、途中で牛がつけ替えられたり供が加えられたりします。すぐ近くに連れていかれるのかと思いましたが、賀茂《かも》川を渡り、法性寺《ほうしょうじ》（現在の東福寺《とうふくじ》）の横を通って、車は一路、南へ下がって宇治まで走ります。

弁の尼は、（こうして一つ車にいらっしゃるのが大君さまだったら、どんなによかったろう）と思い、宇治に近づくにつれて涙がこみあげてきます。

薫も同じでした。（大君だったら、どんなに嬉しかったか。でも、このひとは大君の面影をこんなに宿している。もう離せない）。

何も知らない侍従の君は、（ご新婚の朝だというのに、どうしてこんなに泣いていらっしゃるのかしら。縁起でもないわ）。

浮舟は昨夜からの大きな運命の転換に、ただただ呆然《ぼうぜん》とするばかりでした。何の心がまえもないのに、いっぺんにおとなの世界、男女の愛憎の嵐のただ中に立たされたのでした。

宇治までは石の多い山道。薫は、揺れるから疲れるだろうと、優しく浮舟の体を抱いてくれています。

宇治へ近づくにつれて、夜が明けそめました。車の簾《すだれ》の端から薫の袖《そで》が出ていますが、川霧に濡《ぬ》れて、直衣《のうし》の薄藍色《うすあいいろ》と袿《うちき》の紅《くれない》色が重なり、二藍《ふたあい》の色に透けてみえます。

やっと宇治へ着きました。〈ご覧なさい、美しいところでしょう。これからここに住んで下さいね〉。薫に確とした考えがあったわけではないのですが、とにかく大君に似た優しくしおらしいひとを、もう誰にも渡したくありません。（自分には正妻の女二《おんなに》の宮がいるし、京へ連れていくのは、帝《みかど》へのはばかりがある。かといって、その辺に置いておくのも危ないし、とにかく宇治へ行ってから）と考えたのですね。〈この淋《さび》しい山川のそばで暮らすのは辛《つら》いかもしれないが、私もなるべく来ますよ〉と言いながら、やっとのことで山荘へ連れこみました。はじめての宇治の景色ではありませんが、浮舟にとっては夢を見ているような心地です。

浮舟は無邪気で素直です。衣裳《いしよう》も田舎びていますが、出しゃばって下品なひとよりもいいと薫は思います。琴を出して、〈東琴《あずまごと》だけれど、あなたは東育ちだから、琴は手馴《てな》れているのではないかな〉〈わたくしは何もたしなみがございません。大和《やまと》言葉の歌の道さえ知らないくらいですもの〉。

可憐《かれん》でとてもいい娘だと薫は思い、（これからは、たびたびここへかようことになるだろうな……）。

雨が降るわびしい夜に浮舟のいた三条の家で、薫は「東屋《あずまや》」の催馬楽《さいばら》を引いて歌を詠《よ》みましたが、それが「東屋の巻」の名の由来になっています。

「さしとむるむぐらやしげき東屋の　あまりほどふる雨そそきかな」――〈葎《むぐら》が繁っ

て戸口を鎖《とざ》したというのか。あまり待たされて、すっかり雨に濡れてしまったよ〉。「東屋」という催馬楽は、〈雨が降ってきた、戸をたたく、中から聞こえる、おはいりなさいな、戸も錠もかけてないわ、私は人妻だけれど〉という歌ですね。この催馬楽は古くからとどめられていて、王朝でとても好まれた歌です。

ここで「東屋の巻」は終ります。

たちばなの小島　「浮舟《うきふね》」

宇治《うじ》に住む匂宮《におうのみや》

今回は、「浮舟《うきふね》の巻」です。

薫《かおる》の君は、(川音や風の音が耳もとに響く邸《やしき》で、浮舟はひとり寂しく待っているだろう、かわいそうに)と思ってはいますが、当代の高官の一人ですから公務が多忙で、なかなか会いに行かれません。また帝《みかど》の姫みこ、女二《おんなに》の宮を妻に頂いていますから、まわりの目も気になって、なかなか宇治に行かれないのでした。近いうちに浮舟を京へ引き取りたい、と三条の自邸近くに浮舟のための邸を造らせていますが、一面、薫はおっとりした性格なので、(こんなに忙しいんだ。だから、しょっちゅう行かれないことは、納得してもらわなくては)などと、のんきに考えていました。

薫は中の君にも、親がわりとして尽くしています。ただ、夫の匂宮がいまだに疑っていられるし、中の君も気にされるので、以前のように頻繁に会うわけにはいきません。宇治での、大君《おおいぎみ》と中の君姉妹の悲しい顚末《てんまつ》を知らない若い女房も増えているので、何かと口もうるさいのです。

〈どうして薫さまは、中の君にあんなにご親切なの。ご身分が低ければ、昔仲よくしたから今もということはあるけど、こんなにご身分の高いかたが、どうしていつまでも仲よくしていらっしゃるのかしら。もしかして……〉。

二人が会うのはだんだん間遠《まどお》になりました。でも薫は、いったん思いこんだら変えない男ですから、いつまでも中の君に憧《あこが》れを持ちつづけています。

一方匂宮は、中の君のお髪洗《ぐし》いの日に二条邸の離れで出会った美女のことが忘れられず、〈あれは、どういうひとなんだい〉と、何度も中の君に聞かれます。でも中の君は、浮舟の身もとや、薫の君が浮舟を大事にしているとは言えません。

（よそからお知りになるのは仕方ないけれど、わたくしの口からは言わないでおこう。余計なことを申し上げたら、宮はああいうご性格だから、草の根を分けても探し出されるかもしれない。薫さまは、浮舟を亡きお姉さまのかわりに愛されていて、宇治の山荘に隠していらっしゃる。それを宮がお知りになったら、どんなことになるか……）。けれど匂宮は、中の君が嫉妬《しっと》して隠しているのだと思っていられます。

〈わたくしは何も存じませんのよ〉と中の君が言われますと、〈あなたの知らない女人が邸にはいって来るはずがないだろう。あなたの女房でもないとは、どういう意味だい〉と、しつこくお聞きになりましたが、中の君は打ち明けませんでした。

浮舟からの手紙

年が明け、正月になりました。匂宮は、夕霧《ゆうぎり》の大臣《おとど》の六の姫君と結婚していられるので、正月の朔《ついたち》は六条院で過ごされますが、そのあと中の君のいる二条邸にお戻りになりました。二条邸には二つになられた若君もいらっしゃいます。

匂宮が若君をあやしていられるところへ、小さい女童《めのわらわ》がやってきました。〈宇治からのお使いがこれを持ってきました。大輔《たいふ》の君がお見えにならないので、こちらへ持って参りました〉。

大輔の君とは、中の君に仕える女房の名前です。宇治と聞いただけで、中の君はどきりとしました。

もしや浮舟からの便りではないかしら、宮の前で言わないほうがいいのにと思いますが、無邪気な女の子に今さら、注意するわけにいきません。

見ると、何か細工物に手紙が添えてあります。鬚籠《ひげこ》といって、上部の端を編まずに鬚のようにピンと立ててある丸い竹の籠《かご》に、造り物の小松の枝が結いつけてありました。もう一つは、卯槌《うづち》というお正月の縁起物で、玉や象牙《ぞうげ》、また桃の木などを長さ三寸くらいの直方体に切って、縦に穴をあけ、五色の飾り紐《ひも》で結んだものでした。

〈この手紙は、何？〉と匂宮は言われます。宮は、薫からの恋文ではないかと疑っていられるのです。

中の君はあわてて、〈これは大輔にあてた手紙でしょう。以前に仕えていた女房の娘が、近ごろ宇治に住んでいると聞きましたから、そちらからの便りでしょう。女から女への手紙など、ご覧になっても面白くございませんわ〉。

そう言いながら、中の君のお顔はうっすらと赤くなります。宮は怪しまれて、〈面白そうじゃないか。見てもいいかい〉。

仕方なく、中の君は〈どうぞ〉と答えます。宮が手紙を開けられると、いかにも若々しい筆跡でした。浮舟の、中の君にあてた手紙だったのですね。

〈ご無沙汰《ぶさた》のまま年を越してしまいました。宇治の山すそにかかる霞《かすみ》のように、わたくしの気持はもやもやしていますが、こんな物を作ってみましたので若君のお慰めに〉とあります。もう一通は、浮舟の乳母子《めのとご》である右近《うこん》が書いたもののようです。〈あけましておめでとうございます。皆さまお元気でいらっしゃいますか。お姫さまはいつも気ぶっせいで暮らしていらっしゃるので、二条のお邸へいらっしゃれば、お気持が晴れますよ、とお勧めしているのですが、あそこでは怖い目にあったからとおっしゃって、お気が進まないようです。この卯槌はお手作りでございます〉とあります。匂宮は、薫からの恋文ではないので安心なさったようです。

〈何だか知らないが、手紙を読んだだけで、中の君のご機嫌が悪そうだから退散しよう〉と、部屋を出ていかれました。

中の君は女房たちに、〈浮舟の手紙が宮のお目に触れてしまったわ。どうしてあんな小さな子に持たせたの〉〈申しわけございません。誰かおとなの者がおりましたら、こちらへ持ってこさせたりしなかったのですが。だいたいあの子は出しゃばりなんでございますよ〉。

〈小さい子の悪口を言ってもしようがないわ。おとなが気をつけましょうね〉と、中の君はたしなめられました。

匂宮の疑念

ご自分の部屋に戻られた匂宮は、いろいろと考えこんでいられます。(二条の邸で怖い目にあったというのは、もしかすると、あの美女じゃないか。宇治といえば、大君や中の君がいた思い出の地だ。もしや薫は……)と思い当たられ、宮は大内記《だいないき》をお呼びになります。大内記というのは、官庁で文書をつかさどる役人ですが、学問や漢詩文にくわしいので、宮はいつも便利に使っていらっしゃいます。この男は、薫邸の家司《けいし》(執事)の仲信《なかのぶ》という人の娘婿です。

〈韻塞《いんふたぎ》をしたいから、参考になる本を出しておいておくれ〉と宮はお頼みになられました。韻塞とは、前にも申しましたように漢字を使った一種のゲームですね。大内記は、宮のお口添えで昇進したいと思っていますから、宮のためには何でもします。

そして宮は大内記を近くに寄せて、聞かれます。〈宇治の寺はでき上がったのかね。薫が、あそこを立派な寺にすると言っていたが〉〈はい、とても素敵な寺ができまして、薫の君もときどきお参りなさいます〉。この男はおしゃべりなんですね。〈寺もお参りなさいますが、山荘のほうにも出かけられます。しもじもの噂では、宇治に女人を置いていられるようで、新しい御殿をつくられ、京からたくさんの日用の品をお運びになり、若い女房も大ぜいいるそうです。山寺へ泊まるとおっしゃっては、そこにお泊まりになっているようでございます〉。

（なるほど、解けた！　夕霧の大臣が、薫は堅物《かたぶつ》すぎて困る、あれは家をあけるといっても、聖《ひじり》の話を聞きに山寺へ出かけるだけなんだとおっしゃっていたが、薫の山伏みたいな面《おもて》は偽りだったんだ。なるほど……）。

宮はひとりでにやにやされて、大内記に聞かれます。〈宇治までは、どのくらいの道のりかい？　いや、実は以前、行ったことはあるんだが〉。

〈そうでございますねえ〉。大内記は、困ったと思いますが、今さら、ご案内できかねるとも言えませんので、〈夕方京をご出発になれば、その日のうちに着かれるでしょう。夜明けにはお戻りになれますよ〉。

お正月には、例によって司召《つかさめし》（官吏の任官の発表）がありますが、匂宮はこの行事には関係がありませんでしたから、司召を待たずに大内記を案内人にして宇治へ出かけられました。

山深い道を急ぎながら、宮は昔を思い出されます。〈ああ、何年前になるだろう、中の君恋しさにせっせとこの山道をたどったのは。あのころ薫は、私の恋を助けてくれたっけ。それなのに、薫の愛する女を見に行こうというのは、薫を裏切ることじゃないか〉。

宮にも一片の良心があって、そう思われたのですが、好色心は常に良心を裏切ります。せっせと道を急がせて、夜ふけに宇治に着かれました。山荘の灯が見えます。まだみんな起きているようです。

〈たしか、弁《べん》の尼というのが住んでいたね〉〈弁の尼は渡殿《わたどの》で、この御殿ではございません。こちらからおはいりになれば、宿直人《とのいびと》たちの目にもつきません〉。

大内記は薫の家来から、この山荘について聞いたことがあったので、裏口へまわって、葦垣《あしがき》の崩れたところから匂宮をお入れします。

宮は久しぶりの恋の冒険に胸を弾ませて、寝殿の簀子縁《すのこえん》へ上がられました。たしか

に新しい建物でしたが、いかにも山荘という感じの田舎びた館《やかた》です。格子戸は閉まっ
ていますが、すきまや穴がいくつもあり、宮は中を覗《のぞ》かれました。
室内は明るく灯がともっていて、よく見えます。まず目についたのは、手前にいる
女童で、糸を縒《よ》っています。その向こうには若い女房が三、四人います。中の一人は、
たしか二条邸で〈右近〉と呼ばれていた女房です。やや奥まったところに、肘枕《ひじまくら》をし
て横になっている綺麗《きれい》な若い女がいました。明らかに二条邸の離れで見た美女で、中
の君にそっくりです。

（いったい、中の君とどういう関係なんだろう。どうして中の君はこのひとのことを
説明してくれないんだろう）。宮の胸には、疑問が渦巻きます。

縫物にいそしんでいる右近が、布に折目をつけながら言いました。〈急に思い立た
れて石山詣《いしやまもう》でをなさるなんて……。明日、お迎えがあるということですけれど、殿
（薫のこと）がもう少ししたらおいでになるというのに、お出かけになるんですか〉。

すると女房が、〈それは、これこれのわけがあってにわかに石山の観音さまを拝み
に参りましたと、お手紙をおかれればよろしいでしょう〉と言います。また別の女房
が、〈とは言っても、殿をお待ちになるほうがよろしいのではないかしら、せっかく
おいでになるのに。だいたい、乳母がせっかちだからいけないんですよ〉。

匂宮は、（そういえば、二条の離れで鬼のような顔をして私を睨《にら》んだ乳母がいたが、

あの乳母のことだな〉と、全てが腑《ふ》に落ちられます。

女房の一人が言いました。〈それにしても、中の君さまのお幸せなこと。匂宮さまのご正室は六の君だけれど、中の君さまには素敵な若君がお生まれになったんですもの。こちらの姫さまも、薫さまとご一緒になられて若君でもおあげになれば、どんなにお幸せでしょう。ご正室は帝《みかど》の第二皇女といっても、それに劣りませんわ。中の君さまのお幸せにあやかられるとよろしいわね〉。

横になっていた姫君が起き上がって言います。〈もう、そんなお話はやめて。回りまわってどんなふうに伝わるかしれないし、あのかたのお噂はしたくないの〉。

その姿の優しさ、可憐《かれん》さ、美しさに匂宮は惹《ひ》きこまれてしまわれます。

右近が、〈さあ、もう寝《やす》みましょうか。明日のお迎えは多分お昼ごろですから、残りの縫物は朝早くにいたしましょう。ゆうべも何だかだとおしゃべりして、とうとう夜明けまで起きていたんですもの〉。

その着物は、きっと石山詣でのための晴着なのでしょう。女房たちはあたりをかたづけ、隅のほうで横になります。浮舟は、すこし奥まったところで寝みました。右近も浮舟の近くに横になり、すぐに寝入った様子です。

匂宮の情熱に押される

ここまで見届けて、そのまま帰れる匂宮ではありません。ほとほとと戸を叩《たた》かれます。

〈どなたですか〉と、右近が起き出してきます。

〈私だ……〉。この邸《やしき》へ来て、戸を叩いて中へはいる男性は薫の君しかいませんから、〈まあ、殿ですか。ずいぶん遅うございますね〉。

〈どこかへお出かけになると仲信に聞いたから、その前にと思って来たのだ〉と宮は、いま立ち聞きしたことを、薫のふりをして言われます。仲信というのは、薫の家司ですね。つまり、浮舟が母君に誘われて石山詣でするという噂を、ちらっと家司が聞いて薫に告げたというふうに言われたのです。

〈まあ、そうでございますか。おっしゃって頂ければ……〉。右近はさっと戸を開け、宮はすっとはいられます。薫と匂宮は従兄弟《いとこ》同士ですから、声は似ていますし、ものの言いぶり、息の継ぎ方、アクセントなど何から何まで同じ上流階級の匂いがあります。そして、薫きしめた《た》香の匂いも、薫のそれとよく似ています。ちらりと見る目には、お姿まで薫の君とそっくりです。

右近が急いで灯をさし出そうとしますと、〈灯は遠ざけてくれ。途中でとても怖い目にあったんだ。人目につかないようにしてくれ〉〈まあ、恐ろしいこと。まずは、奥へ〉。右近は疑いもせず、宮を浮舟のもとへご案内します。〈御帳台《みちょうだい》へどうぞ〉。御帳台とは、四方にカーテンを垂らしたベッドですね。匂宮はお返事もなさらず、浮舟のそばに横になられます。右近は近くに寝ている女房たちをそっと起こして、引きさがりました。女房たちも引きさがりながら、ささやき合っています。〈木幡《こはた》のあたりで盗人でも出たんでしょうか。本当にこのせつは物騒で……〉〈しっ、静かになさいませ。夜の物音は響きますわ〉。

女房たちは離れたところで寝みました。ふだんはお供の接待は渡殿にいる弁の尼がしていますので、その顔ぶれが違うのに気づく女房はいませんでした。夜は更けていきます。

さあ、びっくりしたのは浮舟です。てっきり薫の君だと思ったのが、〈静かに〉とささやく声は薫ではありません。〈どなたですか〉〈あなたを恋している者です、それで充分ではありませんか〉。浮舟はびっくりして、声も出ません。

浮舟は二条邸で、そめそめと優しい言葉をかけられたときの、匂宮の声音を覚えていました。それが今また耳もとで、〈あれから、あなたを忘れることができなかった。どんなに苦労してあなたを探したことか……〉などと熱くささやかれ、浮舟は宮のその情熱に押し流されてしまいました。

やがて夜は白々と明け、供の者が来て、咳払《せきばら》いをします。〈お時間でございます〉。右近がそれを、お二人に知らせに行きました。そのときはじめて匂宮は、右近の前に姿を見せられます。

〈今日は帰らないつもりだ。そちらで、よろしく計らってくれ。供の者たちには、このあたりに隠れるように言い、時方《ときかた》という者を京へやって、私は山寺に籠《こも》ったとでも言わせてくれ〉。

そう右近にお命じになったのですが、右近は、〈ええっ！〉と言ったきり、立ちすくんでしまいました。浮舟も驚いたでしょうが、匂宮を案内したつもりの全くなかった右近はもっと驚いたでしょう。

右近は、（まあ、薫さまの御名をたばかっていらしたんだわ。私が悪かった。ちゃんと確かめもせずに戸を開けてしまったから。何ということをしてしまったんでしょう）。けれども賢い女でしたから、すぐに考え直します。（これは浮舟さまと宮さまの、前世からの宿縁ででき上がった運命なんだわ。今さら言っても、済んだことは戻らない）。

右近は匂宮に訴えます。〈仕方がございません。宿縁だと思いますが、今日は、姫の母君が迎えの車をよこされるんですよ。人目もありますから、とりあえずはお帰り下さいませ。後のことはまた後のことで……〉。

宮はせせら笑われます。〈一人前のおとなみたいな口を利くじゃないか。私は帰らないと決めたんだ。言ったようにしなさい〉。

さあ、右近は、頭の中が真っ白になりました。匂宮のお供のところに行き、〈何ですか、あなたたちは……。宮がお望みになっても、お止めするのが筋じゃございませんか。宮のおっしゃるままにこんなところまでお連れして、御身の上に万一のことがあったらどうしますの〉と怒ります。そして、〈時方とおっしゃるのはどなたですか。宮さまは山寺に籠っていると、京へお伝えするようにということづけですわ!〉。

時方は笑いながら、〈あなたの怖いお顔を見ただけで、宮の仰せがなくても京へすっ飛んで行きたくなりますよ。そうはおっしゃいますが、宮がどうしてもと熱心にお頼みになるので、われわれ家来も、決死の覚悟でお守りしてここまで来たんですよ〉と、捨てぜりふを吐いて京に戻ります。

右近は、どうしたらよいかと思案のすえ、とりあえず物忌《ものいみ》ということにします。邸の正面に簾《すだれ》をかけ渡して、大きな字で〈物忌〉と書いて張り出しました。物忌のあいだは誰にも会えませんし、外出もできません。

〈お姫さまは、今日は物忌でいらっしゃるのよ〉〈まあ、それでは、石山にも詣《もう》でられませんわね〉。

王朝時代の女人の一番の楽しみは、物詣でででした。石山詣でに行くというので、身をつつしんで精進潔斎《しょうじんけっさい》し、楽しみにしていたのに姫君が行けなくなったと聞き、女房たちはがっかりしています。

右近は、薫の君がここに来ているように見せかけようとしますが、昼になって牛車《ぎっしゃ》二台を仕立てて常陸《ひたち》の介《すけ》邸からお迎えがやってきたときに、〈実は薫さまがいらっしゃっているので〉とは言えません。薫ほどの高官がどこにいられるかは、みんな知っていますから、嘘をついてもばれてしまいます。

右近は迎えに来た牛車に、〈お姫さまは月の障りになられまして、出かけられなくなりました〉と、浮舟の母君への手紙をことづけます。

右近は大きな秘密を抱えて気が気ではなく、〈まずは今日一日でも無事に過ぎますように〉と、懸命に初瀬観音に拝みます。

匂宮は一日じゅう浮舟と一緒に過ごされました。はじめはとまどった浮舟も、だんだんに慣れてきます。

宮はさらさらと絵をお描きになります。かの源氏の君も、須磨《すま》に流されたとき絵日記を描きましたが、源氏の絵の才能が宮にも伝わったのでしょうか。男女が添い臥《ふ》しているところを巧みにお描きになって、〈いつまでも仲むつまじく、こんなふうでありたいね。私はそう信じるよ〉。

浮舟が困って、思わず涙ぐみますと、〈涙は薫のためのものかい。言いなさいよ、薫はどうしてきみをここへ囲っているの。いったい、どんなことがあったの。名前は？　どうして身もとを明かしてくれないの。あの堅物の薫がどうやってあなたを口説いたんだろう〉。

〈あのかたのことは話題にしたくありませんわ〉と浮舟は答えますが、その顔がとても愛くるしくて、匂宮は（もうこのひとを手放せない）とお思いになるのです。

夜になって、時方が京から戻ってきました。〈都では、たいへんでございます。またもや宮がどこかへいらしたというので、母君、中宮さまがとても怒っていらっしゃいます。「参内しなさい」というおことづけです〉。

二夜目も明け、三日目になりました。匂宮は、どうしても今日は京に帰らなければなりません。風が強く、寒い朝、宮は後ろ髪を引かれる思いでお発《た》ちになります。馬に乗られた宮は、ともすると後戻りなさりたそうなご様子。とんでもないとばかりに、家来たちが両脇から抱えるようにして、やっと都へお連れしました。

どうやら、中の君と薫が示し合せて、浮舟のことを黙っていたらしいと思われ、匂宮は嫉妬《しっと》にとらわれてしまわれます。（薫があそこに浮舟を囲っているのを、中の君は私に言わなかった。ということは、薫と中の君は心の奥で恋愛しているのではあるまいか。いや、もっと踏みこんだ仲か……）。

薫の訪問

薫は、やっと司召《つかさめし》が済んだので、宇治を訪れました。久しぶりに見る宇治の美しい景色は、ちっとも変っていません。

〈元気だったかい。しばらく来られなくて、淋《さび》しかったろうね〉。薫の言葉には、誠実さがあふれています。ですが浮舟は、薫と視線も合せずに、涙を拭《ふ》いています。

〈淋しかったのかい。あるいは何かつまらないことをお耳に入れる人がいたのかな。でも、私の誠は信じてほしい。あなたのために造らせている屋敷も大分できたよ。屋敷では花見もできるし、川にも近いから、気持が晴れ晴れするだろう。私の家にも近くて、いつでもあなたに会えるから、嬉《うれ》しい〉。

そんなふうにぽつぽつと、浮舟の気持をなだめるように、真心こめて話します。聞きながら浮舟は、男の誠実を感じました。

（やっぱり薫さまは真面目なかた。そして、わたくしのことをよく考えて下さるかただわ。将来を托《たく》すには、薫さまに勝るかたはないかもしれない）。それはよくわかるのですが、やはり辛《つら》いのですね。（もし匂宮さまとのことが知られたら、どうしよう……）。

　薫は薫で、物思いにふけっています。宇治橋の下を流れる宇治川を、柴《しば》を積んだ小舟が木の葉のように行きかっています。

（懐かしい風景だ。昔見たままだ。この風景を一緒に眺めるのが大君だったら……）などと思うのですが、前にいるのは浮舟です。（やはり浮舟を大君の形見として愛していこう）。

　薫から見る浮舟は、いつもと少し様子が違っていました。しっとりした感じが漂い、以前のように無邪気なところがなくなっています。

（訪れが間遠《まどお》だったので、物思いをし尽くしたんだろうか。ちょっと見ないあいだに女らしくなった。あんまり留守をしたので、私の気持を疑ったのではないか。かわいそうに……）と思って、浮舟を慰めます。

〈ほら、あそこに見える宇治橋のように、私の気持はいつまでも変らない。あの橋のように、私たちの愛も長くつづくんだよ〉〈でも、宇治橋にはところどころ板の絶え間がありますわ。わたくしたちの間柄も途絶えるんじゃなくって？〉。

　こういう応答が、薫にはとても可愛く思えます。〈心配しなくていいよ。私はいったん愛したら、絶対に変らない男だよ。私を信じて、もう少し辛抱してほしい。もうすぐ、京へ迎えるからね〉。

　あれこれと慰めますが、薫のこの誠実さと純情が、今の浮舟には辛いのです。

匂宮への傾倒

やがて二月になり、宮中で「詩文の会」というのが催されます。管絃《かんげん》の遊びが始まりますが、雪が激しく降り出したので、早く終りました。

雪が降り積むのを眺めながら、薫は思わず口ずさみます。〈さむしろに衣《ころも》かたしき今宵《こよひ》もや　我を待つらむ宇治の橋姫〉。『古今集』の歌ですね。

それをお聞きになった匂宮は、（宇治の橋姫とは浮舟のことだな。薫も浮舟のことを考えているのか）と、嫉妬をおぼえて矢も楯《たて》もたまらなくなられます。

翌朝、詩文をそれぞれに書きとめて、帝《みかど》の御前に捧《ささ》げます。各々の学才、詩想がそこにあらわれるのですが、匂宮の捧げられた漢詩はとても優れた出来でした。でも宮はこのとき、それどころではありませんでした。（薫は、今夜にも宇治に出かけるかもしれない。こうしてはいられない。先に行かねば）。

匂宮は、雪の降りしきる中をお供を仕立てて、宇治へ向かわれます。宮が焦がれるようにおっしゃるので、お供の人びとも雪の山道を越えなければなりません。

宇治の山荘に着きますと、ここも雪が降り積み、何とも厳しい寒さです。

戸をあけた右近は匂宮を見て驚きましたが、（とんでもないわ）と思うより前に、

（この険しい雪の山道を、高貴なかたがわざわざいらした）と、開けた戸を閉めることはできませんでした。

宮は、浮舟のそばへ案内されます。最初のときほどの驚きはありませんが、浮舟もまた、宮を拒むことができませんでした。

夜更けに時方がやってきて、〈ご準備が整いました〉と告げます。〈よし、さあ行こう〉と、宮は立ち上がられます。〈えっ、どこへ〉と、右近も浮舟もびっくりします。〈ここは落ちつかないから、対岸にある時方の知り合いの屋敷へ行こう。手はずは整えてある〉。

右近は動転してしまいます。こうなっては自分一人の才覚では切り抜けられません。右近は侍従の君というしっかりした若女房に、事情を話して頼みました。〈どこかからないけれど、匂宮さまが姫さまを連れていかれるところへお供してちょうだい。私は後に残って、みんなを言いくるめるから〉。

匂宮は、浮舟を抱いて舟に乗せられます。いつも部屋から、木の葉のような、と眺めていたあの宇治川を走る柴舟に、いま浮舟は宮に抱かれて乗っているのです。舟は対岸を指してゆきます。

途中で船頭が、〈あれがたちばなの小島でございます〉。有明《ありあけ》の月が出ていて、身を切るような冷たい風の中、宇治川を漂う小舟。心細くもあるけれど、言いようもない美しい眺めでした。

浮舟は、これからどうなるのかと不安に思いながらも、今は宮にすがるほかありません。

そのときの匂宮の歌です。

「年経《ふ》ともかはらむものか橘《たちばな》の　小島の崎に契《ちぎ》る心は」――小島の青々とした橘の木にかけて、〈いつまでも私の心は変らないよ〉と、愛を誓われるのです。

答えて浮舟は、「橘の小島の色はかはらじを　この浮舟ぞゆくへ知られぬ」――〈これからどこに行くんでしょう。わたくしってまるで、漂い流れる浮舟のようね〉。

ここからこの巻の名前がつきましたし、この女人に〈浮舟〉という名がつけられました。

対岸に着きますと、また宮は浮舟を抱いてお降りになります。

そこは、時方の叔父《おじ》の因幡《いなば》の守《かみ》が建てた小さな山荘でした。山荘には二人を迎える用意がしてあり、留守番の男がいましたが、時方をまるで主人のように敬って、丁寧に挨拶《あいさつ》します。宮と浮舟は、一室に案内されました。

侍従の君と時方は、二人をお守りして、板戸を隔てた外で話し合っています。

宮は永遠に変らぬ愛を、浮舟にも強いられます。でも、浮舟はどうお答えしようがありましょう。片方に薫、片方に匂宮――浮舟はどちらも好きなんですね。でもやはり、目の前にいる人に傾いてしまうのは、若い女心でしょうか。

〈私も、屋敷を用意する〉と宮はおっしゃいます。〈乳母《めのと》の家が三月末には空くんだ。そこへ迎えるから、もう薫に会わないでくれ〉〈でも、薫さまにお目にかからずにいることはできませんわ〉〈それは、私より薫を愛しているからだろう〉。

おいじめになることも宮の愛の一表現でしょうが、二人がそうやっておしゃべりしたり、泣いたり、笑ったり、すねたりしているあいだに、夜が明けそめます。山荘の軒のつららに朝日が射して、きらきら光っています。

浮舟は、着ていた表着《うわぎ》を宮に取られたので、白い絹の下着を五枚ばかり重ねて着ていましたが、色とりどりの着物を着るよりも浮舟を美しく見せています。長い髪に、頬がさえざえとして、いかにも若い女の肌の美しさです。

(何と美しい……)と宮は思われます。

実を言いますと、この浮舟は気品の点では中の君にはとても及びません。また、美しさという点からも、匂宮の正妻である六の君の牡丹《ぼたん》のような女ざかりには及びませんでしたが、恋に目がくらんでいられる宮には、これ以上の美女はないと思えたのです。

匂宮は若い男性らしく、どんなときでもご冗談をおっしゃいます。朝の洗面の水を汲《く》んできた時方に、〈そんなことをしていると、ここの留守番に怪しまれるぞ。向こうはおまえを、主人みたいに敬っていたじゃないか〉。

侍従の君は若い女ですから、そういう軽快な冗談をおっしゃる宮に、惚《ほ》れこんでしまいました。（薫さまも素敵だけど、匂宮さまも素敵。こんなかたに愛されて、姫さまはお幸せだわ）。

やがて、もと来たように舟は戻ります。そこから浮舟は屋敷へはいりますが、宮は京へお帰りにならなければなりません。その別れのせつなくて、辛かったこと。〈もうこれで会えないとは言わない。すぐまた会えるから……〉。

いつのまにか浮舟の心は、薫より宮のほうに傾いてしまっているのです。

匂宮と薫の手紙

やがて浮舟のもとへ、匂宮と薫の両方から手紙の使者が来ます。でも浮舟は、宮のお手紙ばかり見ています。はじめから終りまで、〈きみを愛している、きみがいない人生は考えられない、あのことこのこと、二人で会ったあの様子、そして二人で交わした会話……〉などと、そめそめと書いてあります。

薫の手紙は、〈お元気ですか。お淋《さび》しいでしょう。風邪をひかないように。あなたを迎える家はこれこれの程度にできているから、四月の十日には移れます〉と、事務的な調子です。浮舟に対する男らしい愛情ですが、薫はそめそめと書くということはしません。

薫の手紙をおいて、宮の手紙をいつまでも見ている浮舟を見て、匂宮びいきになってしまった侍従の君は、〈ごもっともですわ。そりゃあもう、宮さまのほうが素敵！〉などと言って、右近に叱られています。〈あなたまでそんなに浮足立ったら、しようがないじゃないの〉。右近はしっかりしたひとですから、〈お姫さま、ここはよくお考えになって〉と、浮舟を抑えます。

ところが、薫の手紙を持ってきた随身《ずいしん》が、やはり宮のお手紙を届けにきた使者を見つけます。それは、時方の屋敷で見たことのある小者《こもの》でした。

〈きみは何だって、ここに来るんだい。ここで会うのは二回目だね。誰の使い？〉〈それは、その、あの……〉。言葉がしどろもどろになります。〈実はですね。時方さまの……〉〈ははあ。いや、それにしちゃ、しゃれたものだね〉〈いえ、時方さまではございません。自分の……〉〈え？　自分の恋文を自分で届けるとは、変った趣味だね〉などと言って別れましたが、この随身はたいへん頭の働く男でしたので、自分の召し使っている少年に、〈あの男の後をつけて、時方さまの邸に行くかどうか、調べるように〉と命じます。

戻って来た少年は、〈お使いは、匂宮さまのお邸へはいりました。そして、大内記殿が手紙を受け取られました。赤い色のお手紙でございました。

随身は、参内から戻ってきた薫の君に伝えます。〈実はこうこうで……〉。

薫はたいへんなショックを受けますが、随身の手前、〈なるほど。さては大内記が、あんな淋しいところにひとり住む女と思って、心を動かしたのかもしれないな〉。

匂宮のお名前は出さずに、大内記が浮舟に懸想《けそう》したように言いつくろったのですが、実は、そのほんのちょっと前に、宮中で大内記から手紙を受け取られた匂宮がそれを読んでいられるのを目撃したのです。

〈ほほう、また女人からのお手紙だな。熱心にご覧になっているのは、ただいま一番のお気に入りだな〉と、薫はほほ笑ましく思ったのでした。その手紙は、赤い色でした。

あれこれ思い合せて、〈なるほど。あの目端《めはし》のきくお手の早い匂宮が、浮舟を見つけられたとすれば、浮舟としては、どうしても拒みきれなかっただろう。この前会ったときには、何とも物思わしげな風情だった。物思いを経て女らしくなったと思ったが、こういうことだったのか……〉。

薫は全てを知り、浮舟に手紙を書きます。

「波越ゆるころとも知らず末の松　待つらむとのみ思ひけるかな」――これは、『古今集』にある歌「君をおきてあだし心をわが持たば　末の松山波も越えなむ」をもじったんですね。男も女も心変りしないという契りを、末の松山にかけて歌ったものです。〈私を待っているとばっかり思っていたら、あなたは違う人を待っていたんだね〉。いったん怒りを発すると、真面目人間の薫は怖いところがありますので、びしりと一行書き加えます。〈私を笑い者にしないでくれ〉。

受け取った浮舟は、どきりとしました。けれど浮舟にも、女のプライドがあります。〈お手紙の宛先《あてさき》をおまちがえではございませんか。思い当たりませんから、お返しいたします〉。

浮舟よ、いずこ

「浮舟《うきふね》」「蜻蛉《かげろう》」

悩みつきない浮舟

引きつづき「浮舟の巻」です。

薫《かおる》の君からは、〈四月十日には三条の新築した家へ迎えることができるから、楽しみにしておくれ〉と言われています。もちろん薫は匂宮《におうのみや》とのことはこの時点では知りませんでした。浮舟を喜ばせようと思って美しい小ぢんまりした屋敷を造って迎えようとしていたのですね。優しいし、実のある男ですね。一方、また匂宮からも、〈京に家を用意したよ。乳母《めのと》が夫の勤務についていくので家が空くんだ。そこを借りるよ。三月二十八日には迎えにゆくからね〉。

浮舟は、追いつめられています。どうしたらいいのかしら、もっと強い運命の流れがあるなら、そちらへ流されてしまいたいと、おろおろしています。（自分でもどうしたらいいのか、わからないいんだもの……）。

小野小町《おののこまち》の「わびぬれば身を浮き草の根を絶えて　誘ふ水あらばいなむとぞ思ふ」という歌が『古今集』にあります。王朝の人びとがとても愛した歌ですが、小野小町が友達の文屋康秀《ふんやのやすひで》から、〈ぼくは今度、田舎に転勤になるんだよ。きみも一緒に田舎見物に来ないか〉と誘われたときに詠《よ》んだ歌です。もちろん小町は都を出ませんでしたが、〈わたくしはわびしい根なし草のようなものよ。誘ってくれる水があれば、どこかへ行ってしまいたいわ〉という歌ですね。

浮舟もその歌ではないけれど、どうしたらいいのかと悩むうちにも、一日一日と日はたっていきます。もう、どうしようもなく、せっぱつまっていました。

そんなとき、浮舟の母君が宇治にやってきました。母君は、常陸《ひたち》の介《すけ》とのあいだに生まれた、浮舟の異父妹（あの、浮舟のかわりに結婚を申し込まれた妹）の出産が近づいていてなにかと忙しかったのですが、浮舟が気にかかって宇治《うじ》へやってきたのです。母君は乳母に、〈都移りの用意は進んでいるの〉と聞きます。

〈ええ、ええ。殿がご準備なさったお品をたくさん下さいました。女房たちの着物まで頂きましたの。でも私一人の才覚でやっておりますから、何だかへまなこともまじっているかもしれませんけれど……〉と乳母は大喜びしてはしゃいでいます。殿というのはもちろん薫の君ですね。薫は小さいときから一家のあるじとしてしつけられましたから、例によって使用人たちへの心配りもきちんとしていたんですね。

でも当の浮舟は、しょんぼりと沈んでいました。（ああ、宮さまとの秘密を思うと気が重いわ。悩みもなしに、薫さまに引き取られるのだったら、どんなに嬉《うれ》しかったろう）と思いますが、この秘密は誰にも打ち明けられませんのね。浮舟のようにうぶな弱々しい若い女にとって、重すぎる大きな秘密です。

母君は浮舟が玉の輿《たまのこし》にのったと思って、この都移りがとても嬉しいのですが、ただ一つ、浮舟の様子が心配でなりません。〈いいご縁がまとまったのに、どうしてそんなに沈んでいるの。少し痩《や》せたみたいね、ご飯は頂いてるの〉。〈それが召し上がらないんでございますよ。いつも鬱々《うつうつ》とお床に引きこもっていらして〉と乳母が答えます。

母君は〈あら、おめでたかしら〉などと言うので、浮舟は恥ずかしくてたまりません。女房の一人が、〈でも、ついこのあいだの石山寺《いしやまでら》のときには、物忌《ものいみ》でいらっしゃいまして、お参りなさいませんでしたわ……〉。つまり、月の障りがあったということですね。浮舟はますます赤くなって、うつむいてしまいます。

夜になって月が昇りました。みんなの話をよそに浮舟はぼんやり空を見ます。月の光から浮舟に連想されるのは、あの有明《ありあけ》の夜、匂宮に抱かれて小さな舟で川を渡ったことです。冷たかった川風、月光の中のたちばなの小島。……

〈ああ、いけないわたくし。すぐ宮さまのことを思い出してしまう〉と、浮舟はかえりみて恥ずかしく、胸苦しくなります。でも母君はこれほど重い浮舟の秘密には思いもよらず、〈渡殿《わたどの》にいらっしゃる弁《べん》の尼さまと、久しぶりに昔話でもおしゃべりしたいわ〉。

母君は、浮舟の運命が開けてきたので、嬉しくてたまらないんですね。弁の尼がやってくると、〈おかげさまで、やっとこの子も幸せになれそうですわ〉と、その喜びを告げずにいられません。

弁の尼も、〈よろしゅうございましたわね。私のように尼の身で不幸ばかり経験した者が、前途あるかたの前に出てはと思って控えておりましたが、本当におめでとうございます〉。

母君が、〈薫さまのご誠実なことといったら。――この子のために、お屋敷まで造って下さったんですよ〉と言うと、弁の尼はほほ笑んで、〈実のあるおかた、とはじめに申し上げた通りでございましょう〉と、自分が仲立ちしたことを、少し自慢気に言います。本当に弁の尼の仲立ちのおかげなので母君はいそいで、〈ええ、もう、あなたさまのおかげでございますわ〉とお礼を言います。

やがて昔話になります。

〈大君《おおいぎみ》さまが生きていらしたら、中の君さまと同じように、幸せなご結婚をなさったでしょうね〉という尼君のしみじみした言葉に、母君は内心、浮舟だって、同じ八の宮さまの娘、同じように幸せになってもいいはずと思っていますが、〈どうやらこの子にも幸せになりそうな運命が見えて参りました。この子もかわいそうな子で、中の君さまにとてもよくして頂きましたのに、ちょっとしたことがありましてお邸《やしき》にもいられなくなり、あちこちをさすらって、私も心を痛めておりましたけれど〉。

〈ちょっとしたこと〉というのは、二条邸で匂宮が浮舟を見つけて迫られたときのことですね。乳母の機転で、ことなきを得ましたが。

尼君はほほ笑みながら言います。〈そうですわね、宮さまはちょっとお手癖が悪いので、仕える者たちはたいへんですわね。お方さまのご機嫌が悪くならないように、といって、あんまり宮さまをきつく拒んで、宮さまに憎まれても居づらいしというので、みな、むつかしがっていますわ〉。

二人は声を合せて笑います。

母君は、〈そこへいくと、薫さまのご正室は帝《みかど》の姫宮という尊いご身分ですが、私どもとは全くかかわりがございませんので、お目こぼしして頂けると思いますの。もしあのままに、どうかなったら……中の君と縁つづきなのに、匂宮さまとどうこういうことになったりしたら、これは世間に顔向けできませんわ。いくら私でも、もうこの子の面倒はみられませんわ〉。

それを聞いて浮舟は、胸もつぶれそうな思いです。(身内からさえ、つまはじきされるような罪を犯してしまったんだわ……これからどうしたらいいのかしら)。

追いつめられる浮舟

夜になると、宇治の川音がいよいよ高くなります。〈それにしても、ここは寂しいところね〉と母君は言い、〈荒々しい川音だこと……。それで薫さまも、こんなところにいつまでも置いてはかわいそうだと思って下さったのでしょうね〉。〈宇治川は、怖い川ですのよ〉と女房たちが言います。〈このあいだも、渡し守の孫が棹《さお》をさしそこねて、川に落ちて死んだそうですわ。一年に何回かはそんなことがあるんですって〉〈まあ、怖いこと〉などと話していますが、このとき浮舟の心の中にふっと、ある思いがわき上がってきました。

〈わたくしが、もし川へ身投げしてこの世から姿を消したら、どなたも許して下さるでしょう。薫さまもあんなに怖いお手紙を下さったけれども、わたくしがこの世にいなくなれば、哀れな者よと思って下さるかもしれない。匂宮さまは、あんなお気立ての方、わたくしが身をかくしてもどこまでも探し出されるわ。でもこの世にいなくなればあきらめて下さるでしょう……どちらも傷つけないように、そしてどちらのお気持も荒立てないようにするには、わたくしの身を消すのがいいのだわ……〉。

そういうことを浮舟は考えはじめます。

あくる朝、母君は浮舟に言います。〈あちらもいつ子供が生まれるかわからないし、家が心配だからひとまず帰ります。あなたはこれから新しい生活が始まるというのに、そんなに弱ってしまったらだめじゃないの、元気を出しなさいよ〉。そして乳母に、

〈お坊さんに頼んで、ご祈禱《きとう》してもらうように〉と指図しました。優しい母心ですね。

浮舟は思わず母君の裾《すそ》に取りついて、〈お母さま、わたくし、何だか心細いの。お邸へご一緒に行ってもいい？〉。

〈来てもいいけれど、今はお産の支度であちらもたいへんなのよ。あなたの女房たちまで来たら、とても都移りの用意なんてできないわ。でもお母さんはね、たとえあなたが遠くへ、遠い武生《たけふ》の国府《こふ》へ行っても、あなたを探し出して一緒にいてあげるから、今のところはここにいてね〉。母君はそう言って帰りました。

〈武生の国府〉というのは王朝のころには遠い所の代名詞のようでした。催馬楽《さいばら》に、「道の口　武生の国府に　我はありと　親には申したべ　心あひの風や　さきんだちや」というのがあります。売られて流されてきた人が、私はここにいると親に告げておくれ、と風に頼んでいるのですね。

薫から来た手紙の端に、浮舟が〈宛先《あてさき》をおまちがえではございませんか〉と書いて、そのまま送り返したとき、右近《うこん》が目をとめて咎《とが》めます。〈どうなさいましたの。届いた手紙をすぐお返しになるのは、縁切りのときですわ。そんな縁起のわるいことをなさってはいけませんわ……〉。

そして、その手紙をそっと盗み見た右近はびっくりして浮舟に、〈もしかして薫の君は、匂宮さまのことをお知りになったんでしょうか〉と言います。でも右近が手紙を見たとは言わないので浮舟は、〈誰がそんなことを告げ口したのかしら〉。世離れた浮舟は、もう都じゅうの人が自分と匂宮のことを知っているように思い、どうしたらいいだろうと心持はこわばるばかりです。

手紙を受け取った薫は、〈宛先をおまちがえでは〉と返した浮舟に、〈おや、機転の利くことを言うじゃないか〉と思いました。薫としては浮舟が決して憎くはなかったのです。

右近は、こうしなさいと、頭から規制するひとではありません。本当に浮舟のことばかり考えているので、〈お姫さまのお心から宮さまのほうになびきたいと思われるのであれば、そうなさったらいかがでしょうか。なりゆきに任せなければしようがありませんわ。もしそうしたいとお思いならば、私がどんなふうにもことを運びますわ。これは私の姉の話ですが……〉と、自分の経験をしゃべります。

〈姉は常陸にいたとき、二人の男性を愛してしまいましたの。どちらも立派な人で、熱心に姉を愛してくれたのですが、姉はどちらかといえば新しい男のほうに気持が傾いていました。前の男は嫉妬《しっと》して、新しい男を殺してしまったのです。国守《くにのかみ》はそんな罪を犯した者を使うわけにはいかないと、男は常陸の国から追放されてしまいました。

女のほうにも罪があるというので、姉は常陸にとどめおかれ、国守さまが都へお帰りになるときも一緒に都に戻ることはできなんだのでございます。母はいまだに姉を恋しがっていますわ〉。浮舟はそれを聞いて、なおさらしょんぼりしてしまいます。〈身分の上下を問わずこういうことはあると、例としてお話ししたんですよ。お気になさることはありませんのよ〉と右近は言いますが、浮舟の悩みは深くなるばかりです。匂宮に惹《ひ》かれるけれど、薫の君のよさも捨てがたい。薫は遠くにいても大きな存在です。決してないがしろにすることはありませんが、宮との、数日だけではあっても濃密な関係というのも、これはこれで別のもの。作者の紫式部《むらさきしきぶ》は、人生はこうすべき、こうあるべきと割りきれるものではない、と考えていたのかもしれませんね。

浮舟の心は乱れに乱れています。そばにいた女房の侍従の君が口をはさみます。右近より若い侍従の君は、今は匂宮に夢中になっています。一緒に川向こうの山荘へゆき、近くで宮を拝見してのぼせています。〈宮さまの情熱、もうこれは絶対に一生つづきますわ。宮さまになびかれるのが、ご自分のお気持に正直と申すものですわ〉。そして、〈ここしばらくお身を隠されたらいかがでしょう〉。

〈でもね、それも考えものよ〉。右近は浮舟や侍従の君より世間を知っています。〈薫の君のご領地の山城《やましろ》や大和《やまと》には、殿に忠誠を誓う荒くれ侍が多いのよ。ことにこの宇治のあたりには内舎人《うどねり》の一派がおおぜいいて〉。

内舎人とは、中務省《なかつかさ》に所属している、宮城を守ったり貴人の護衛をしたりする人です。

〈その内舎人の娘婿の、右近の大夫《たいふ》という男を頭《かしら》にして、薫の君はこの家の警備をお命じになっているようよ。このあいだのように、宮さまがこちらへおはいりになるようなことがあったら、たいへんなことになるわ〉。

右近の言うように薫の君に従うか、侍従の君がそそのかすように匂宮を選ぶか、浮舟は絶体絶命です。〈お好きなように〉とか、〈正直なお気持のままに〉と言われても、浮舟にはどうしても結論が出せないのです。

〈もう、死んでしまいたい〉と、浮舟は泣きながら言います。

〈何をおっしゃいますの、お姫さま〉と、右近は懸命に慰めますが、緊張をはらんで日は過ぎていきます。

浮舟、入水《じゅすい》の決心

ある日、右近が話していた内舎人がやってきました。かなり年のいった人ですが、さすがに強者《つわもの》たちをたばねるだけあって、堂々として貫禄《かんろく》もあり、人を威圧するような力があります。ぐっとにらむ目つきも恐ろしいばかりです。

内舎人は右近に言いました。〈実は私、ただいま三条邸に参上して、殿のお指図を承って帰ってきたところでございます。私どもがここの警護をしているのに殿は安心なさって、今まで京からは宿直《とのい》の侍をさし向けなかったが、聞くところによると、この邸《やしき》に仕える女房たちが誰かを引きこんでいるという噂があるらしい、おまえたちの職務怠慢だ、とたいへんなお叱りを受けました。もっと厳重に警備するように、ときびしいお達しです。このこと心して女房の方々にもお伝え下さい〉。

さあ、いよいよ屋敷の警備は厳重になり、蟻の這《は》い入るすきもありません。そこをくぐりぬけて、匂宮のお手紙が届きました。

〈きみは、ぼくのことを疑っているのかい。ぼくはこんなに愛しているのに、きみはもしかすると薫のほうに惹かれているのではないか。薫に会ってはいけないなどと無理を言ったが、あれは本当のぼくの気持だよ〉などと、そめそめと書いてあります。

浮舟は、〈わたくしは消えてしまいます。わたくしが消えれば、宮さまのお恨みも、お悲しみも、おとがめも、水に流れることでしょう〉とだけ返事を書きました。

浮舟は入水の決心をしました。ですが、いざとなると、実行できそうにありません。まず母君のこと。〈お母さまを置いて、この世を去れるかしら。仏さまのお教えでは、子は親の追善供養をするのが務めとおっしゃっているわ。子としての務めを果たさないで先立つ、そんな罪の深いことをしていいものかしら……)。

それからそれへと、思い起こすことはいろいろあります。ふだんは思い出しもしない父違いの弟や妹のことまで考えます。もちろん、一番思うのは薫の君と匂宮のこと。どちらを多く愛するというのではありませんけれど、いざこの世を逃れようとすると、懐かしくてたまらないのです。そして(もう一度お目にかかりたかったお姉さま、中の君。……それにしても、わたくしは本当にこの世を去っていけるのかしら)と思いながら、浮舟は古い手紙を焼いています。今までもらった恋文です。

侍従の君がみつけて、〈まあ、何てことなさいますの。手紙は人に見せるものではありませんけれど、後々の思い出に、お手箱の中に秘めておかれるものですわ〉と、匂宮の手紙にちらっと目を走らせます。〈綺麗《きれい》なご料紙ではございませんか。宮さまはさすがに上等の紙をお使いですのね。まあ、お優しい言葉をこんなにこまごまと……。どうしてそんなもったいないことをなさいますの〉。

浮舟は、これから入水するとは言えませんので、〈誰の手に触れるかわからないから〉と言いながら、手紙を燃やしています。

原典には、〈この浮舟というのは、育ちが育ちだから自殺なんてことを考える〉とあります。そういえば、男性が戦争に敗れて死ぬというのはありますが、上流階級の女性が自殺するというのは物語には出てきませんね。浮舟は下々の育ちだから、こういうふうに思い切った過激なことを考えるんだ、と書かれています。

こんなふうに浮舟が思い悩んでいるのを、まわりは誰も察しませんでした。

匂宮からは二十八日に迎えにゆくというお手紙がきます。来られてもお目にかかれないかもしれない。浮舟はもう死ぬつもりでいましたので、これが宮の最後のお手紙、と手紙に顔を伏せて泣いてしまうんですね。それを見た右近は、かわいそうでたまらなくなって、〈どんなことがあっても、私はお姫さまの味方ですよ。宮さまのほうへいらっしゃりたければ、お姫さまの小さなお体ぐらい私が抱いて、空からでも連れていってさしあげますわ〉などと力づけています。

匂宮は、たいへんな無理を押し切って宇治へ行かれます。

しかし警戒は厳重で、とても近づけません。時方は右近にも会えません。今夜はとても無理ですと、右近は召使いに断らせたのです。匂宮は、それでは侍従の君に会って様子を聞いてくれと言われます。機転の利く時方は、侍従の君を無理に呼び出しました。〈今は私どもですら屋敷の外へ出ることはかないませんのよ。宮さまがおいでになりたいとおっしゃっても、とても無理ですわ〉。

〈ではそのことを、じかに宮に申し上げておくれ〉と時方が言うので、侍従の君は仕方なく、とぼとぼと時方についてゆきます。長い重い髪を手に持ち、着物をからげ、その裾《すそ》を時方が持ちます。実は〈馬に乗るかい〉と時方に言われたのですが、これはもう少し後の時代の巴御前《ともえごぜん》だったら乗るんでしょうけれど、王朝の女人はまだ馬に乗れません。時方は自分の沓《くつ》を侍従の君にはかせ、自分は下人《げにん》の藁草履《わらぞうり》をはいています。侍従の君は若くて美しく姿かたちのいい女です。時方と侍従の君、二人のあいだにかよい合うものがあるのは、匂宮と浮舟が川向こうの山荘にいらしたときに、隣りの部屋で一晩じゅう語り明かしたことがあったからですね。

さて、匂宮は粗末な百姓家の軒先の垣根のそばで、馬の体にかける皮の敷物を敷いて坐《すわ》っていられました。遠くのほうでは、男たちのいかめしい声がして、まだ犬の鳴き声が聞こえます。

宮は、(何かことが起きたら、私の将来を棒に振ってしまうことになる。だが、一目でいい、浮舟に会いたい)と、侍従の君の話を聞くのを待っていらしたのです。

侍従の君は、〈浮舟さまは、宮さまの手紙をお顔に押し当てて泣いていらっしゃいます。けれど、外へお出になることはできませんし、どんな手だてをしても、宮さまをお入れすることは無理だと思いますの〉とこまごまお話し申し上げます。〈でも、宮さまがどうしても三月二十八日にお迎えにとおっしゃるのでしたら、私もできる限りのお手だてを考えてみましょう〉。

本当にそんなことができるのでしょうか。

浮舟の失踪《しっそう》

右近は難儀していますし、浮舟も泣くばかりですが、そんな中で何も知らないのは乳母《めのと》です。〈何も召し上がりませんのね。これからおめでたいお引っ越しですのに、そんなことでは困りますよ。お湯漬けでもいかがですか〉。

浮舟は、〈ああ、この乳母とも別れるのかしら、よくしてくれたのに。こんなに年とって、もしわたくしがいなくなったらどうやって暮らしていくのか。わたくしが自分だけの考えで身を捨て、世を去ったら、どんなにつらい思いをするだろう〉。

そこへ母君から手紙が届きました。〈あれから、どうも夢見が悪いの。あなたがとても淋《さび》しそうな姿で立っている夢を見ました。何かあるといけないから、山寺でご祈禱《きとう》してもらいなさい。お金とお寺あての手紙をことづけますから、必ずお願いしてね〉。

親心あふれる手紙を読んで、浮舟は涙がこみ上げ、母君にあてて歌を書きました。「鐘の音《おと》の絶ゆるひびきに音《ね》をそへて　わが世尽きぬと君に伝へよ」――〈ご祈禱のお願いにこたえるかのように、山寺の鐘の音が響いてきます。わたくしの命はもう尽きたとあの人に伝えて下さい〉。

「君（あの人）」は母でもあるし、薫でもありますし、匂宮でもあるんでしょうね。もちろん母君は、そんなことは知らずに返事を待っています。浮舟はその返事を使者に渡さずに、置いておきます。

翌日――。

〈お姫さまのお姿が見えません！〉という声が、屋敷じゅうに響きわたります。〈どこにもいらっしゃいません！〉。いくら探しても浮舟の姿が見えないので、大騒ぎになりました。

その騒ぎのさなかに、母君からの二度目の使いが到着しました。というのは、前夜おそくなりこちらに泊まった使者が戻らなかったので、母君が心配して次の使いをよこしたのです。〈鶏の鳴くころに起こされました〉と、二度目の使いが言います。

右近が母君の手紙を開いてみますと、乱れた筆で、〈心配でたまりません。あのときあなたが、「何だか心細いの。一緒に行ってもいい？」と言ったけれど、私もあなたと離れていると心細いから、すぐこちらへいらっしゃい〉。

右近が浮舟の部屋を探りますと、母君にあてた返事とおぼしい手紙がありました。開けてみますと、「……わが世尽きぬと君に伝へよ」という歌があります。

（これは、覚悟の書き置き！）。そのときに右近がまず思ったのは、（ひどいわ、お姫さま。今まで心を合せて二人で生きてきたのに、私に黙ってこんなことをなさるなんて！）ということでした。

行方不明

家じゅう大騒ぎになり、みんなで手分けして浮舟の行方を探します。屋敷の中にも外にも、浮舟の姿はありません。事情を知る右近と侍従の君は、もしかして、と手をとり合って泣いています。

そこへ匂宮のお使いが、手紙を持ってやってきました。〈浮舟さまへのお手紙です〉。下女が出てきて、〈お姫さまは、急病で亡くなられたの。上のかたたちがそうおっしゃっているわ〉と言ったので使者はびっくりして、都へ戻りました。

知らせを聞いた匂宮は、たいへん驚かれました。というのは、宮も何ともいえない不思議な胸さわぎに捉《とら》われていられたのです。（どうしたんだろう、いったい。くわしいことを知りたい）。浮舟に会えずに都へお戻りになってから、宮は一睡もなさっていません。またしても時方を呼び出されて、〈急病だといわれたが、病気だったとは聞いたこともない。何があったのか、くわしく調べてくれ〉。

〈私でわかるでしょうか〉と時方は渋りますが、折からの雨の中をともあれ宇治へ向かいます。

宇治に着いた時方は、侍従の君を呼んで聞きました。〈いったい、何があったんです〉〈お姫さまが急病で亡くなられたんですよ〉。お屋敷は大さわぎで、侍従の君も烈しく泣いています。

入水《じゅすい》したという噂が世間に広がっては困るので、侍従の君はひた隠しにしているのですが、泣きじゃくり、まともに返事もできません。奥のほうで乳母が大きな声で泣き叫ぶのが時方の耳に聞こえます。〈お姫さまを返しておくれ！　人でも鬼でも、お姫さまを連れて行ったものは、亡骸《なきがら》だけでも返しておくれ！〉。

〈む？　亡骸がない、というのはどういうことだ〉。時方は賢い男ですから、侍従の君を問いつめますが、侍従の君は言葉をにごして、やっと時方を帰らせます。

雨足が烈しくなった中を、母君もついに自身でやってきました。そうして浮舟の失踪を知り、驚き、悲しみます。〈まあ、こんなことがあるのかしら。それが本当なら、川底をさらって亡骸を見つけて……〉。

〈いいえ、そんなことをなさいましても、もう亡骸は大海原まで流れていってしまったでしょう〉。

でも母君はあきらめられず、いつまでも泣いています。

右近は強引に葬送の準備を始めました。自殺したと世間に噂が流れては、浮舟だけでなく、いろんな人の名に傷がつくでしょう。ここは病死と言いつくろいたいのです。するると、あの怖い内舎人《うどねり》とその一派がやってきて、〈まず殿にお知らせして、お指図を仰ぐべきでしょう。人間のとじ目は大切なものです。こんなに急いでやるものではありませんよ〉〈でもこれには、わけがありましてね……〉。

右近はその夜、一台の車を呼び寄せて、浮舟がそれまで使っていた畳、身の回り品、着ていた夜着などをそっくりそのまま積ませ、知り合いの気心知れたお坊さんを集めて、山の麓《ふもと》にある野原でその車を焼かせました。形ばかりの葬送です。中に亡骸が入っていませんので、車ははかなく燃えてしまいました。

近所の田舎びとたちは、〈都の人というのは簡単な葬式をなさるもんだ。おれたちのほうがもっと手厚く、ねんごろだ〉〈ご正室がおられる場合は、葬式が簡略だそうだね〉などと言い合っています。


一方、薫は何も知りませんでした。母君の女三《おんなさん》の宮がご病気になられたので、その平癒祈願のために石山寺に籠《こも》っていました。石山寺までは距離がありますから、かなり遅れて、内舎人の使者がやってきました。〈お方さまがお亡くなりになりました。急病だそうでございます〉。

寝耳に水です。(何の知らせもなかった。病気になったとも聞いていない)。薫はあれ以来、浮舟に手紙を出していなかったのです。

悪かった、と思いますが、全く様子がわからないので、石山からそのまま京に帰りました。正室の女二《おんなに》の宮に、〈召し使っている者のうち、死んだ者があって、穢《けが》れに触れましたので邸《やしき》へは戻りません。よろしく〉と連絡をして、悲しみに沈みながら浮舟のために祈っています。

かげろうよりはかなく……

「蜻蛉《かげろう》」

匂宮《におうのみや》と薫《かおる》の悲しみ

浮舟《うきふね》の〈急死〉を聞かれた匂宮は、どっとお具合が悪くなり寝ついてしまわれました。浮舟を思うととめどなく涙がこぼれます。浮舟の愛らしい姿、優しいほほ笑み、何か言うとはにかみながら返す言葉のいじらしかったこと。そして、薫に気兼ねしながらも、匂宮が誘えばやわらかく寄り添ってきたあのなよらかさ……。

あんな女はもう二度といない、とお思いになると、あふれる涙が止まりません。

〈匂宮のお具合がよくなくて、お命も危ないそうな〉という噂が、都じゅうに流れます。

それを耳にした薫は、(やはり宮と浮舟のあいだには何かあったにちがいない。浮舟が死んだと聞かれて、宮は悲しみに沈んでいられるのだ。……浮舟との仲はどうだったのか、本当のことを知りたい……)。

人びとは、きそって匂宮のお見舞いに六条院を訪れています。薫も参上しないわけには参りません。

ちょうどそのころ、式部卿《しきぶきょう》の宮が亡くなられました。亡くなった源氏の君の弟宮で、薫には叔父《おじ》に当たりますから、薫は薄鈍色《うすにび》（薄墨色）の喪服をまとっていました。その喪服姿で匂宮のお見舞いに上がります。

匂宮は薫にお顔を合せられない思いでいられますが、薫のほうも宮にお目にかかると、（ああ、やはり宮は浮舟の死を嘆いていられるのだ……。あのまま二人の仲が進んでいたら、自分は本当に笑い者になっていたろう）と、胸のうちがおさまらないんですね。

もちろん匂宮は、浮舟のことは何もおっしゃいません。そして、〈このごろは無常の思いが身にしみて、何を見てももの悲しく、涙がこぼれるんだよ。……今に始まったことではないが、具合の悪いときは、とくにこんなふうに思われてならない……〉。

聞きながら薫は、お上手におっしゃることだ、と思わずにはいられません。つい、冷ややかな表情が薫の顔に流れます。匂宮は敏感なかたでいられますから、すぐに感じとられて、（なんて冷たい男だろう。薫は昔から仏道修行に身を寄せていたから、身近な者の死でもそれほど悲しくないのかもしれない）。

ところが不思議なことに、（浮舟が薫の前にいたときはどんなふうだったろうか。薫のひざに手を寄せたか。薫は浮舟の肩に手をかけて引き寄せたのか）などと思って薫をご覧になると、浮舟の姿があざやかに浮かび上がり、薫が浮舟の生き形見のようにも思われるのでした。そしてまた涙をこぼされます。

そんな宮のご様子を前にすると薫も胸に迫って、それまではおざなりな見舞いの言葉を述べていたのですが、気持を改めて申し上げます。

〈お耳にはいっておられるかもしれませんが、実は私は大君《おおいぎみ》の身内の女を宇治《うじ》に置いていました。大君のかわりに愛そうと思ったのです。忙しくてめったに行けず、その女も、私一人だけを頼りにする気はなかったらしくて、私以外の誰かにも心をかけているようでしたが、それも仕方ないと思っていました。気のいい女でしたから、宇治に行ったときのちょっとした慰めでした。でもどうしたことか、その女が突然死んでしまったのです。これまではそれほどにも思わなかったのが、死んだとなるとしきりに思い出されてなりません。優しくて、可愛い女でした〉。

そう言ううちに、薫のこわばった気持を裏切り、涙がいとまなく頬に落ちてきて、とどめることができません。薫はやはり浮舟を愛していたのですね。

〈きみにそういうひとがいるらしいと、風の便りに聞いたことがある。葬式も済んだそうだね。悔みを言おうと思ったが、きみが世間にひた隠しにして、内々で葬式を執りおこなったと聞いたから控えていた。気の毒なことだったね〉と宮はくぐもった声でおっしゃいます。

薫は思いあまって、口にしてしまいました。〈その女人は、宮がご覧になればきっと、お気に召したでしょう。そのうちにご紹介しようと思っておりましたが〉。

痛烈な皮肉のこもった言葉に、匂宮はお顔も上げられません。

薫はお邸《やしき》を退出しました。でも、どうやってこの悲しみをぬぐえばいいのかわかりません。たしかに、正室はいます。ですが、それは頭の上に捧《ささ》げて大事にお扱いしている身分の高い女二の宮。こういうかたにこの悲しみを訴えるわけには参りません。

事情を聞く匂宮

匂宮は、どうしても浮舟の最期を知りたいと思われて、時方《ときかた》を宇治へつかわされました。

宇治では、浮舟の女房の右近《うこん》を迎えにやられたのです。

右近も侍従《じじゅう》の君もみな泣き沈んでいました。喪の家はしーんとして人影がありません。浮舟の母君は、なすすべもなく京へ帰っていまして、乳母《めのと》もいません。ほんのわずかの女房と従者たちがいるところへ、時方がやってきます。

〈匂宮が右近どのに都へ上ってほしい、とおっしゃっています。私と一緒にいらして、浮舟さまが亡くなられた前後のくわしい事情をお話ししてさしあげて下さい。宮はどうにも思い切れないご様子です〉。

〈とんでもございませんわ。ただいまは喪中ですし、まわりの者もへんに思いますから、この家を離れるわけには参りません。悲しみにくれるばかりで、何が何だかわかりませんの〉。

匂宮がここにいらしたことは、右近と侍従の君だけの大きな秘密なんですね。右近は断りますが、時方は引き下がりません。

〈それでは私が牛車《ぎっしゃ》を仕立ててここまで参ったかいがありません。浮舟さまが宮のお方さまになられれば、あなたとも心をうちわってお話しできると思っておりましたが、思いがけなくこんなことになってしまった。でも私は、あなたがたとはなお一層親しくさせて頂きたい気持ですよ。どうぞ、宮がお望みになられるように、都へおいで下さい〉。

〈では、私は伺えませんけれど、かわりに〉と、右近は、侍従の君を行かせることにしました。侍従の君ははじめは渋っていましたが、前にちらっと拝見した匂宮のお姿に魅力を感じていたので、（宮さまにお目にかかれるんだわ）と思うと何だか心が躍ってきて、右近に言いつけられるまま迎えの車に乗ります。

侍従の君は黒い喪服を着ていました。若くて美しい女でしたから、なかなか魅力的です。もう貴人の前に出ることはないだろうと思い、正式な鈍色の裳《も》の用意をしていませんでしたので、薄紫色の裳を持って車に乗りました。

匂宮は二条邸にいられました。六条院にいますと、夕霧《ゆうぎり》の大臣《おとど》が、〈たいへんだ、宮さまがご病気〉と、ご祈禱《きとう》や、み誦経《ずきょう》とかの大騒ぎになるのですが、ここはひっそりとしています。

中の君もこの二条邸にいますが、宮は中の君に遠慮なさって、ご自分の私室である寝殿のほうへ車を回させます。侍従の君が上がってくるのをご覧になるなり、宮は涙をお止めになることはできません。

侍従の君が目の前でかしこまるが早いか、〈くわしく聞かせておくれ。いったい、どうしたのだ、前から病気だったのか、どこが悪かったのだ〉と、立てつづけにおっしゃいます。

〈何から申し上げてよろしいやら……〉。侍従の君も涙をおさえることができません。〈ある朝突然、お姿が見えなくなったのでございます。みなで手分けして、何かお書き残しになったものがないかと探しましたら、歌がございました。

「鐘の音の絶ゆるひびきに音をそへて　わが世尽きぬと君に伝へよ」――お姫さまのお気持でございましたでしょう。私の思いますのに、「君」とは宮さまのことでございましょうね〉と、泣き泣き、お伝えします。

〈その後は、どんなふうに？〉〈はい、宇治川に入水《じゅすい》なさったらしゅうございます。何の痕跡《こんせき》も残っておりませんでしたが、それしか考えられないのでございます〉。

〈何で、そんな恐ろしいことを……〉と、宮は新たな涙を誘われます。

〈後になって考えますと、いろいろなことがございました〉。侍従の君はしみじみとお話しします。

〈お姫さまは不思議なほどお口少なでいらっしゃいました。朝も夜も泣いてばかりいられるので、私どもは「どんなふうになってもお助けいたしますから、お苦しみにならないで」とお慰めしたのでございます。お姫さまは手紙をお焼きになりました。もったいないことながら、その中には宮さまから頂いたお手紙もございました。「どうしてお焼きになりますの」と申し上げたのですが、お姫さまは、「あとへ何も残したくないの」と言われました。思えば、そのときにお覚悟は決まっていらしたんですね……〉。

宮は今さらのように浮舟が可愛く、いじらしくて、あのひとを取り返せるものなら、と思われます。そして侍従の君さえも浮舟の形見のような気がして懐かしく、〈私のそばに仕える気はないかい〉と言われます。

〈ありがとうございます。でも、しばらくは宇治で喪に服していたいと存じます。お姫さまがおかわいそうで……〉。

そこで匂宮は、浮舟を京へ迎えるときのためにと用意してあった、贅沢《ぜいたく》な衣裳《いしょう》の箱や櫛《くし》の箱などをみやげとして侍従の君に与えられました。侍従の君は悲しみの涙にくれながらそれを頂き、車に揺られて宇治へ帰りました。

右近と二人で箱を開けてみますと、はなやかな着物の数々です。

〈まあ、宮さまのお優しいこと。これを浮舟さまにとご用意下さったのね。お元気で京のお屋敷に引き取られていたら、浮舟さまもどんなにお幸せだったか……〉と、新たな涙にくれながら、〈でも、喪の家でこんな派手なお衣裳を、どこへ隠したらいいかしら〉。

二人は困って、ひそひそと話し合うのでした。

全貌《ぜんぼう》を知る薫

薫はどうしても心もとなくて思い切れず、宇治へ出かけます。行く道々であれこれ思います。

〈ああ、この宇治への道を何度行き帰りしたことだろう。まず、八の宮さまに仏道のお教えを承りたいと、気高いお人柄に魅せられてかよった。次いで、美しい大君と中の君と知り合った。だが大君への恋も、むなしくなった。そして大君は私と中の君を結婚させようとしたのに、それもむなしく他人のものにしてしまった。あのときの悩み、苦しみ、その上にまたこのたびも……。

一生かけて仏道の修行をしよう、いずれこの世を捨て仏の道にと志したはずの私を、み仏は、「相変らず愛別離苦の苦しみに身を焼いている、何とあさましい煩悩《ぼんのう》よ」とお怒りになって、こんな悲しい目にあわせられたのか〉。

宇治に着くとすぐ、薫は右近を呼んで問いつめました。

〈隠さずに言ってくれ。いったい、真相はどうなんだ。病名は何だったのだ。浮舟の最期はどんな様子だったのか〉。

薫の姿を見て右近はたまらなくなり、洗いざらい話したくなりますが、薫の君と匂宮の間柄をおもんぱかると何も言えません。

〈お方さまがお亡くなりになりましたので、すぐ火葬にいたしました〉。

〈それは少しおかしいではないか。どんなふうにして亡くなったのだ〉。

右近は、逃れようがありません。薫の君は口先だけでだませる相手ではないのです。それに、ここでどんなふうに言いくるめても、薫の君はきっと弁《べん》の尼たちから聞き出すにちがいありません。右近は覚悟を決めました。

〈実は浮舟さまは、お心の迷いから入水なさったのです。宇治川へ身を投げられたらしゅうございます〉。

薫は衝撃を受けました。〈何でそんな恐ろしいことを！　あの優しい、しおらしい、いじらしい女が、そんな恐ろしいことをなぜ……〉。

右近は、何があっても匂宮とのことだけは打ち明けまいと心に決めています。

〈本当のことを言ってくれ。宮とはいつごろ知り合ったのだ〉。

薫の君はかなりのことをご存じかもしれないと思いながらも、右近は必死になって踏みとどまります。

〈お聞きおよびでしょうが、浮舟さまはお小さいころから、かわいそうな生い立ちでいらっしゃいました。実の父君八の宮さまは、ご自身の姫とはお認めになりませんでした。母君は浮舟さまを連れて再婚なさいましたが、下にたくさんの弟君妹君が生まれますと、浮舟さまの居場所はなくなってしまい、乳母と二人、肩身せまく暮らしていらっしゃいました。やっと殿にめぐり合われて、そして京へ迎えられるというので、どんなに喜んでいられたことか……。

けれどもあるとき、この屋敷を警備する内舎人《うどねり》が怖いことを言って参りました。「どうやらこちらに仕える女房たちが不心得をして、誰かを引き込んでいるらしい。殿から、警戒が怠慢であるとお叱りがあった。これからは警備を厳しくする」ということでございました。

そこへ殿からお手紙が届きました。どんなことが書かれていたか存じませんが、浮舟さまはすっかり沈みこんでしまわれたのです。以来、殿からのお便りもございませんし、くよくよなさるかたですから、お苦しみのようでした。そしてある日、突然に……〉と右近は泣きくずれます。

〈それはわかったが、匂宮とはいつからだと聞いているのだ〉。

〈浮舟さまの身の処遇に困られた母君が、一時、中の君さまへお預けになりました。そのころ宮さまが、浮舟さまに近づかれたことがございます。その場はことなきを得たのですが、母君はびっくりして浮舟さまを引き取られ、三条の小さな家に隠されました。その後、殿に迎えられてこの宇治へ来られたのですが、宮さまはどこでどなたからお聞きになられたのか、お手紙がくるようになりました〉。

〈手紙はいつからだ〉〈ついこの二月からでございます。もっともお手紙は、時候のご挨拶《あいさつ》だけでした。浮舟さまはお返事もなさらず放っておかれましたので、私や侍従が「おそれ多いので、ちょっとだけでもお返事を」と申し上げました。誓ってそれ以外は……〉。

右近は決してそれ以上言いません。王朝の女房のたしなみとして、女主人をかばっているのです。いくら責めても右近は言わないだろうと、薫にはわかりました。

（あの匂宮が美しい浮舟を見て、指をくわえて引っ込んでいられるはずはあるまい。優しい浮舟は、強引な匂宮に押し切られたのだろう……）。

薫は世故たけた男ですから、その辺りの男女の機微をよく知っています。そして、匂宮のやりかたもよく知っていますし、浮舟の本質も察していました。

（決して気立ての悪い女ではないが、自分自身をしっかり持って運命には振り回されないという女ではない。情熱的な匂宮に迫られたら、どうしようもなかっただろう。……私が悪かった。しばしば宇治へ来てやっていれば、もっと早く京に迎えていれば……）。

ここが、薫という青年のとてもいいところですね。自分は、社会の仕組みや経済の仕組み、政治家の気持の動きや政界の裏表、世の中をよく知っている、けれど一番大事な人と人との心の結びつき、心の揺れ動き、そして女心がいかに頼りなくあやふやなものか、そういうことは何も知らなかった、自分が悪かった、浮舟の心をもっと支えてやればよかった、と反省するんですね。

薫はこのとき、はじめて浮舟を本当に愛したのでしょう。どっと涙がこぼれました。でももう遅いのです。浮舟はもうこの世にいないのです。

（もう一度抱きしめてやりたい、愛している。……「匂宮に負けず、愛している」と言ってやりたい）。

そして、運命について思わずにいられません。（大好きだった大君を亡くし、中の君を人のものにしてしまった。そのうえ大君によく似た浮舟を得て、心のなぐさめにしようと思ったのに、その浮舟さえ失ってしまった。何というつたない私の運命……）。

思い出すのは、浮舟の優しくて、愛らしかった姿ばかりです。（どうしてもっと、宇治へ足を運んでやらなかったのだろう）。今になると、浮舟のいいところばかりが思い出されます。(これほどの女はいなかったのに、私は長いこと放っておいてしまった。今思えば、あの手紙も少し皮肉が過ぎたかもしれない)。

でも今、浮舟の骸《むくろ》は冷たい川の底で、うつせ貝とともに沈んでいます。黒髪は川の藻のようになびいているでしょう。薫は、声をあげて泣きました。

四十九日の法要

山の阿《あ》闍《じゃ》梨《り》は、今は位が上がって律師《りし》になっています。薫は浮舟の法事を心をこめて行うように頼みました。弁の尼にも挨拶をしたかったのですが、弁の尼は悲しみにうちひしがれて、出て来てくれません。薫はあれこれ指図して、涙をぬぐいながら宇治を後にします。

四十九日の法要も、盛大に行いました。薫は、葬式があまりに簡便だったと聞いてかわいそうに思い、このたびの法要は大きく執りおこなったのです。世間の人びとはとても驚きました。

〈そんなに愛されたひとが、あんな片田舎の宇治にいたとは……〉と、薫は急に世間の注目を浴び、〈大切なひとをお亡くしになったそうですね〉と、あちこちからお見舞いが届きます。匂宮もお布施を届けさせますが、ご自身のお名前を出すわけにゆかないので、右近からということになさいました。

帝《みかど》までがお知りになり、（かわいそうに。薫は女二《おんなに》の宮と結婚したばかりに遠慮して、愛人をそんな遠くへ置いていたのか）と、気の毒に思われました。現代の道徳とちがって、男性が何人もの女性を持つことに対して、社会は寛容だったんですね。

薫は浮舟の母君の悲しみをおしはかって、（浮舟を亡くして、どんなに辛《つら》いだろう……）と、手紙を書きます。こういうところも薫のいいところですね。

〈お悲しみは尽きないと思いますが、私も同じです。せめてものお慰めに、できる限りのお世話をさせて頂きます。弟君たちが世へ出られるときには、お力になりましょう〉。

その手紙が、三条の小さな家で浮舟の死の穢《けが》れを避けていた母君に届きました。母君はどんなに嬉《うれ》しかったでしょう。（こんなにお優しいことを言って下さって。それにつけても、あの子は、何と不幸せだったか……）。

ちょうどそこへ、常陸《ひたち》の介《すけ》が怒りながらやって来ました。死の穢れに触れるので家にははいらず、入口でどなります。

〈いったい、何を考えているんだ、おまえは！　お産は無事に済んだが、赤児が生まれて屋敷じゅうひっくり返っているときに、おまえ一人、のうのうとして。浮舟が死んだからと、そのことばかりにかまけていて！〉。

〈まあまあ、これをご覧下さい。薫の君がこんなお手紙を下さったんですよ〉〈えっ、薫の君？　薫ってあの……〉（笑）。〈そうですよ、あの薫の君ですよ。浮舟は薫さまに可愛がられて、京の新しいお屋敷に引き取られるところだったんですよ。それが急死してしまって……〉。〈えっ、そんなことがあったのか〉。手紙を読んだ常陸の介は、嬉しさと感激でわなわなと震えだします。〈薫の君は主人筋に当たるから、わしもあのお邸《やしき》に伺うことがあるが、そばへも寄れないおかただ。そんな気高いかたがこんなお手紙を下さって、うちの息子たちのために一肌脱ぐとおっしゃっているのか。いやあ、これはたいへんだ！〉と、手のひらを返したように言います（笑）。〈そんなかたに思われていたのか、浮舟は……〉と、そこではじめて常陸の介は涙をこぼしました。

薫にはいまだに浮舟の死が信じられません。どこかで生きているような気がします。だって、亡骸《なきがら》も見ていないのですから……。でも、あきらめるしかありません。

御八講《みはこう》の席

そして夏、明石《あかし》の中宮も、叔父君《おじぎみ》、式部卿の宮（源氏の君の弟君）の喪に服していられて、六条院へ里下がりしていらっしゃいます。

蓮《はす》の花の咲くころに、中宮は御八講という法事を催されました。中宮の父君である源氏の君と、母がわりだった紫の上のための追善法要です。法華経《ほけきょう》が講義されるのですが、五日ほどもかかる、たいへん大きなセレモニーです。世間の人びとは知り合いの女房などの伝《つ》てを頼って、この御八講を拝観するのを楽しみにしています。

その結願《けちがん》の日。法要もすべて終り、六条院の寝殿が御堂にしつらえられていたのですが、人びとがそこで後かたづけをしています。

夕暮れどきに薫は、セレモニーの正装からふだん着の直衣《のうし》に着替えて、寝殿へやってきました。法会《ほうえ》に出ていたお坊さんに用があったのですが、すでにみな帰ったあとでした。

広い寝殿は調度がかたづけられて、がらんとしています。渡殿《わたどの》も広くて、ずっと向こうまで見渡せました。馬道《めどう》というところの襖《ふすま》が少し開いていたので覗《のぞ》いてみますと、几帳《きちょう》が互いちがいに立てられていますが、奥まですっと見渡せました。ここで薫は女《おんな》一《いち》の宮をお見かけすることになります。

この女一の宮とは、今の帝と明石の中宮のご長女でいらっしゃいます。とても美しいと評判のかたで、三の宮である匂宮は、この姉宮と大の仲よしです。

匂宮は浮舟の急死をひどく悲しんでいられましたが、といっても変り身のお早いかたです。少しずつ涙も乾いていられて、お心の痛手を、ほかの美しい女人で代えられるものならばと、女一の宮の御殿へときどき遊びに行かれていたんですね。女一の宮の御殿には美人の女房たちが多いという評判でした。

天皇家のご長女とは、お扱いがたいへん難しいかたなんですね。なぜか女一の宮、一番上の皇女さまというのは、アンタッチャブルな神聖な存在らしいんです。事情によっては、伊勢《いせ》の斎宮《さいぐう》に立たれるかもしれませんし、存在の重みがありますのね。帝や中宮からも大切に扱われていらっしゃいます。

この女一の宮と三の宮の匂宮を紫の上が手もとで可愛がってお育てしたこともあって、お二人は大の仲よしなんです。そして、お二人とも紫の上の記憶をとどめていらっしゃいます。もちろん、おとなになられたら、ご姉弟《きょうだい》の宮といえどもほとんどお顔を見合せることはかないませんけれども、こんなわけで匂宮は女一の宮のところを遊び場所にしていらっしゃいましたのね。

匂宮のすぐ上の皇子、二の宮は亡き式部卿の宮のあとへお立ちになり、重々しいご身分になっていられます。

女一の宮の美しさ

さて薫はまさかそこにこの尊い女一の宮がいらっしゃるとは思いもよりませんでした。何の気なしに覗いたんですが、女童《めのわらわ》たちは氷を持って遊んでいて、裳《も》や唐衣《からぎぬ》も着ず、くつろいだ恰好《かっこう》でしたので、薫はまさか同じ部屋に姫宮がいらっしゃるとは思わなかったのですね。夏の暑い夕方でした。

〈これを、どうやって割るの〉と、女童たちが氷を塗り盆にのせて騒いでいます。すると、女房の一人、涼しそうな黄色の生絹《すずし》に薄紫の裳をつけて扇をゆったり使っている美しい女が、〈氷を割るのはたいへんよ。見ているほうが涼しいわ〉と笑いながら言います。

声を聞いて、薫はすぐに小宰相《こざいしょう》の君だとわかりました。女一の宮に仕える女房の中でも、ひときわ賢く、機転が利いて、琴も上手なこの小宰相を薫は、愛人にしていたらしいのですが、はっきり顔を見たのははじめてだ、と書かれています。そんなことがあるでしょうか。王朝の恋は、愛人でさえも顔をまともに見ることがなかったんですね（笑）。

で、（やっぱり美人だった）と薫は思います。でもそのとき、小宰相の向こうにいることさら美しい女人が女一の宮だったのです。

（なんて綺麗《きれい》なかただろう。まだお小さいころお目にかかったときも、幼な心に可愛いかたと思ったが、なんと美しくなられたことか……）。

暑いので、女一の宮はたっぷりしたお髪《ぐし》を横に、つまり覗いている薫のほうに流していられました。若い女房たちは苦労して氷を割り、まさか薫が見ているとは思わず、額にのせたり頭のてっぺんにのせたり、紙にくるんで胸に当てたりなどしています。千年前の女の子たちも、誰も見ていないとこんなことをしていたんですね。そして女一の宮は、美しい薄桃色の両手をさし出され、懐紙で何重にもくるんだ氷で拭《ぬぐ》わせていられます。

〈氷をお持ちになってみられますか〉と女房が伺いますと、〈いいえ。しずくがたれて困るもの〉とおっしゃいます。

そのお声の可愛いこと。薫はお声を聞いただけで、頭がくらくらするほどでした。まあ、王朝の人たちの高い血筋に対するあこがれ、ことに高い血筋の姫君に対するあこがれっていうのは、現在ではちょっとわかりにくいですね。

そういえば皆さまも覚えていらっしゃいますでしょう。かの源氏の君が、朝顔《あさがお》の宮に長いこと恋していました。年上の従姉《いとこ》の姫宮ですね。朝顔の宮は斎院になられましたが、このひとに思いをかけて、源氏は何年もかかって口説きましたね。けれども、朝顔の宮は、（わたくしにはわたくしなりの美意識が、恋愛観があるわ。源氏の君のこと、とっても好きだけれど、あのかたのために苦しんだ女のひとを余りに見過ぎた。わたくしは距離を置いて、風流人のおつき合いにとどめよう。友情だけをいとしみ合おう）と、そんなふうに思っていましたから、ついに源氏にはなびきませんでした。

私の好きな歌というので、源氏と朝顔の宮の詠《よ》み合せた歌はすでにご紹介いたしましたけれどもう一度、引きましょう。

源氏の君の贈歌。

「見しをりのつゆ忘られぬ朝顔の　花の盛りは過ぎやしぬらむ」――〈少年の日にちらと見た、あなたの懐かしい面影を今も忘れていませんが、恋はもう過ぎたのでしょうか〉。

朝顔の宮の返歌。

「秋果てて霧の籬《まがき》にむすぼほれ　あるかなきかにうつる朝顔」――〈おっしゃるとおりですわ。恋の季節は過ぎましたのよ。わたくしたちはその後の楽しい、ほんわかとした人生を楽しみましょう〉。さらりと、品よく返されたお歌ですね。

こんなふうに、ご身分の高い姫宮に対する男の人のあこがれというのはたいへんなものでしたのね。

青春の彷徨《ほうこう》

さて薫の正室は、女一の宮の妹宮である女二の宮です。このかたも美しいのですが、姉宮とはあまり似ていられません。翌朝我が家に戻った薫は、女二の宮に言います。〈この暑いのに、どうして薄物をお召しにならないの。こういうときには薄い単《ひとえ》をお召しになるのがいいんですよ〉。

薫はそう言って、着物を蔵から出してこさせます。女二の宮はお育ちがよいので、いつもきちっと着つけていられたのでしょう。女一の宮がくつろいで薄物を着ていらしたのを見て、薫はそんな恰好をさせたいと思ったんですね。

女房たちは、〈まあ、殿のお優しいこと。お姫さまは盛りのお美しさ、なお一層美しくと思われて世話をお焼きになるんだわ〉と、にこにこして薄物を持ってきます。

そして薫は、氷を取り寄せました（笑）。このころ、ふつうの家には氷などありませんが、貴人の家にはあったんですね。

薫は氷を女二の宮の手にのせたり、拭ったりします。女二の宮はおとなしいかたですから、何もわからないまま、これもみな夫の愛情のせいと、言われたとおりになさっています。けれど、どうしたって女一の宮の風情には及びませんのね。

思いついて薫は、〈姉宮からお便りはありますか〉と聞きます。

〈宮中にいたときは、父帝《ちちみかど》が姉妹仲よくと言われてお手紙を交わしましたけれど、結婚してこちらへ参りましてからは頂いていませんが〉〈それはよろしくないですね。妹宮はご降嫁なさってから、軽く見られてお手紙も頂けないとすねていらっしゃいますよ、と申し上げましょう〉〈まあ、どうしてわたくしがすねたりいたしましょう〉。女二の宮はびっくりしていられるのに、薫はさっそく、明石の中宮にそう申し上げます。中宮は、薫をとても可愛がっていられるので、〈あら、そんなことはないと思いますけれど。でも、お便りなさるようにおすすめしましょうね〉と言われました。中宮から聞かれて、ほんとにそう言えばご無沙汰《ぶさた》だわ、と思われた女一の宮から、お手紙が届きました。薫は策略をめぐらせて、その手紙を手に入れます。

（なんと美しいお筆跡《て》だろう）と、薫は嬉《うれ》しくてなりません。

そして、中宮にお仕えする女房たちのところへ行って、いろいろに話しかけたりしています。〈たくさんの女人がいられるんですね。まるで女郎花《おみなえし》の花の野のようだ。でもぼくは堅いから、こちらに泊まっても浮名は立てませんよ〉。

これは「蜻蛉《かげろう》の巻」の終りのところですが、なんでこんなに長々と女房たちのやり取りの描写があるんだろうと、古来、読者には評判がよくないんですね。あんなに張りつめていた「浮舟の巻」、そして「蜻蛉の巻」の浮舟が死んだ直後、それなのになぜ、女一の宮の氷の話が出たり、女房たちとの長々としたくだりがつづいたりするんでしょうか。

私が思いますのに、これは、薫の虚《むな》しい青春彷徨《ほうこう》を描いているんですね。何をもってしても浮舟はいないという空虚、いろいろ言い散らしてもその空虚を埋められない、そういう青春の、悲しみの表現ではないでしょうか。

さて、薫はこうしてあちこちで気を紛らわせていますが、小宰相の君ともいっそう仲よくなります。

薫が女一の宮の御所へ伺うところを目になさった中宮は、女房の大納言の君に聞かれます。〈薫の君がそちらにしげしげ行かれるようだけど、どうして〉〈はい、小宰相の君と仲がおよろしいようでございますよ〉と、女房の口に戸は立てられません(笑)。

〈あんな堅物《かたぶつ》にも、お気に入りができたのね〉と中宮は、ほほ笑まれます。すると、大納言の君は膝《ひざ》をすすめて、〈不思議な噂を耳にいたしました。薫の君のあの愛人が宇治にいたとき、匂宮さまが忍んでいかれたそうです。警戒が厳重で屋敷にはおはいりになれず、宮さまともあろうかたが、お馬に乗られたまま外で待ちぼうけだったそうでございますよ〉。

〈まあ、みっともない、どんな噂が広がるかわからないのに。その噂を口にした者には誰にも言わないよう、注意してやってね〉。

中宮はそう言われましたが、これは、つづいていろんな噂が広がる前触れですのね。

薫は誰と何を話しても、美しい女房たちと戯言《ざれごと》を言い合っても、浮舟がもはやこの世にいないという虚しさを打ち払うすべはありません。そして夕暮れに、蜻蛉がはかなく飛びかうさまを見て、歌を口ずさみます。

「ありと見て手にはとられず見ればまた　ゆくへもしらず消えし蜻蛉」――〈手にした、と思ったとたんに消えてしまうはかない命の蜻蛉……まるでわが恋のようだ〉。

空を見ながらそうつぶやく薫の面《おもて》には、人生の、いつまでも消えないであろう、虚《うつ》ろな悲しみが流れています。

ここで、「蜻蛉の巻」は終ります。

救われた浮舟　「手習《てならい》」

舞台は比叡山《ひえいざん》に

今回は、「手習《てならい》の巻」です。手習いというのはふつう、お習字のことですが、手すさびにその辺の紙に自分の思っていること、考えていることを書きつけることでもありますのね。

お話が急にこの巻から変ります。これまでは、薫《かおる》の君の思惑、匂宮《におうのみや》のお思いになったこと、それぞれの人たちの感情をつづり合せて、まわりの人たちがどんなふうに浮舟《うきふね》の〈死〉を受け止めたか、というものでした。

舞台は一転します。

比叡山の横川《よかわ》というところに、〈なにがしの僧都《そうず》〉という貴いお坊さんがいらっしゃいました。『源氏物語』の研究によりますと、この僧都には、実在した源信《げんしん》（恵心《えしん》僧都）という天台宗の高僧があてられています。王朝時代の中ごろに生きた恵心僧都は、その徳の高さ、人間味のある優しさ、庶民大衆を救おうとしたことなどから、人びとからたいへんに敬愛され、信頼されたお坊さんです。後に『往生要集《おうじょうようしゅう》』をあらわして、文化史の上でも重要なかたですね。

この恵心さんには昔からよく知られているお話があります。恵心さんは大和《やまと》の葛城《かずらき》の生まれですが、お母さんが、女の子は持ったけれども男の子が欲しいわというので、葛城の高尾寺の観音さまに祈ってできたのが恵心さんでした。嬉《うれ》しく思って、信心深いお母さんは、やがて仏の道にと心こめて育てます。

少年は出家し、比叡山で修行して頭角をあらわします。そして立派な学僧となり、三条の大后宮《おおきさいのみや》ご主催の法華御八講《ほっけみはこう》に召され、みごとなお説教で上流階級の人びとを感動させました。大后宮からおほめにあずかり、たくさんの下され物を頂戴《ちょうだい》します。

そしてここが恵心僧都の人間味ある優しいところですが、〈まあ、これはお母さんに贈ってやろう。私が上《うえ》つかたの皆さんの前でお講義を果たし、素晴らしいものを頂いたと知ったら、どんなに喜ぶことか〉と思って届けてやります。

お母さんは尼になっていましたが、早速、返事がきました。

〈とても嬉しかったこと。あなたがそんな偉いお坊さんになって、上流の方々の前で立派におつとめを果たして、素敵なものを頂いたこと、嬉しくて誇りに思いますよ。ありがとう。でも本当をいうと、怒らないでね、お母さんは、あなたが上つかたの人びとにほめられる有名なお坊さんになるより、もっと広く一般大衆を救う、仏の道を世の人びとに教えひろめるお坊さんになって下されば、と思うのよ〉……。

恵心さんはハッと打たれたように思います。もちろん恵心さんも名利《みょうり》をむさぼる心はありませんが、本来の気持にかえって、一層修行し、やがてたくさんの人びとに帰《き》依《え》され、敬愛される、徳の高いお坊さんになりました。

のちに恵心さんは離れ住むお母さんのことが急に心配になり、いそぎ故郷へ戻る道中、ちょうどたまたま、病い重くなったお母さんのため、恵心さんを迎えにきた使者に出あいます。恵心さんはお母さんの臨終に間に合い、安らかに往生させてあげることができました。……母と子の心がかよいあう美しいエピソードですが、大衆はそんな人間らしい恵心さんを愛したのでした。

連れてこられた女人

さて、この巻に登場する横川の僧都は六十歳ぐらいですが、尼になっている母君は八十ぐらい、妹君も尼になっていて五十ぐらい、母尼君と妹尼は一緒に比叡山の西のふもとの小野というところに住んでいます。小野とは、おぼえていらっしゃると思いますが、あの柏木《かしわぎ》の未亡人落葉《おちば》の宮が、母君の御息所とひきこもった別荘があったところですね。そこへ夕霧《ゆうぎり》が訪ねていろいろな大騒ぎがありましたが、尼君たちの庵《いおり》は、その別荘よりさらに奥まったところにあると書かれています。

この母尼君と妹尼が大和の長谷寺《はせでら》にお参りに行くことになりました。横川の僧都は、腹心の弟子で、法力も高い阿闍梨《あじやり》を付き添わせます。

長谷寺でいろいろな供養をしてもらって帰る途中、山城《やましろ》の国へはいる境の奈良坂《ならさか》あたりで、母尼君が急に気分悪くなりました。おつきの人たちは心配して、宇治《うじ》にいる知り合いの屋敷に担ぎ込み、横川の僧都にも知らせが行きます。

僧都は修行のために山籠《やまごも》りしていたのですが、年をとられた母尼君が亡くなるようなことがあっては、と弟子たちをひき連れて山を下り、宇治へやってきて、懸命に加《か》持《じ》祈《き》禱《とう》をします。

ところが、その宇治の屋敷の主人は当惑していたんですね。

〈実は私、吉野《よしの》の金峰山《きんぷせん》にお参りするために、このあいだから御《み》獄精進《たけそうじ》を重ねておりますます。失礼ながらここでもしものことがあったりしますと、死の穢《けが》れに触れますので、この精進が無になるのですが……〉。

現代の私たちからみますと、まあ薄情な、というところですけれど、王朝の世では〈死の穢れ〉がいかに重いものかは、これまでにも頻繁に出て参りましたね。

そのとき僧都は思いつきました。（そうだ、近くに宇治院というのがある。亡き朱雀院《すざくいん》が持っていられたが、今は公的な御領になっている。ときどき旅の者が泊めてもらっているらしい）。

幸い、僧都は管理人と知り合いでしたので、さっそく使いをやりますと、管理人のかわりに宿守《やどもり》の老人がやってきました。

〈あいにく管理人ご一家はお留守ですが、家はあいております。お参りの方々はいつも中宿としてこちらにお泊まりになっていられますから、どうぞ〉と言うので、まず僧都が弟子たちを連れて下見に出かけました。

荒れ果てて森閑とした広い邸《やしき》で、ふくろうが鳴いています。〈薄気味わるいね〉と言いながら僧都は、〈くまなく見届けるように。怪しい者がいるといけない〉。

阿闍梨と、僧都が横川から連れてきた元気のいいお坊さんの二人が、松明《たいまつ》をともしてあちこち建物の裏側まで見まわります。すると、大きな荒々しい木の根もとに何か白いものが見えました。

阿闍梨は、〈近寄らないほうがいい〉と言って、魔除けの印《いん》を結び、陀羅尼《だらに》を誦《しょう》します。でも元気なほうのお坊さんは、火を明るくして近寄ってみました。

〈髪が長い、女だ！〉。二人が〈鬼か、魔か？〉とたずねても、女は泣くばかりでした。急いで僧都を呼びにいきます。

〈狐が化けたとか、鬼が女の姿になったというのは、聞いたことはあるが実際には見たことがない、どれどれ〉と、僧都は近寄ります。〈答えなさい、おまえは鬼か魔か、それとも狐のたぶらかしたものか〉。

『今昔物語』などを読みますと、王朝の時代には、鬼というものが本当にいて人間を取って食うと、怖がられていたんですね。悪い鬼ばかりではなく、人間に近しい鬼もいたようですが、こういう怪しげなところにうずくまっている魔性のものは、きっと悪い鬼にちがいありません。

〈何者だ！　狐がかどわかしてきたのか、返事をしなさい〉。元気なほうのお坊さんが、女がひしとかぶっているかつぎをはねのけようとしますと、女は必死にしがみつき、いっそう顔をそむけて泣きます。

もし無理にかつぎをとったら、目も鼻もないのっぺらぼうの鬼が出てくるのではないかと、さすがの勇ましいお坊さんも二の足を踏みました。僧都は、〈誰かが死人を捨てていって、その死人が蘇生《そせい》したのではないか〉と言われます。

王朝の時代にはそういうことがよくあったんですね。とくに貧しい庶民たちは、葬るための資力がありませんから、遺骸《いがい》を河原へ運んで打ち捨てることがありました。疫病などが流行すると、山のような死体が川まで押し流され、検非違使《けびいし》たちは片づけるのにおおわらわだった、と史書にも記されています。

〈まさかこの宇治院のような、貴いかたのいられた公の所領に、死体を捨てるなどということはないでしょう〉と、お坊さんの一人が言います。

そこへ宿守の老人が呼ばれてやってきました。

〈この辺では、狐がこんなふうに人をかどわかすことがあるかね。この若い女人に心当たりはないか〉。

老人は一向に驚きません。〈こういうことはよくございまして、この前も邸《やしき》に仕えている者の二つの男の子がいなくなったんですが、狐がここへ連れてきました〉。下人《げにん》たちは、台所で忙しく一行の食事の支度をしていて、心ここにあらず。驚いたり怖がったりするふうもありません。

〈これは変化《へんげ》のものではない。人間だよ、よく見ると〉と僧都《そうず》は言いますが、お坊さんたちは、〈でも、もうすぐ雨も降りそうですし、ここへ置いておくと死ぬかもしれません。死の穢れに触れたらたいへんです。今のうちに垣の外へ捨てましょう〉。

ちょっとびっくりしますが、こういう考えかたは、王朝ではふつうだったんですね。

僧都に助けられる

僧都はいさめます。〈いくら死ぬ間際のひとであっても、それはいけない。池の魚でも、山の獣でも、人に捕えられて殺されるのを見るのはいい気持がしない。まして人間ではないか、救ってやろう〉。

この言葉がいかにも恵心僧都を示唆するような素敵な言葉ですので、ちょっと原典を読んでみましょう。

「まことの人のかたちなり」──人間ではないか。

「その命絶えぬを見る見る捨てむこと」──今まさに命が切れようとしているのを見ながら捨てるというのは、

「いみじきことなり」──薄情なことだ。

「池に泳ぐ魚、山に鳴く鹿をだに、人にとらへられて死なむとするを見つつ、助けざらむは、いと悲しかるべし。人の命久しかるまじきものなれど、残りの命、一二日をも惜しまずはあるべからず」──たとえこの先長生きできそうにない人でも、その命を惜しまないではいられない、大切にしようではないか。

「鬼にも神にも領ぜられ、人に逐《お》はれ、人にはかりごたれても、これ横様《よこさま》の死にをすべきものにこそはあめれ」──鬼や神に魅入られて死のうとしている人、どんなかわいそうな死に方をしようとしている人でも、

「仏のかならず救ひたまふべき際なり」──み仏だったら絶対にお見捨てにならず、お救いになるだろう。

「なほこころみに、しばし湯を飲ませなどして、助けこころみむ。つひに死なば、言ふ限りにあらず」──試しに薬湯などを飲ませて介抱してみよう。それでもだめだったら仕方がない。

いかにも宗教家らしい僧都の言葉ですね。でも弟子のお坊さんたちは不満そうです。

〈今にも死にそうな女を、重病の母尼君のおそばに置いてはおけませんよ。死の穢れに触れたらたいへんなことになります〉。またもやお坊さんの一人が言いますが、別の穏やかなお坊さんは、〈でも、僧都さまもこうおっしゃるし、見れば若い女人のようだし、かわいそうではないか〉と言って、結局家の中に連れていきますのね。

そこへ、母尼君と妹尼の一行がどやどやとやってきました。僧都たちは母尼君のためにお経を読んだり、加持祈禱を始めたりします。しばらくして僧都が弟子に聞きました。

〈先ほどの女人はどうしたかね〉〈東の遣戸《やりど》の隅に置いてあります〉。やりとりを聞いた妹尼が、〈どなたのこと?〉とたずねたので、〈実はこんなことがありましたが、放っておけないので一応は家に入れたのです〉。

〈まあ!〉。妹尼の顔色が変ります。〈このたびお参りしてきた長谷寺で、夢に観音さまがあらわれて、「亡き娘のことをいつまでも嘆き悲しんでいるが、身がわりを授けてやろう」とおっしゃいましたの〉。

妹尼があわてて東の遣戸のそばへ行くと、女が打ち捨てられたように横たわっていました。白綾《しろあや》の衣を一襲《ひとかさね》着て、緋《ひ》の袴《はかま》をはき、黒髪が長々として、上品な可愛い顔だちの若い女です。

〈まあ、おかわいそうに、こんなところへ置かれて……〉。妹尼は尼女房を呼んで、急いで自分の部屋に連れていきます。尼女房たちは、この女がどんなふうに発見されたか知りませんでしたから、怖いとも思わずに、抱き上げて連れていきました。

妹尼は手ずから薬湯を女の唇に注いでやり、〈どうなさったの、わかりますか、お名前は〉などと問いかけますが、女は目を開けません。でも、熱いものがのどを通ったので少し人心地がついたのか、ほのかに目を開けました。涙がとめどなくあふれています。

〈いろいろ事情がおありでしょうが、もう大丈夫ですよ。お気をたしかに〉。

妹尼は、死んだいとしい娘が戻ってきた心持がして、懸命に介抱します。すると、女はかすかに口を動かしました。妹尼が耳を寄せてみますと、〈……生きていても詮《せん》ない身です。……どうぞこのまま宇治川に落として下さい〉〈まあ、やっとお口を開いたと喜んだら、何ということをおっしゃるの。とんでもありませんよ。もう大丈夫ですから、心穏やかにここでお休み下さいな。そのうちにお気持も落ちつかれますよ〉。

僧都のほうは、母尼君を懸命に看護していますのに、妹尼は母尼君のことを忘れてしまったように、若い女にかかりきりです。

衰えてゆくばかりの女人

宇治のこのあたりに住む、かつて僧都に仕えていた下人が、挨拶《あいさつ》にやってきました。〈僧都さまがおいでになっていると聞き、もっと早くにうかがうつもりでしたが、昨日薫の君がかよっておられた姫君が急死なさって、その葬送がございましたので、手伝いに参っておりました〉。右近《うこん》たちが急いであげた、あの浮舟の葬送のことですね。

お坊さんたちは、〈葬送の火はここからも見えたけど、あまり高い火ではなかったし、すぐ消えてしまったが……〉〈そうなんでございますよ。なぜか簡便な葬送でしてね〉と、下人は言います。

〈薫の君がおかよいになっていた八の宮の姫君は、だいぶ前に亡くなられたはず。いったい、誰なのだろう〉〈帝《みかど》の姫宮を正室に頂いている、あの堅物《かたぶつ》の薫の君がほかの女人にお心を分けられることがあるだろうか〉。

お坊さんたちは、そんなことを言い合っていますが、王朝の時代も、人の口に戸は立てられず、いろいろな噂が飛びかっていたのですね。

下人は死の穢《けが》れに触れていたので、家には上がらずに帰りました。

母尼君の容態がよくなってきて、一行は小野の家に帰ることになりました。宇治からすぐ帰らなかったのは、このとき母尼君の住む家が陰陽道《おんみょうどう》では方角が悪いというので、宇治院へとどまっていたこともあったのですね。

若い女はまだ弱っているので道中が心配でしたが、牛車《ぎっしゃ》二台をしつらえ、一台には母尼君と二人の尼女房、もう一台には若い女と妹尼、それに女房一人が乗って、ゆるゆると小野の里へ向かいます。三月の末ごろのことでした。

四月になっても、若い女の回復はいっこうにはかばかしくなく、衰えてゆくばかりです。いくら食べ物をすすめても口に入れようとしないので、看病するのもたいへんでした。

四月五月がむなしく過ぎてゆきます。妹尼は思いあまって、兄君の横川の僧都《そうず》に手紙を書きました。〈何とぞもう一度こちらへおいでになって、しっかりと加持祈禱《かじきとう》して下さいませ。まだ鬼か何かが取り憑《つ》いているようでして、こんなに長く患っているのに、やつれもせず綺麗《きれい》なんです。山籠《やまごも》りのご修行中とは存じていますが、このあたりは比叡山の地つづきですから、何とか……〉。

僧都は、（せっかく助けてやったのに放っておいたのでは、それこそ念が行き届かないというものだ）と、山を下りてこられますが、お弟子たちは猛反対します。〈僧都どのは、宮中からのお召しにもなかなか応じられないのに、鬼か狐が連れてきた怪しい女のために修法《ずほう》なさって、死霊に触れたりしたらどうなさるのか〉などと言い合いますが、僧都は押し切って、この女のために懸命に加持祈禱しました。憑坐《よりまし》に物《もの》の怪《け》を移し、女に取り憑いている魔物に話させようとしたのですね。

僧都の祈禱が効いたのか、憑坐が苦しがって叫びました。〈わしはこの世に恨みを残して死んだ法師だ。恨みをはらそうと、女が沢山いるところへ漂ってきた。やっと一人は取り殺したが……〉。

きっと、女人が沢山いた宇治の八の宮の山荘に取り憑いたのですね。〈やっと一人〉とは、大君《おおいぎみ》のことでしょう。〈……もう一人と思ったが、この女は観音さまのご加護が強くて殺せなかった。しようがないから、このまま退散する〉。〈もう一人〉とは、浮舟のことでしょうね。

〈何者か、名を名乗れ！〉。僧都が大声を出しますが、憑坐はそのままくたっとなってしまいました。こうして、若い女に憑いていた悪霊が退散したのです。みんなが女を助け起こすと、どうやら正気を取り戻したような表情です。

〈まあ、よかった！〉。妹尼をはじめ、看病していた人たちは喜び合いました。

そのときの妹尼の思いかたがおかしいんですね。（かわいそうに。継母《ままはは》がひどい目にあわせたのかしら）。こういう発想は、現代ではまったく考えられませんが、（物詣《ものもう》でに出て具合が悪くなったこのひとを、継母がその辺に打ち捨ててしまったのかしら。

こんな綺麗なひとなのに〕などと思っています。

祈禱で回復する浮舟

ここから〈若い女〉は〈浮舟〉になります。

浮舟はやっと気がつきました。それまでは白い川霧の中を、夢中で歩いていました。わずかに覚えているのは、死のうと決心して、宇治の屋敷の自分の部屋からふらふらと漂い出たときのことなんですね。廂《ひさし》の間から簀子《すのこ》縁《えん》に出ましたが、川音は激しく、あたり一面、白い煙のような霧でした。

〔どこに行ったらいいかわからない。死にたいけど、どうしたらいいのか〕と、浮舟は気の弱い女ですから、思いきって宇治川へ飛びこもうという強い意志もありませんのね。ただただ思うのは、もうこの世に生きていたくないということだけです。すると、霧の中からたいへん美しい男があらわれました。そして、〈おいで、私と一緒に〉と浮舟の体を抱き取ります。

〈ああ、宮さま、宮さまですのね〉。浮舟の心には、川向こうの山荘へ小舟で連れていかれたとき、匂宮がずっと抱き締めていて下さった記憶がとどめられていました。

「橘《たちばな》の小島の色はかはらじを　この浮舟ぞゆくへ知られぬ」――自分の身の上をそう

詠んだことも、かすかに覚えています。

〈あなたは匂宮さまですね！〉。思わず叫びましたが、美しい男は何も答えず、大きな木の根もとに浮舟を置いて去りました。浮舟は声を絞るように泣いていました。それから後のことは記憶にありません。

ふっと目を開けますと、まわりは知らない顔ばかりしかも、しわみた尼さんばかりでした。尼さんたちは嬉《うれ》し涙を浮かべています。

〈まあ、お気がつかれたのかしら、よかったこと。憑坐が言いましたよ、悪い法師がついていたからだって。観音さまのご加護が強くて、あなたを殺せなかったと逃げていきましたよ〉。

後で考えると、涙を浮かべて浮舟の背中をさすってくれたのは、妹尼です。まわりの人も、〈よかった、よかった〉と喜んでいて、やっと浮舟も人心地がつきました。

みんなが必死になって、浮舟に何か食べさせようとしたり、声をかけたりして心をほぐそうとしますが、浮舟は何も食べず、しゃべりません。

〈親御さんはいらっしゃるの、どちらかへご連絡は？　何でもしてさしあげますよ〉と言われても、〈何も覚えていません、何もわかりませんの……〉。少しずつ記憶を取り戻してはいたのですが、浮舟はそう答えます。そして思うのは、〈なんで助かってしまったんだろう。いやだ、いやだ……〉。

浮舟は妹尼に、〈僧都さまのいられるうちに、尼にして下さいませ〉と訴えます。妹尼は反対しますが、僧都は病人の気がすむならと、形ばかり髪にかみそりを当て、五戒（殺生《せっしょう》、偸盗《ちゅうとう》、邪淫《じゃいん》、妄語《もうご》、飲酒《おんじゅ》をしないこと）を受けさせました。浮舟は、本式に髪を断ち切って出家したいと思っていたのですが、相変らず自分の意志を通すことのできない性格です。

〈よかった、よかった、もう大丈夫〉と、横川の僧都は山へ帰っていきました。妹尼は、思いがけずこの若い女、浮舟の世話をすることになったのが嬉しくてなりません。浮舟を床から起き上がらせ、髪を丁寧に梳《す》いてやります。〈なんて、見事なお髪《ぐし》でしょう。どうして世を捨てたいなんておっしゃるの。どんなご事情が……〉。〈覚えていませんの。でも、こんなにご親切にして頂いて、本当にありがとうございます〉と、浮舟は妹尼に感謝します。こういう気持だけは、まだ残っていますのね。

妹尼は、（なんて可愛いひとだろう。死んだ娘の身がわりにと、観音さまが下さったんだわ。大事にお世話しよう……）。もともと親切な妹尼ですが、娘の身がわりと思うといっそう熱い気持になったのでしょうね。

母尼君も妹尼もいい家の出でした。妹尼は夫が上達部《かんだちめ》でした。ふたりのあいだの一人娘を、これも良家の公達《きんだち》と結婚させましたが、娘は若死にしてしまいました。悲しみの涙の乾く間もなく、妹尼は世を捨てたんですね。

浮舟の心中

尼君たちのすむ家は、風流につくられていて心地よく、そこに浮舟が寝ているあいだに夏が過ぎ、いつのまにか秋を迎えました。のどかな山里ですから、近くの田で稲を刈る若い娘たちの稲刈りの歌が聞こえたりしています。

妹尼は自分に仕える者のうちから、侍従《じじゅう》という女房と、こもきという女童《めのわらわ》を浮舟につけています。いたれりつくせりの世話をしてもらっているんですが、浮舟の心は晴れません。

尼たちは、さすがに都育ちですから、音楽のたしなみがありました。秋の月がさやかに射しますと、妹尼は琴《きん》の琴《こと》を弾き、少将の尼という女房は琵琶《びわ》を奏でます。そして、みんなで歌を詠み合ったり、昔話に興じたりします。

〈なんていい月夜なんでしょう。あなたもこういう遊びをなさる？〉と聞かれて浮舟は、今さらのように自分の身の上を思います。（養父に連れられるままに東国の田舎をさすらった、何の教養もないわたくし。こういうかたたちの前で恥ずかしいわ。なんてつまらない女なんでしょう。やはり、死んだほうがよかった……）。

そんなとき浮舟の心に浮かぶのは、薫の君でも匂宮でもなく、母君や乳母《めのと》のことです。

〈お母さまはどうしていらっしゃるかしら。ばあやはどんなに驚き悲しんでいるだろう。あんなに年とって、どうやって生きているのか。右近はどうしているかしら。あのひとは、わたくしが匂宮さまと薫さまのあいだで迷っているときに、「どちらでも選ばれるかたを大事にいたします。心をこめてお尽くししますから、どちらにでも」と優しく言ってくれた……〉。

浮舟は物思いを書き散らしています。浮舟にできることは手習い、つまり手近の紙に自分の心境を書きつけることでした。「手習の巻」という名はここから出ているんですね。

「身を投げし涙の川のはやき瀬を　しがらみかけてたれかとどめし」――〈涙の川に身を投げて死のうと思ったのに、いったい誰がしがらみとなって、わたくしを止めたのかしら〉。

どんなに妹尼が親切にしてくれても、浮舟は自分の身もとを明かそうとしません。もう誰にも知られたくない、人の噂に立ちたくない、と思っています。

この尼君たちの家は人里離れていて、世捨てびとのように暮らしていましたが、仕える尼女房の娘たちや甥姪《おいめい》たちが、ときどき見舞いに来ます。王朝の時代には、一家一門のつながり、肉親の愛が強かったので、世捨てびとといっても、こんなふうに誰かれが訪れていたのでしょうね。その人たちがときどき、都の噂をもたらします。

浮舟は、そんな折にちらっとでも見られたりしたら、どんな噂になるかと思い、誰の目にも触れないように隠れています。

妹尼は、(どうしてこんなふうなのかしら。口さがない下人たちに知れたら、噂されるかしれないし、黙っていたほうがいいにはちがいないけれど、いったいどういう家のひとなんだろう)と、いろいろと考えています。

(高貴な家の姫君がいなくなったとか、かどわかされたということがあれば聞こえてくるはずなのに、そんな噂も聞かないし……。不思議なひとだわ。どんなにすすめても、楽器も手にしないし、世間話にも加わらず、黙ってほほ笑むだけ。あんな目にあったからこうなったのではなく、生まれつき気の弱い、引っ込み思案のひとなのかもしれない……)。

そう考えつつも、妹尼は浮舟を可愛がっています。

中将からの歌

あるとき、この家を若い素敵な貴公子が訪れました。鮮やかな色の狩衣《かりぎぬ》を着た、りりしい面《おも》だちの二十七、八歳の青年が、たくさんの家来を引き連れてやってきたのです。ちらと見た浮舟は、（まあ、薫さまがいらしたみたい……）と、過ぎ去った日々が目の前によみがえります。

　それは妹尼の亡き娘の婿君、中将でした。弟が禅師《ぜんじ》になって横川の僧都のもとで修行しているので、たびたび横川を訪れています。その途次、亡き妻の母君の見舞いに寄ったのでした。

〈ごぶさたしています。お元気ですか〉と、中将がはいってきました。さわやかな美青年で、この人が来ると、妹尼はとても嬉《うれ》しいんですね。

〈亡き娘が生きていたらと思わぬことはありませんが、こんなふうにお忘れなくお見舞い下さって、ありがとう存じます〉と喜んでご接待します。

　ここで中将一行は、お昼ご飯を振るまわれたらしいんですね。〈いつものことで慣れているから、みんなは心を許して食事の饗応《きょうおう》にあずかった〉と原典にあります。

　しばらくくつろいで世間話などをした後に、中将は妹尼のいないところで、少将の尼にたずねます。少将の尼は、中将が亡き妻との新婚生活を送っていたころ、そばに仕えていた女房だったので、心安い仲です。

〈先ほど戸の隙間から、長い黒髪がちらっと見えた。急いで中へおはいりになったようだが……〉〈くわしい事情は存じませんが、尼君さまが長谷参りの折、遠縁の姫君にお会いになり、お世話なさることになったそうで……〉。

少将の尼は、その場をとりつくろいました。でも、世離れた家に若い女が養われているらしいと知って、中将は放っておけないんですね。横川に着くと、弟の禅師に聞いてみます。

〈尼君たちの家に若い女がいるらしいね。どういうひとか知っているかい〉〈さあ、最近どなたかをお引き取りになったとちらっと聞きましたが、私にもよくわかりません。修行中の身で、あまり外へは出ませんので〉。

中将は、やはり若い女がいるのはまちがいないと思い、その後も、〈小鷹狩《こたかがり》に来たので、ちょっと寄りました〉とか、いろいろの理由をつけては小野の家を訪れます（笑）。

秋になっていて、庵《いおり》の外には桔梗《ききよう》をはじめ美しい秋草が咲き乱れています。妹尼たちは風流人ですから、見た目にいかにも優しい庵に仕立てています。

中将は、〈秋の風情がよろしいので、また寄らせて頂きました。黒髪の美しいひとに歌を……〉と言って歌をさし出します。王朝の男性は積極的ですね（笑）。

「あだし野の風になびくな女郎花《をみなへし》　われしめ結はむ道遠くとも」――〈この次に来るまで、ほかの男になびかないで下さいね。女郎花の園は私ひとりのものですよ〉。

妹尼はじめ、世話をしている尼女房たちも都びとなので、想像力もありますし、情感も豊かです。尼女房の一人がふっと言います。

〈亡きお姫さまがまだおいでになって、婿君さまがいらしたのかと思ったわ。できることなら、姫君（浮舟）に、中将さまをこうしてお迎えしたいわね〉〈本当にそうね〉などとうなずき合っています。

それが浮舟の耳にほのかにはいりました。

（ああ、いやだわ……）。浮舟はもう愛憎の問題から足を洗いたかったのですね。またあんな運命になったらどうしようと思って、いよいよ頑《かたく》なに隠れてしまいます。〈すこしはお返事をなさいませ〉と妹尼がすすめますが、浮舟は手紙に手も触れず、返事を書きません。けれどあちらもこちらも波立てずにというのが当時の教養ある人の感覚ですから、しかたなく妹尼がかわりに返事を書きました。

やがて、秋の月がひとしお冴《さ》えわたる夜に、また中将がやってきます。〈こんなに美しい月の夜ですから、ごゆっくりなさって〉と妹尼がすすめるままに、お酒や料理をふるまわれます。中将は笛の名手でしたから、妹尼が琴を弾き、少将の尼が琵琶《びわ》を奏でたりして、秋の夜の音楽会が始まりました。こういう楽しい集いは久しぶりでしたので、尼たちの気分も浮きたち、気もはればれします。こんな世離れたところで、美青年と席を同じくするというのは、何ともいえず心がはなやぐんですね。

帰りかけた中将をまだ引きとめたいと思った妹尼は、〈もう少しいらして〉という意味の歌を詠《よ》みます。すると中将は、〈そうですね、もう少ししたら閨《ねや》の板の間まで月の光がはいってくるかもしれない〉――つまり、少しはあの姫君のそばに寄せて頂けるでしょうか、という意味の歌を返します。

　別の部屋にいてそれを洩《も》れ聞いた浮舟は、本当にいやな思いをしています。（男の人って、なんでこんなに一途《いちず》なのかしら）。

　浮舟はまだ世の中を深く知りません。とはいうものの、匂宮のあの激しい情熱を、今は少し覚めた思いで見ています。（だから、わたくしはあんなに苦しんだのに……）。妹尼がわざわざへんな歌を詠みかけたせいだと思って、そのことまで憎らしくなってしまいます。

　そこへ、母尼君が、笛の音に浮かれるようにやってきました。

〈私はお琴が好きなんですが、僧都から、いい年をして弾くのは見苦しいと言われて……〉と、いかにも弾きたそうな様子です（笑）。

　中将は如才ない青年でしたから、笑いながら言います。〈お弾きになったほうがよろしいですよ。極楽というところでも、菩薩《ぼさつ》は音楽を奏で、天人たちが舞い遊ぶというではありませんか。どうぞ、どうぞ〉。

〈それでは、ちょっと……〉と、母尼君も琴を弾き、大騒ぎの宴になりました。

　みんな楽しく夜を明かしますが、ひとり浮舟は、隅のほうでこの騒ぎに耳をふさいでいます。

尼になる決意

九月になり、妹尼は初瀬観音にお礼参りをしたいと言い出しました。〈恋しいと思っていた娘の身がわりに、観音さまがあなたを授けて下さったの。そのお礼参りをしたいから、ご一緒に〉と誘われても、浮舟は、(いつどこで知っている人に会うかしれない。わたくしがここにいることを、薫さまや匂宮さまに知られたくない。どうせすぐにも世を捨てるのだから、母君にも知らせまいとしているのに……)と、どうしてもその気になれません。〈まだ頭がふらふらして、自信がございませんの。そんな遠い旅は無理だと思いますわ〉。

人のいい妹尼は、さもあろうと、それ以上には誘いません。〈そうね。あれだけの大病をなさったのだから、大事になさったほうがいいわ。では、機嫌よくお留守番していてね〉。

〈はい。わたくし、尼さまだけが頼りでございます〉。浮舟からそう言われて、妹尼はとても嬉《うれ》しく、いそいそと出かけます。

妹尼は、家にいるほとんどの人を引き連れて出かけましたので、あとには、母尼君と少将の尼、そして女童《めのわらわ》こもきとおつきの女房だけが残っています。

そこへ、中将が訪れました。

〈皆さまお留守でございます。姫君もいらっしゃいませんのよ〉と少将の尼は言いますが、〈いや、姫君はいらっしゃるにちがいない。なぜそんなに私を警戒なさるのか。こんな淋《さび》しいところにおいでになるのがおいたわしく、折にふれて便りを交わし合いたいだけなんだ。姫君にそうお伝えしておくれ〉。

浮舟は気配を察し、（こんなことだと、手引きされてしまうかもしれない）と、そっと母尼君のところへ逃げていきます。こもきを呼びたかったのですが、こもきも年ごろの女の子らしく、美しい中将が来たというので、そちらへ行ってしまいました。しかたなく浮舟はひとり、母尼君の部屋で臥《ふ》していました。

夜が更けても中将は帰らないので、浮舟は自分の部屋へ戻れません。母尼君は大いびきで寝ています。おつきの年老いた尼女房も、大いびきです。

真夜中になって、母尼君が目を覚まして、寝呆《ねぼ》けまなこで浮舟を見つけます。そして白髪頭を振り立て、鼬《いたち》のように額に手をかざして、〈おや、誰じゃな〉と怖い声で言いました。浮舟にはそれが鬼のように見え、取って食われそうな気がして、怖くて生きた心地もありません。

少将の尼は、〈まあ、母尼さまのところにまでお逃げになるなんて、本当に浮世離れた姫君だこと。こんなに警戒なさって、怖がられることもないのに……〉。

翌朝です。

〈横川の僧都どのが山を下りられ、都にはおいりになるので、小野にお寄りになります〉という知らせが届きました。

それを聞いて、浮舟はある決心をします。

〈僧都さまにお願いして、本当の尼にして頂こう……〉。

この世は夢の浮橋か

「手習《てならい》」「夢浮橋《ゆめのうきはし》」

理性と情念の戦い

紫式部《むらさきしきぶ》は、「手習《てならい》の巻」から「夢浮橋《ゆめのうきはし》の巻」にかけて、克明に浮舟《うきふね》の気持の成長を書きこんでいます。「宇治《うじ》十帖《じょう》」は心理小説と言われますけれど、浮舟の性格描写はさらに細かくなっていて、頼りない、自意識があまり発達していない女の子だった浮舟の新たな一面を発見することになります。

三ヵ月ほども、人事不省だった浮舟は、母尼君たちの小野の庵《いおり》で難を避けていましたが、今は人心地がつき、過ぎ来しかたをつくづく思い返しています。

〈何というわたくしの運命かしら。お顔も知らないお父さまは正妻の姫の大君《おおいぎみ》と中の君は大事になさったけれど、お仕えする女房にできたわたくしを、ご自分の子とは認めて下さらなかった。教養もなく生いたって、継父君《ままちちぎみ》について東国をあちらこちらさすらった。やっと都へ帰って、かねてあこがれていた二条邸のお姉さま〈中の君〉とお知り合いになれて、お邸《やしき》に引き取られたのに、嬉《うれ》しいと思うまもなく匂宮《におうのみや》さまが言い寄っていらした。お母さまに連れられて三条の隠れ家にのがれ、薫《かおる》の君にめぐりあい、やっとわたくしの人生も安定するかと思った矢先、宇治で匂宮さまとあんなことになってしまった。今思うと、匂宮さまのご愛情なんて大したことなかったんだわ）。浮舟に魅せられた匂宮が薫の留守に忍んでこられたとき、宇治川の対岸の小さな隠れ家に渡る小舟の中で、浮舟をお抱きになって歌をお詠《よ》みになりましたね。

「年経《ふ》ともかはらむものか橘《たちばな》の　小島の崎に契《ちぎ》る心は」――〈私の気持はあの小島の青々とした草木のように、永遠に変らないよ〉。

浮舟も、「橘の小島の色はかはらじを　この浮舟ぞゆくへ知られぬ」――〈たちばなの小島の木の色は変らないでしょうが、このわたくしはどこへ行くのでしょう〉とお返ししました。

紫式部はここで、理性と情念の、どちらが勝つかという戦いを描いたんですね。浮舟は理性では、（誠実で、一生頼れるのは薫さま。淡々としていられるけれど、本当は薫さまのほうの愛が深い）とわかっているのですが、匂宮の烈しい情熱で迫られたとき、それはもろくも壊れてしまいました。一千年前に紫式部は、〈理性と情念、人間はこの二つの戦いによって人生を織りなしていく〉と、こんな凄《すご》いことを言っているのですね。

けれど今となっては、浮舟には匂宮の情熱はいとわしく感じられます。（やっぱり薫さまのほうがよかった、でも、もうすべては終ってしまったんだわ）。

髪を切る覚悟

さて、浮舟が妹尼の娘婿の中将を振り切って、母尼君の部屋へ逃げこんだあくる朝、横川《よかわ》の僧都《そうず》がこの庵《いおり》に立ち寄られることになります。女一《おんないち》の宮（当代の第一皇女）がご病気になられ、比叡《ひえ》の座主《ざす》が祈禱《きとう》なさっていたのですが効力が足りず、右大臣（夕霧《ゆうぎり》）の息子の四位《しい》の少将が明石《あかし》の中宮のお手紙を持ってきて、横川の僧都の祈禱をというお召しがあってのことでした。

浮舟はいよいよ決意を固めます。（妹尼さまのいらっしゃらないうちに、僧都さまにお願いして、本当の尼にして頂こう。思い切ってこの世を捨ててしまえば、この煩わしい物思いから逃れられる……）。

浮舟は母尼君のところへ行き、〈僧都さまがこちらへお越しになられましたら、出家の戒を受けたいと存じますので、よろしくお取りなし下さいませ〉。

半分ぼけていられる母尼君は、おわかりになったのかどうか、〈はい、はい〉とうなずかれます。

浮舟は思いました。（尼になるには、この髪を切らなければいけないんだわ）。大病をしたので少し細くなって抜けてはいますが、六尺ほどもあるつやつやとしてゆたかな髪です。(この髪をみんな切ってしまうんだわ……)。

前にも申しましたように、王朝の尼さんは剃髪《ていはつ》ではなく、髪を肩のところで切り揃えるんですね。でも当時の人びとにしてみれば、それさえもずいぶん異風でしたから、相当の覚悟が必要だったのでしょうね。

そしてまず思うのは、やはり母君のこと。(お母さまに、このままの姿をもう一度お見せしたい。わたくしが死んだと思って、どんなに悲しんでいらっしゃるか。せめて髪があるうちにお目にかかりたい……)と、涙がこぼれます。

与謝野晶子《よさのあきこ》に、「髪五尺ときなば水にやはらかき　少女《をとめ》ごころは秘めて放たじ」という歌がありますけれど、女の情念と髪というのは、日本文学の伝統ですね。

浮舟は黒髪を撫《な》でながら、ふっと昔の歌を思い出します。遍昭《へんじょう》というお坊さんが、はじめて髪を下ろしたときに詠んだ歌で、王朝の人びとにとても愛され、親しまれた歌です。

「たらちめはかかれとてしもむばたまの　わが黒髪を撫でずやありけむ」――〈幼いころ母君は、私の黒髪を撫でて可愛がって下さったが、私が髪をおろす日があろうとは思いもなさらなかっただろう……〉。

僧正遍昭は、「百人一首」の、「天《あま》つ風《かぜ》雲の通ひ路吹きとぢよ　をとめのすがたしばし止《とど》めむ」という歌の作者ですね。五節《ごせち》の舞姫を詠んだ歌ですが、とても綺麗《きれい》で覚えやすい歌です。

「宇治十帖」をここまで読みすすんだ王朝時代の読者だったら気づいたでしょうが、僧正遍昭の運命は、浮舟の運命とオーバーラップしているんですね。

遍昭は、出家する前は良岑宗貞《よしみねのむねさだ》という左近《さこん》少将で、当時とても人気のある貴公子でした。紫式部や彼女のお仕えしていた彰子《しょうし》中宮の時代より百数十年前の人ですが、美貌《びぼう》で、人柄が明るく楽しくて、機智に富み、しかも教養のある貴公子でした。時の帝《みかど》、仁明《にんみょう》天皇にとても愛された人です。女性関係もはなやかで、かの小野小町《おののこまち》ともよく歌を詠みかわしています。

嘉祥《かしょう》三年（八五〇年）に仁明天皇が崩御《ほうぎょ》されましたが、その御大喪《ごたいそう》の晩から、良岑の少将の姿が消えました。友人や家族は〈どうしたのか、どこへ行ったんだろう〉と、手分けして必死に探します。人気者でしたから、世のたいへんな噂になりました。あんなに天皇に可愛がられていたから、天皇の後を追って淵川《ふちかわ》へ身を投げたのではないかなどと、みんなは噂し、悲しみました。

良岑の少将には、妻のほかに二人の愛人がいました。愛人たちには、出家のことを打ち明けていたのですが、妻には何も言い置きませんでした。妻はその噂を聞いて、まあ、私にも打ち明けてくれていたら……と、あちこち手を尽くして探しますが、行方はようとして知れません。妻は初瀬のお寺へ行き、夫の着物や太刀を奉納して、観音さまに必死で祈ります。（夫が生きているなら、どうか会わせて下さい。もし死んだのなら、夢枕にでも立ってくれますように、観音さまのお力で成仏しますように）。ところがたまたま、今は僧形となった良岑の少将が隣の部屋にいて、妻の声を聞いていたのです。自分はここにいる、世は捨てたけど生きているよ、と声をかけたいのですが、声をかければ、浮世へ後戻りしてしまいそうです。良岑は妻を誰よりも愛していて、妻の涙を見たり、引きとめられたりしたら、とても世を捨てることはできないと思って、何も打ち明けなかったんですね。

妻の声を聞いて良岑はとても迷うのですが、心を鬼にして歯を食いしばり、血の涙を流して耐えました。そして夜明けに、人知れずお寺を出ていきます。やがて修行のかいあって、良岑は、立派なお坊さん、僧正遍昭になりました。

こういうお話が底辺にあるので、同時代の読者は、ここまで読んでそれとない予感を持ち、さらにラストに到って、なるほど、浮舟が僧正遍昭の歌を思い出すのは、ゆえのないことではないと納得したでしょう。

僧都の説得

横川の僧都はその日の暮れがたに、小野に到着されました。

〈いかがですか〉と、まず母尼君のところへ行かれます。この前は夏でしたが、今はもう秋です。〈あれからお変りありませんか。妹尼はお参りに出かけたそうですね。

ここで養生している女人は、お元気にしていますか〉。

〈はいはい。何だか知らないけど、あなたに戒を受けて尼になりたいと言うておいでですよ〉。

僧都は、母尼君の言うことだけでは心もとないし、かといって、尼になりたいということを聞き捨てにもできませんので、それをたしかめに浮舟の部屋に行きます。

相手がお坊さんでも、王朝の女人は男性に顔をさらしませんから、僧都は几帳《きちょう》を隔てて坐《すわ》りました。

〈あなたが宇治の、あの恐ろしげなところで倒れていたのをお救いしたのも前世の因縁と、心をこめて祈禱しておりましたが……〉と、緊張する浮舟の心をほぐそうと優しく語りかけます。

浮舟は今はひとりです。これまでは乳母《めのと》や乳母子の右近《うこん》や母君がいつもそばにいて、浮舟の代弁をし、浮舟の運命を開いてくれました。こうしなさい、ああしなさい、と言われるままに浮舟は流されてきたのです。けれど今、自分の気持をきちんと表現しなくてはならなくなって、生まれてはじめて勇気を出そうとしています。〈お助け頂いて、本当にありがとうございました〉。

僧都はなおも優しく言います。〈尼ばかりの寂しいところで、お若いひとには、さぞつれづれでしょう〉〈いえ、みなさまにはとてもよくして頂いています。わたくしは至らぬうえに口下手で、心のままにお礼を申し上げられないのが残念でございますが、本当にありがたく存じております。でも魔物に魅入られてから体具合がすぐれませんで、長く生きられないような気もいたしますの。この機会に僧都さまにお願いして、何とぞ尼にして頂きとうございます〉。〈とんでもない。あなたのように若くて美しいひとが世を捨てるのはなかなか難しいことですよ。どうしてそんなふうに考えましたか。一時の考えでそういうことをして、後悔してはいけません。もっとよくお考えにならなければ〉。

でも浮舟は、今は必死です。

〈わたくし、生まれたときから、つたない身の上でした。母ですら、一時はわたくしを尼にしようと考えたこともございましたの。人生を、わずかですけれども過ごして参りまして、わたくしは女の幸せから遠い人間だと思うようになりました。仏さまのお袖《そで》にすがって、そのお慈悲で永遠の心の安らぎを得たいのでございます〉。

僧都《そうず》は思い出します。（このひとを助けたとき、物《もの》の怪《け》も言っていた。死にたい、死にたいと言うから、そこにつけこんでこの女人をさらったのだ、と。尼になるのも、このひとにとっては幸せかもしれない……）。

けれど僧都は常識のあるおとなでしたから、〈わかりました。ですが私は、女一の宮の御修法に呼ばれています。たぶん七日かかりますが、帰りにまたここへ寄りますから、その折に……〉。若いひとのことだから、七日も経てば考えが変るかもしれない、と思ったんですね。

でも浮舟は、七日も経ったら妹尼君がお帰りになる、お帰りになれば絶対に反対されると、なおも涙ながらにすがりつきます。〈それまで、わたくしの命がもたないかもしれません。心細くて、今を限りのような気がいたしますの。どうぞ、一日でも早く仏さまのお袖《そで》にすがらせて下さいませ〉。

僧都としては、もう反対のしようがありません。こんなに出家を望むのなら、望みどおりにさせるしかないと考えます。

〈では、今夜にでも……〉と弟子たちを呼びます。浮舟が宇治院で助けられたとき、その場にいた阿闍梨《あじゃり》ともう一人のお坊さんに、〈このひとの髪をおろしてさしあげなさい〉と命じました。

出　家

几帳で隔てられた向こうに浮舟がいます。浮舟は、お坊さんの前に顔を出せませんせんので、几帳の合間から豊かな髪だけをさし出しました。鋏《はさみ》と櫛《くし》の箱も一緒に添えます。阿闍梨は、そのゆたかな美しい黒髪を受け取って、ああ、もったいないことと思いましたが、仕方なく切り始めます。あまりたくさんの髪なので、なかなか上手に切れません。

いつもは浮舟のそばにいる少将の尼も尼女房たちもそのとき、みな、いませんでした。僧都についてきたお供の中に知人がいたので、その人たちを接待していたのです。そこへ、女童のこもきが駆けこんでいきました。

〈たいへんです、お姫さまが出家なさいます。ご存じでした？〉〈ええっ〉。尼たちがびっくりして浮舟の部屋に駆けつけますと、浮舟の髪はすでに肩までになっていて、浮舟は僧都の前に手を合せているではありませんか。

〈まあ、何ということを。せめて妹尼君がお帰りになるまでお待ちになって頂ければ〉と、尼たちは大きな声で泣き叫びますが、僧都は、〈静かに、もう儀式がはじまっているんですよ〉。

出家者は、出家する前に、父母、国王、衆生《しゅじょう》、そして三宝《さんぽう》（仏・法・僧）の四つの恩に礼拝します。〈現世ではありがとうございました。これから出家の身となります〉という別れの挨拶《あいさつ》ですね。

〈まず親御さまのいられる方を向いて〉と僧都に言われて、浮舟は、お母さまの居場所はわからないもの……と涙があふれてきますが、必死にこらえます。四恩を拝んでから、僧都の後につづいて偈《げ》を唱えます。

「流転三界中《るてんさんがいちゆう》、恩愛不能断《おんあいふのうだん》」——三界を流転して、人の世の情愛は断ち切れません。

「棄恩入無為《きおんにゆうむい》、真実報恩者《しんじつほうおんしや》」——でも、それらの恩を棄ててみ仏の道にはいることこそ、本当の恩返しです。

浮舟の額髪《ひたいがみ》は、僧都が削《そ》ぎました。〈あなたはみ仏の弟子となられた。もう後悔なさいますな、新しい道が開けたのです〉。

浮舟は、ついに出家がかなえられたと、とても嬉《うれ》しく思いました。


数日して帰ってきた妹尼たちは、どんなに嘆き、悲しんだことでしょう。

〈こんなお姿を見ようとして、あなたをご介抱したのではないのよ。娘の身がわりに観音さまがあなたを下さったと喜んでいたのに。やがては良縁をみつけてお幸せな結婚を、と思っていたのに……〉。妹尼は臥《ふ》しまろんで泣きました。

それはもう浮舟には聞くもいとわしい言葉です。浮舟は髪をおろしたときから、すっかり気分が晴れ晴れとしていました。多分、生まれてはじめて自分の意志を通したという満足感もあったのでしょう。(わたくしにもこんな力があったんだ……)。

けれども、妹尼が嘆き悲しむのを見ると、自分がどんなに深い情愛につつまれていたかを改めて思い知らされ、そして、(わたくしが行方知れずになったときに、お母さまもこんなふうに悲しまれたのか)と思いますのね。

浮舟は、ぼんやりしているようではありますが、本当はいろんなことを深く見、考えることのできるひとなのです。

ちょっと話はそれますが、「本編」の光源氏と「宇治十帖」の匂宮は、女にもてて、プレイボーイというところが似ていますが、決定的にちがう点が一つあります。源氏は苦しむ能力のある男ですが、匂宮にはそれがないように見えます。源氏は、義母の藤壺《ふじつぼ》の宮とのこと、そしてさまざまの罪深い自分の所業についてとても苦しみますが、それを黙りとおし、苦しみながら墓の下に持っていくだけの気概のある、人間的な能力を持つ人物です。藤壺の宮とのこと、女三《おんなさん》の宮の過ちは、ついに最愛の紫《むらさき》の上にも告げませんでした。

浮舟にもやはり、人の情愛を感じとる優しい心があります。でも悲しいことに、言葉が、つまり表現力がその思いに添えません。

私たちは思ったことはすぐ口で言えると思っています。でも、心で思っていることと、口で表現することとのあいだには千里の差があるんですね。自分の気持を、相手を傷つけないように上手にくまなく言うことは、なかなかできることではありませんのね。

浮舟は妹尼が嘆き悲しむのを見て、悪かったわ、期待を裏切って申しわけないと心底思いますが、その言葉が滑らかに出てきません。けれども、しょんぼりうつむくその姿からは、ごめんなさいねという感じが漂っています。人間は本当にそう思ったときに、そのたたずまいやあたりに漂う雰囲気から、相手の心に通じるものなのですね。(わたくし、こういうふうにしか生きられませんでしたの。何とぞ、何とぞ、お許し下さいませね)。

その浮舟の様子を見て、妹尼も少しずつあきらめ、〈本当に、あなたって何をなさるかわからないひと……〉と、涙をふきふき法衣の支度をします。突然のことでしたから、僧都《そうず》の法衣を借りて肩にかけ、髪を下ろしてもらったのです。尼女房たちは、〈まさかこんな鈍《にび》色の尼の衣をお着せしようとは……〉と、浮舟の出家を悲しんでいます。

出家ののち

さて、横川の僧都は宮中に上がって、女一の宮の平癒祈願をし、宮はすっかりよくなられて、中宮はとてもお喜びになりました。宮のご看病のために詰めていた女房たちもさがっています。この時代は、それぞれの部屋へさがるというわけではなく、広い部屋を屏風《びょうぶ》や几帳《きちょう》で区切って、そこへさがったんですね。

中宮は、女一の宮と同じ御帳台《みちょうだい》にいらして、そこから僧都に話しかけられます。〈おかげで宮の病いもよくなり、本当にありがたく思います。わたくしの来世のことも、よろしくお願いいたしますね〉などと話していられますと、僧都が、〈そういえば、近ごろ不思議な話がございまして……〉と、宇治院での怪異をお話しします。〈怪しの者がさらってきた若くて美しい女人をお助けしました。三ヵ月のあいだ人事不省でしたが、母尼や妹尼が住む小野の山荘で手当てをいたしましたところ、息を吹き返し、元気になりましたが、当人のたっての望みで、先日尼にしてさしあげました。不思議なことがあるものですね。貴い家の姫君だったら噂が聞こえてくるはずですが、いっこうに届きません。とても並のご身分のようにはお見受けできないのですが……〉。

女房たちはみな休んでいましたので、中宮のおそばでこの話を聞くのは、かの薫の君と親しい小宰相《こざいしょう》の君だけです。

〈まあ、そんなことがありましたの。宇治院とやらは、怖いところですのね。宇治といえば大君さんが亡くなられたのは聞いておりますが……〉と中宮は言われます。

僧都が退出してから、中宮は小宰相の君に、〈薫の君が宇治に囲っていて、行方が知れなくなったとかで大急ぎで葬送した、そのひとのことじゃないかしら〉。〈そうでございますね〉と、小宰相の君もうなずきます。〈時期から考え合せましても……〉。

〈あなたから薫の君に、それとなく言ってあげて……〉。中宮と薫とは、姉弟《きょうだい》ということになっています。薫は実は柏木《かしわぎ》の子ですが、源氏の君の末息子として育てられたのですね。中宮は明石の上に生まれた源氏の君の姫ですから、二人は姉弟なんですが、中宮はもちろんややこしい事情はご存じありません。けれど、中宮にとって薫は、何となくもったいぶっていて、気ぶっせいな人物なんですね。

さて女一の宮もよくなられたので僧都は都から帰る途中、小野の山荘へ寄られます。妹尼は見るなり恨みごとです。〈お兄さまはひどい。わたくしにご相談もなく、このひとを尼になさって……〉。

でももう仕方がありません。僧都は尼姿の浮舟に言われます。〈これからはおこたりなく勤行《ごんぎょう》なさいよ。世の栄華に心とらわれているあいだは、憎しみ、そねみ、恨み、つらみ、愛執《あいしゅう》などにとらわれて苦しまれるだろうが、こういう山林の中で静かに仏道の修行をしていると、やがて心が解き放たれて、広々とした世界に飛んでいける。み仏のお慈悲は広大無辺です〉。

浮舟は僧都に励まされ、慰められて晴れ晴れとした心持になります。やっとこの境地に到達した、これからはわたくしの新世界だわ、と嬉しくてなりません。

僧都はお布施として宮中から頂いてきた綾《あや》や絹などの反物を浮舟に贈って、〈ご法服を新調なさい〉と言われます。優しい心づかいですね。たまたまその日は、ものさびしい秋の風が吹き荒れていました。〈こういう日には、山伏——野山に伏して修行する人も声をあげて泣くんですよ〉と僧都が言われたとき、浮舟は浮世を捨てたと思ったのに、なぜか涙が流れてやみませんでした。

薫のあふれる涙

年が変りました。

小野の山荘では年明けの祝いにと、若菜を持ってきてくれた人がありました。雪間の若菜を摘んで、それをあつものにして食すると長寿がかなうと言われています。〈これをお上がりなさいな〉と、妹尼は浮舟に渡しました。〈いいえ、尼君さまこそ……〉。

浮舟は念願の尼になれたので、このごろは気持が明るくなり、妹尼と冗談を言いかわしたりもします。

そこに、妹尼の甥《おい》で、母尼君には孫に当たる紀伊《き》の守《かみ》がやってきました。〈いやあ、ご無沙汰《ぶさた》しました〉。任地の紀州にいて、なかなか京へは上れなかったのですね。〈昨日こちらへうかがおうと思いましたが、薫の君にお供して宇治に行っておりました。亡くなられた、故八の宮の姫君の一周忌のご準備で……〉。

薫の名が出たので、隣室にいた浮舟は思わず耳をそばだてます。〈これからそのご法事のお手伝いをせねばなりません。薫の君は亡くなられたひとがよほど忘れられないらしく、昨日も川を眺めて涙ぐんでいられました。殿はとても人情深くお優しいので、私もずっとお仕えしているのですが〉。

紀伊の守は、法事のための衣裳《いしょう》を仕立ててほしいと、はなやかな織物を持ちこんでいます。

妹尼は浮舟に、〈あなたも、お手伝い下さいな〉と言いますが、浮舟は〈何だか気分が悪くて……〉。自分の一周忌のお布施をとてものことに自分でととのえる気にはなれません。

〈そうね、こんな派手やかな衣裳を見たら、いろいろ思い出されることもおありでしょう〉。どこまでも優しい妹尼です。〈あなたのお母さまも、こんなふうにお世話をなさったのでは？　今になっても、打ち明けて下さらないのは水臭いわ〉と言うのですが、浮舟は、〈思い出そうとすると、頭の中がぼうっとなってしまいますの。お許し下さいませ〉。

〈あなたから薫の君に、浮舟が生きているらしいと言ってあげて〉と中宮に言われて小宰相の君は、〈私などからお伝えしてよろしいのでしょうか〉と申し上げましたが、〈わたくしからは言いにくいのよ〉と中宮はおっしゃっていられました。というのは皇子《みこ》の匂宮がこの浮舟に絡んでいるのを知っていられたからですね。そのこともあって中宮はお困りになっていられたのです。

小宰相の君は、思いきって薫に伝えます。〈あの宇治の姫君は、どうやら助かったらしいですよ。お元気で小野にいられるんですって。でも、尼になられたという話よ〉。

まあ、それを聞いたときの薫のショックはいかばかりだったでしょう。〈おお、生きていてくれたのか。でも尼にとは、なぜ……〉。

薫は世間体を重んじる男です。〈今すぐ小野へ走っていきたいが、そんなことをしたら、人は見苦しいとそしるだろう。……それにしても、匂宮はこのことをご存じなのだろうか。……宮のことだ、もしこのことをお知りになったら、自分より先に駆けつけられるだろう〉。

あれこれ思い乱れますが、薫は、ついに中宮に直接おうかがいします。

中宮は、〈匂宮には何も申しておりません。何かと聞き苦しいことになりますので、一切洩《も》らしていません〉と、おっしゃいました。

〈中宮は慎重なご性格だった〉と原典にあります。たぶん、聡明《そうめい》でいらした母君の明石の上ゆずりでしょう。源氏の君も、いろんな人間関係に目配りの行き届く人でしたから、父君に似られたところもおありなんですね。ですから小宰相の君に、〈あなたから言って〉とおっしゃったのです。

薫はやっとのことで中宮の御前をさがりましたが、涙があふれて止まりません。

(早く、早く浮舟に会いたい)。

僧都を訪れる薫

さて、ここから『源氏物語』の最後の巻、「夢浮橋」にはいります。

ある日、薫が横川の僧都を訪れます。薫とは親しい間柄というのではありませんが、験《げん》のあるお坊さんだというので、とても尊敬していました。

僧都は、身分の高い薫の君がわざわざ訪ねてこられたというので、心をこめて接待します。話の末に、薫はたずねました。

〈つかぬことをうかがいますが、小野のあたりに家をお持ちですか〉〈はい。老いた母と妹が、尼になって住んでおります〉〈不思議な女人が助けられて、そちらで養われていると聞きましたが……〉。

僧都は、はっとします。(さてはあの姫君は、薫の君に関わりのあるひとだったのか。私は早まって出家させてしまったか……)。

薫は言います。〈実はいささか縁のあるひとなのです。そこへご案内頂けませんか〉〈さて、いかがなものでしょう。あの女人は浮世を出られて、尼になられたのです。今あなたが行かれれば、煩悩《ぼんのう》や執着が起きるのではないでしょうか〉。

このとき、薫は少し笑います。仏の教えについて自分は全く無縁の者ではないのに、という自負心があります。〈私は幼いころから仏道に心を傾けて参りまして、世の常の心で言うのではありません。実はその女人の母親が、亡骸《なきがら》もなかったと嘆いているのが気の毒で、その行方を見届けてやりたいのです。どうぞご案内下さい。もし難しければ、手紙だけでも届けて頂けないでしょうか〉。

それでも僧都《そうず》は、〈出家の身として、申しわけないができかねます〉と言われます。たまたま薫は、浮舟の弟の小君《こぎみ》と呼ばれる少年を供に連れてきていました。死んだ浮舟のかわりに弟を引き立ててやろうと、身のまわりに使っていたのですね。〈この子はその女人の弟なのです〉。可愛い顔をした、賢げな少年です。〈この子に手紙をことづけさせて下さい。この子も、死んだと思った姉が生きていると聞いて喜んでいます〉。

ついに僧都も承諾し、浮舟に手紙を書いて少年に托《たく》すことにしました。

あくる朝早く、小野の妹尼のところへ、横川から急ぎの使者がきました。〈薫の君のお使いの小君は参られましたか。実は、これこれこうこうで……〉。

妹尼には何のことだかさっぱりわかりません。浮舟に、〈いったい、どういうことでしょう〉と聞きます。

浮舟は、（薫さまがここをお知りになったのだ。わたくしが生きていることを……）。

思っただけで涙があふれ出ました。

〈まあ、お泣きになっている場合ではありませんでしょう〉と妹尼が言っているところへ、小君が横川の僧都の手紙と薫の手紙を携えてやってきました。僧都の手紙には、〈入道の姫君へ〉とあります。尼になられた姫君に、とあるのですから、宛先《あてさき》ちがいですとお返しすることはできません。浮舟が開いてみますと、こう書かれていました。

〈あなたが薫の君に深く愛された女人だと知りました。薫の君はたいへんに思い悩んでいらっしゃいます。還俗《げんぞく》なさってその愛執を晴らしてさしあげて、そしてあなたご自身も再び幸せな生涯を送って下さい。たとえ還俗なさっても、一日でも出家したらはかり知れない功徳《くどく》があると、み仏は保証しておられます〉。

何ていいお手紙でしょう。横川の僧都はカチカチの宗教人ではなく、柔軟な優しい発想で人間をよく見ていて、もう一度生き直しなさい、と言われるんですね。

〈還俗して、もう一度新しい生活を〉という僧都の手紙に、浮舟は心が乱れますが、それは浮舟の願う世界ではありません。

薫の手紙を開いてみます。浮舟には懐かしい筆跡でした。

〈あなたのしたこと、匂宮との過ち、私に無断で世を捨てたこと、すべて許そう。あなたは僧都のお弟子になられたのだから僧都のお名に免じて許します。もう一度話し合いたい。あなたがいなくなって、みんながどんなに嘆き悲しんだか。私の愛の深さも話したい。返事を……〉。

小君も、〈お返事を頂きたいのです〉と言いますが、浮舟は口を開きません。

妹尼たちは気を揉《も》んで、〈あなたの弟君ではないの。よく似ていられるわ。お返事を、せめてお声をかけてあげなさいな〉。そして、〈さあさあ、こちらへ〉と、小君を几帳《きちょう》一枚を隔てただけの浮舟の前に坐《すわ》らせます。

浮舟は身じろぎもせず、ひとことも言いません。

小君は、几帳の向こうのほのかな気配で姉だと悟りました。〈お姉さまでしょう？ぼくにお言葉を、薫の君へのお返事だけでも……〉。

でも浮舟はついに口を開きませんでした。

〈まあ、なんて情《じょう》のこわいひとでしょう〉。妹尼たちは困っています。そして〈ここは都から遠いといっても、雲のはるかというほどではありませんのよ。またいらして下さいね。今お姉さまはお具合が悪いのよ〉と、小君を慰めます。

浮舟にしてみたら、弟にひとことでも声をかけたら最後、〈お母さまはどうしていらして。みんな、お元気？〉と叫んでしまうでしょう。そうすれば今度は、薫の君にも会いたくなるでしょう。もろもろの煩悩が、まだ修行の行き届かない身にいっぺんに押し寄せてくるでしょう。浮舟は頼りない女性でしたが、ついにここまで心が強くなったのですね。

薫は手ぶらで戻ってきた小君に失望します。薫の思ったことがただ一行、原典にあります。

（昔、おれが宇治に浮舟を囲ったように、誰かほかの男がひそかにかくまっているのではないか）。

これで長い長い『源氏物語』のすべてが静かに閉じられます。不思議な、不思議な最後ですね。

女性の聖性、尊い気持と、男性のいかにも現実的な浮世の垢《あか》にまみれた考え方。その対比とも考えられますし、数々のシーンを思い返してみれば、浮舟の、み仏に救われた悟入《ごにゅう》の境地と、そしていつまでも浮世にのたうちまわる薫の、それこそ人間らしい姿。こういうものの対比で紫式部は締めくくったと言うこともできましょう。『源氏物語』は、人間と人生のすべてが書きつくされた大きな物語です。

（完）

あとがき

三年間、三十六回（毎回九十分）、ながいながい月日でした。つつがなく一大長篇を語り終え、ほっとしています。小説として再構築した『新源氏物語』を書き終えたのは平成二年、一九九〇年（『霧ふかき宇治の恋』下巻が最終の巻）で、私は六十二歳でした。十年たってこんどは『源氏物語』を〈語り〉でたどりました。――肉声で聴講者のみなさまにお話しすると、また別種の発見がありました。それはなまなましい感動でした。登場人物の心理や精神構造がよくわかって語り手の私にのりうつる気がするのです。聴いていられるかたがたも、耳で聴くほうが、読むよりイメージが顕《た》ってくるとお思いになったのではないでしょうか。

ふしぎな情感が快く一座を包み、春も秋も、夏も冬も、なつかしい王朝情趣にしっとりと浸ることができました。至福の時間でした。

それにしても『源氏物語』というのは、骨格の大きい、そして熱い血が力づよく脈打っている、すばらしい大ロマンです。あまたの登場人物、さまざまの恋。どれ一つとして同じタイプはなく、手がたいリアリズムに裏打ちされた波瀾万丈《はらんばんじょう》のドラマです。

七十歳でこれを語りつつ、なお一層、私は魅せられて心が躍ります。老いてなお、年齢に応じていよいよ面白くなってゆくのが『源氏物語』です。

講座《おはなし》は大阪リーガロイヤルホテルで行われましたが、三百人余りの聴講者のうち、はるばる東京や九州からいらして下さるかたもあり、感激しました。よき〈一粒の麦〉となってそれぞれの地に『源氏』の魅力の種子を播《ま》いて下さることでしょう。

新潮社からCDを出して頂けたのも嬉《うれ》しいことですが、それをもとに『源氏がたり』が全三巻としてまとめられたのも望外の幸せです。簡潔になっていますが、原典の香気と、〈語り〉の口吻《こうふん》が失われないよう、留意しました。縁あって私がなま身で向き合えるかたはこの人生では数も限られますので、お目にかかること叶《かな》わぬ、たくさんの『源氏』ファンのかたがたとは、CDとこの本で、ご縁をむすびたいと願っています。

三年のあいだに、聴講のみなさまとも顔なじみになりました。いよいよラストの日、演壇の横には桜が活《い》けられていました。ホテル側のご配慮もさりながら、舞台装置を担当して下さったお花屋さんの趣向もみごとでした。毎回、四季の花々が美しく活けられますが、それに加えて、紅葉の枝の前には雅楽の大太鼓が、朝顔の花には垣根が、桃の花のときにはぼんぼりが、蓮《はす》の花の背後には几帳《きちょう》が、桔梗《ききょう》の花のときには御簾《みす》が……と、まことにアイデア奔出、まあ私も聴講のみなさまもどんなに楽しんだことでしょう。無事に三年間の〈源氏がたり〉が終ったのは、そういうみなさまのご好意とお心寄せに支えられてのことでした。ラストの桜のもと、私はみなさまに、「蛍の光」のかわりに「花」を歌いましょうと提案しました。本文中にありますが、合唱曲「花」の歌詞の一部は『源氏物語』「胡蝶《こちょう》の巻」の歌から採られています。みんなでそろって〈春のうららの隅田川……〉と楽しく合唱したことでした。忘れられない思い出となりました。

平成十二年卯月《うづき》

田辺　聖子

てのひらの中の『源氏物語』

私がはじめて『源氏物語』に挑戦したのは二十年ほど前でした。いっぺん物語をばらばらにして、現代人の親しめる、現代文学として再構築したい、と思ったのです。

　『源氏物語』は奥ぶかい重厚な作品なので、〈小説書き〉の挑戦欲をそそるのです。まだ若さの残っていた頃の私は、原典の敬語がくだくだしく冗漫に思え、物語の枝葉も刈りこんでしまって、すっかり現代小説風にしたつもりでした。

平成二年（一九九〇）に書き終え、幸い、それらは、〈現代小説としてよみがえった『源氏物語』〉として、読者のみなさまに喜んで頂けたように思います。

――しかし、私と『源氏物語』の絆《きずな》はまだほどけていませんでした。そのあと、思いがけなく大阪リーガロイヤルホテルから月一回、三年間の講義《おはなし》を、という仕事が来て、講義はともかく、毎月一回、三年間とは……健康は、仕事の調整は、と考えこんだのですが、ふと、

（そうだわ、『源氏物語』をおしゃべりで表現してみてはどうかしら……）

と思いついたのです。千年の昔は、この大長篇を、読むよりも、耳で聞いて楽しん

だ人も多かった……かもしれません。現代の『源氏物語』の楽しみかたに、朗読ではなく、話者が消化した物語を、〈おはなし〉で伝える……という方法があってもいいと思いました。私は『源氏物語』を三年間分、三十六回（毎回九十分）に分け、毎回、楽しみつつ、ゆるゆると物語を追って語りつづけました。メモは見ないで、みなさまのお顔を眺めつつ、源氏の君や、女人たちと共に、泣きみ、笑いみ、物語の長い歳月の春夏秋冬を語りつづけました。

語るうちに、物語が顕ってきて、なるほどそうだったのか、……と思ったり、人々の心理のあやに共感できたりして、まさに、〈体で〝源氏する〟〉という気分になりました。

無事、三十六回の講義を終えたとき、私は、作者の紫式部に背中を押されて、ここまで、たどりつけた……という気がしました。至らぬ点が多かったとも思いますが、往古《むかし》の〈語り部《べ》の嫗《おうな》〉が、ゆるゆると物語った『源氏物語』……とお思いになって、お楽しみ下さい。

話しことばで伝える『源氏物語』ですから、原典の敬語の雰囲気をそのままに、やわらか味のある敬語をつかいました。会話の部分は、それこそ、〈おしゃべり〉ならではの効果が期待できる楽しみ、存分に、声色《こわいろ》を使って立体的にお芝居っぽく演《や》ってみました。――私は演劇的素養の全くない素人《しろうと》ですが。……作者の式部さんは、〈語り部だから、まあ、いいわ〉と許して下さるでしょう。

平成十四年師走《しわす》

田辺　聖子

本書は、二〇〇九年八月、九月、十月に小社より刊行した文庫を改版し、上下巻に分冊したものです。

本文中には、今日の人権擁護の見地に照らして、不適切と思われる表現がありますが、著者が故人であること、作品自体の文学性を考え合わせ、親本のままとしました。

（編集部）

光《ひかる》源《げん》氏《じ》ものがたり　下

田《た》辺《なべ》聖《せい》子《こ》

令和5年 12月25日　初版発行
令和6年 4月25日　3版発行

発行者●山下直久

発行●株式会社KADOKAWA
〒102-8177　東京都千代田区富士見2-13-3
電話　0570-002-301（ナビダイヤル）

角川文庫 23949

印刷所●株式会社KADOKAWA
製本所●株式会社KADOKAWA

表紙画●和田三造

ISBN 978-4-04-114625-5　C0193

◆◆◇

角川文庫発刊に際して

角川源義

第二次世界大戦の敗北は、軍事力の敗北であった以上に、私たちの若い文化力の敗退であった。私たちの文化が戦争に対して如何に無力であり、単なるあだ花に過ぎなかったかを、私たちは身を以て体験し痛感した。西洋近代文化の摂取にとって、明治以後八十年の歳月は決して短かすぎたとは言えない。にもかかわらず、近代文化の伝統を確立し、自由な批判と柔軟な良識に富む文化層として自らを形成することに私たちは失敗して来た。そしてこれは、各層への文化の普及滲透を任務とする出版人の責任でもあった。

一九四五年以来、私たちは再び振出しに戻り、第一歩から踏み出すことを余儀なくされた。これは大きな不幸ではあるが、反面、これまでの混沌・未熟・歪曲の中にあった我が国の文化に秩序と確たる基礎を齎らすためには絶好の機会でもある。角川書店は、このような祖国の文化的危機にあたり、微力をも顧みず再建の礎石たるべき抱負と決意とをもって出発したが、ここに創立以来の念願を果すべく角川文庫を発刊する。これまで刊行されたあらゆる全集叢書文庫類の長所と短所とを検討し、古今東西の不朽の典籍を、良心的編集のもとに、廉価に、そして書架にふさわしい美本として、多くのひとびとに提供しようとする。しかし私たちは徒らに百科全書的な知識のジレッタントを作ることを目的とせず、あくまで祖国の文化に秩序と再建への道を示し、この文庫を角川書店の栄ある事業として、今後永久に継続発展せしめ、学芸と教養との殿堂として大成せんことを期したい。多くの読書子の愛情ある忠言と支持とによって、この希望と抱負とを完遂せしめられんことを願う。

一九四九年五月三日

角川文庫ベストセラー

あかん男　田辺聖子

奥ゆかしくやさしいニッポンの女を求めてさすらう、禿げの独身男の淡い希望と嘆きを描いた表題作ほか6篇。人生の悲喜劇を巧みなユーモアに包み、ほろりとさせる、かと思えばクスクス笑いを誘う作品集。

ほとけの心は妻ごころ　田辺聖子

家ではよくしゃべるが外ではおとなしい夫。勘定に細かく、会社でのあだ名は「カンコマ」。中年にもなって美貌が自慢で妻を野獣呼ばわり。オロカな夫を見つめる妻の日常を、鋭い筆致とユーモアで描く10篇。

むかし・あけぼの（上）（下）　田辺聖子

美しいばかりでなく、朗らかで才能も豊か。希な女主人の定子中宮に仕えての宮中暮らしは、家にひきこもっていた清少納言の心を潤した。平成の才女の綴った随想『枕草子』を、現代語で物語る大長編小説。

おちくぼ姫　田辺聖子

貴族のお姫さまなのに意地悪い継母に育てられ、召使い同然、粗末な身なりで一日中縫い物をさせられている、おちくぼ姫と青年貴公子のラブ・ストーリー。千年も昔の日本で書かれた、王朝版シンデレラ物語。

田辺聖子の小倉百人一首　田辺聖子

百首の歌に、百人の作者の人生。千年歌いつがれてきた魅力を、縦横無尽に綴る、楽しくて面白い小倉百人一首の入門書。王朝びとの風流、和歌をわかりやすく、軽妙にひもとく。

角川文庫ベストセラー

ジョゼと虎と魚たち　田辺聖子

人生は、だましだまし　田辺聖子

残花亭日暦　田辺聖子

私の大阪八景　田辺聖子

恋する「小倉百人一首」　阿刀田高

車椅子がないと動けない人形のようなジョゼと、管理人の恒夫。どこかあやうく、不思議にエロティックな関係を描く表題作のほか、さまざまな愛と別れを描いた短篇八篇を収録した、珠玉の作品集。

生きていくために必要な二つの言葉、「ほな」、と「そやね」。別れる時は「ほな」、相づちには、「そやね」といえば、万事うまくいくという。窮屈な現世でほどほどに楽しく幸福に暮らす方法を解き明かす生き方本。

96歳の母、車椅子の夫と暮らす多忙な作家の生活日記。仕事と介護を両立させ、旅やお酒を楽しもうとあれこれ工夫する中で、最愛の夫ががんになった。看病、入院そして別れ。人生の悲喜が溢れ出す感動の書。

ラジオ体操に行けば在郷軍人の小父ちゃんが号令をかけ、英語の授業は抹殺され先生はやめてしまった。押し寄せる不穏な空気、戦争のある日常。だが中原淳一の絵に憧れる女学生は、ただ生きることを楽しむ。

百人一首には、恋の歌と秋の歌が多い。平安時代の歌風を現代に伝え、切々と身に迫る。ただのかるたと思うなかれ。人間関係、花鳥風月、世の不条理と、深い世界を内蔵している。ゆかいに学ぶ、百人一首の極意。

角川文庫ベストセラー

陰陽師鬼談　安倍晴明物語
荒俣　宏

天地の理をしなやかにあやつったひとりの男――安倍晴明。芦屋道満との確執、伴侶・息長姫との竜宮での出会い、そして宿命的な橋姫との契り。知られざる姿が、今、明かされる！

はなとゆめ
冲方　丁

28歳の清少納言は、帝の妃である17歳の中宮定子様に仕え始めた。宮中の雰囲気になじめずにいたが、定子様に導かれ、才能を開花させる。しかし藤原道長と定子様の政争が起こり……魂ゆさぶる清少納言の生涯！

風景
瀬戸内寂聴

思いがけない安吾賞受賞とともに昔の破滅的な恋が蘇る「デスマスク」、得度を目前にして揺れた心を初めて語る「そういう一日」など、自らの体験を渾身の筆で綴る珠玉の短編集。第39回泉鏡花文学賞受賞作。

西郷《せご》どん！　前後編
林　真理子

薩摩の貧しい武家の子に生まれた西郷吉之助は、なぜ維新の英雄として慕われるようになったのか。幼い頃から親しんだ盟友・大久保正助との絆、名君・島津斉彬との出会い。激動の青春期を生き生きと描く！

浮雲
林　芙美子

第二次大戦下、義兄の弟との不倫に疲れ仏印に渡ったゆき子は、農林研究所員富岡と出会う。様々な出来事を乗り越え、二人は屋久島へと辿り着いた――。敗戦後、激動の日本で漂うように恋をした男と女の物語。